Daniela Schenk
Diejenige welche

Daniela Schenk

Diejenige welche

Roman

Ulrike **HELMER** Verlag

Brandlöcher in der Jacke

Ich verfalle ihr im ersten Moment, so wie Wespen dem Bier verfallen, wie Ziegen dem Salz oder Motten der Glühbirne – ohne jegliche Chance zu entkommen. Es geschieht am Nachmittag an einer Bushaltestelle, als ich das tue, was man dort für gewöhnlich und unfreiwillig so tut: warten. Die Septembersonne wärmt meinen Rücken, der Verkehrslärm pustet mir seinen Benzinatem ins Gesicht. Mein Kaugummi hat jeden Geschmack verloren, ich schiebe ihn missmutig im Mund herum, bin aber zu faul, ihn in den Abfalleimer zu werfen. Ich halte meine Gedanken an der langen Leine, sie schnuppern hier und dort, bisweilen jagen sie einander.

Ja, und dann geht die Frau an mir vorbei. Sie beachtet mich nicht, ich bin für sie vermutlich so etwas wie eine Straßenlampe – völlig unbedeutend, aber ausweichen muss man ihr trotzdem. Als erstes fällt mir ihr eigentümlicher Gang auf, ihr rechtes Bein scheint sich jedes Mal ein bisschen zu verspäten, gerade so viel, dass ihr Schritt dadurch eine besondere Note erhält. Ich habe schon paar Menschen hinken gesehen – aber bestimmt noch nie auf eine solch anziehende Weise: Bei ihr wird das Hinken zum unentbehrlichen Accessoire einer attraktiven Frau.

Meine Gedanken hören auf zu schnuppern und kommen bei Fuß, gemeinsam verfolgen wir, wie die Frau vor dem Fahrkartenautomaten ihr langes, dunkelblondes Haar zurückwirft und in ihrer Tasche kramt. Ich sehe sie genauer an. Sie ist etwas größer als ich, zart, aber schwungvoll geformt. Die Füße stecken in braunen Lederstiefeln, ihre Hände scheinen mit der Luft zu spielen. Am meisten fasziniert mich aber ihr Mienenspiel. Ihr Gesicht gleicht einem Löschblatt, das auch die kleinsten Gefühlsflecke aufsaugt und abzeichnet. Einmal ist es glatt wie ein frisch bezogenes Bettlaken, das herrlich duftet; ein anderes Mal unordentlich, als hätte jemand ihr die Gesichtszüge in Teile zerschnitten und munter vermischt; dann wieder tollt ein neugieriges Mädchen darin und eine Großmama schaut geduldig zu, bis eine lebhafte Schönheit die beiden verscheucht. Ihre Lippen sind immerzu in Bewegung, als würden sie die Gedanken und Gefühle lautlos kommentieren. Vermutlich ist es ein schön geformter Mund, doch um das herauszufinden, müsste die Frau ihn einen Augenblick ruhig halten. Ich schaue gebannt, ich schaue entzückt: Dieses Gesicht, diese Frau ist ohne Zweifel von überraschender Schönheit.

Zum ersten Mal in meinem Leben hoffe ich, dass der Bus noch lange nicht kommt, damit ich die Frau ausführlicher beobachten kann. Sie mustert befremdet den Automaten, fährt mit dem Finger über die Liste der Haltestellen. Gerunzelte Stirn. Sie wird fündig und drückt zwei Knöpfe. Während sie das Kleingeld zählt, beißt sie sich auf die Unterlippe. Die Fahrkarte wird knatternd gedruckt, ihr Gesicht glättet sich und erstrahlt.

Wenn ich sie noch lange aus diesem schrägen Blickwinkel heraus mustere, wird mein Körper in dieser Position einrasten. Die Frau hätte mir dann für immer den Kopf verdreht. Ich würde an einer Nackenstarre leiden, die kein Chiropraktiker je wieder wegbrächte. Ich müsste seitwärts gehen, um vorausschauen zu können. Niemand könnte mich mehr ernstnehmen, ich würde vereinsamt sterben und das nur, weil ich eine einzigartige Frau unbemerkt beobachten wollte.

Man muss aufpassen. Grundsätzlich und ganz besonders, wenn man eine Frau ins Visier nimmt. Es ist denkbar ungünstig, Gefallen an einer Wildfremden zu finden, da man sie wahrscheinlich nie mehr wiedersieht.

Der Bus rollt heran. Sonst steht man sich hier die Beine in den Bauch, aber dieses eine Mal, da er sich alle Zeit der Welt nehmen könnte, hält er auch schon quietschend vor mir. Bevor ich Fahrradbesitzerin wurde, habe ich an dieser Station mein halbes Leben verwartet, habe Autofahrer beobachtet, die diese Straße aus unerfindlichen Gründen mit einer Rennstrecke verwechseln. Ich kenne jede Platane, jedes Graffiti und jeden Junkie, der bei Rot über die vierspurige Straße hastet; die Eisenbahnbrücke mit ihren schrill quietschenden Zügen, dahinter die Reitschule, die seit den Achtzigern von Linken und Autonomen betrieben wird. Ich kenne das hektische Kommen und Gehen in der Drogenanlaufstelle, den Sicherheitsmann, der über dem Chaos wacht und gleichzeitig so tut, als würde ihn das Treiben nichts angehen. Er steht unbeweglich unter einem kleinen Dach, die Süchtigen stehen eher im Regen. Hier habe ich begriffen, dass Drogensüchtige gestresster sind als Manager. So vieles, was sie organisieren müssen. Für ihre Sucht geben sie alles auf und alles her – ein bedingungsloses Opfer, höchst ungesund, aber ohne Wenn und Aber. Eine Hingabe, die mir fremd ist – jedenfalls bis heute.

Die Frau steigt in den Bus, sie steht nun am Fenster, hält sich an der Stange fest und blickt selbstvergessen hinaus. Ich schiebe mich auf einen Sitz neben der Tür, unweit von ihr. Ich weiß, dass ich sie nicht anstarren sollte, denn sonst brenne ich ihr mit meinen neugierigen Blicken Löcher in die Kleider. Die Frau würde einen kleinen Schrei ausstoßen und verwundert die Brandlöcher in ihrer Jacke untersuchen. Sie würde in die Richtung schauen, aus der ihr die brennenden Blicke zugeworfen wurden, und mich entdecken. Sie würde mich anblicken, mit gerunzelter Stirn und unordentlichen Lippen. Ich würde unauffällig den Blick abwenden. Davon unbeirrt, würde sie auf mich zukommen, die Arme in die Hüfte stemmen und sagen … sie würde sagen … ja, was würde sie sagen?

Der Bus fährt ab, hält an, fährt weiter. Als wir uns der

Station *Lorraine* nähern, packt die Frau ihre Tasche und begibt sich zur Tür. Und dann geschieht das Unglaubliche (ich meine das Salz, von dem die Ziegen nicht lassen können, das Licht, in dem die Motten verbrutzeln und das Bier, in dem die Wespen ertrinken):

Sie schaut mir in die Augen.

Das ist an sich nichts Ungewöhnliches, mit Menschen ist man dauernd in Augenspiele verwickelt. Aber nicht in einen solchen intensiven Kontakt wie diesen. Ich erwidere ihren Blick, sie hält ihn, und ich, zu meinem eigenen Erstaunen, ebenfalls. Unsere Blicke verschnüren sich zu einem komplizierten Seemannsknoten. Ihre Augen sind grau, mit grünen Sprenkeln darin. Irgendwo ertönen Geigen, Harfen oder Lauten, irgendwie flimmert das Licht und vibriert die Luft erwartungsvoll. Kurz bevor die Frau aus dem Bus steigt, schaut sie prüfend auf die Stufen hinunter, dann wirft sie mir noch einmal einen Blick zu mit einem Lächeln wie eine fröhliche, wilde Landschaft, wie ein unordentliches, blühendes Naturschutzgebiet.

Die Türen schieben sich mit einem Zischen zu. Die Frau eilt anmutig hinkend in die Richtung, aus welcher der Bus gekommen ist. Sie schaut kurz über ihre Schulter zu mir oder jedenfalls in meine Richtung. Ich drücke mein Gesicht ans Glas und fühle Schwäche in mir. Der Bus setzt sich mit einem Ruck in Bewegung. Ich überlege mir, ob sie mich mit jemandem verwechselt, oder ob sie sich vorgenommen hat, heute jeden anzulächeln, vielleicht hat sie sich auch nur umgedreht, weil sie meinte, ein UFO sei gelandet.

Ich bleibe erstarrt sitzen und erwache erst zwei Stationen zu spät wieder aus meiner Erstarrung. Mit einem Sprung bin ich aus dem Bus und haste durch die Allee, deren Bäume in der Spätsommersonne leuchten. Während ich im Dahineilen auf den Gehsteig starre, auf die einzelnen gelben Blätter und die flachgedrückten Kaugummimonde, schwirren die Gedanken. Was ist passiert? Ist etwas passiert? Die Frau hat mir in die Augen geschaut. Es hat mich wie ein Schlag getroffen. Ich war vom Donner gerührt, elektrisiert, ergriffen und verwirrt, und all das verdichtet sich zu einer vollkommen absurden, aber betonfesten Erkenntnis: Das ist *sie* – *sie*, die ich schon immer gesucht habe. *Sie*, mit der ich leben, mit der ich alt werden will.

Natürlich tönt das verrückt und ist es auch. Aber ich weiß, dass sie mich erkannt hat, so wie ich sie erkannt habe, auf verwirrende Weise. Ich hielt es bisher für unmöglich, dass man in die Seele eines anderen Menschen blicken kann; jetzt beschleicht mich die schwindelerregende Ahnung, dass es so sein könnte. Ich muss sie wiedersehen, will einen zweiten Blickwechsel wagen, will das Geheimnis lüften, den Bann brechen, den Zauber entzaubern.

Bestimmt bin ich einer Illusion aufgesessen. Bestimmt ist sie meine Frau fürs Leben, es kann nicht anders sein! Bestimmt bin ich auf erschreckende Weise vollkommen durch den Wind. Bestimmt bin ich zwischen die Seiten einer Liebesschnulze geschlittert, bestimmt bin ich die Treppe hinuntergefallen, direkt auf den Kopf, und kann mich nur nicht mehr daran erinnern, bestimmt hat mir jemand Ecstasy in den Kaffee gegeben. Anders kann ich mir meine Gefühle nicht erklären.

Ich mache einen Zwischenhalt im *Im Juli*, der Kneipe mit diesem unmöglichen Namen. Rufst du im Oktober eine Freundin an und sagst ihr: »Ich bin im *Im Juli*, kommst du auch?«, so tönt das nur bescheuert. Ich lasse mich in dem schönen, hohen Raum mit seinen Jugendstilfenstern an einem der Tischchen nieder. Es sind nicht viele Gäste da, die Serviceleute – drei junge, gutaussehende Menschen – scherzen an der Theke, halten sich an das Prinzip: je weniger Gäste, desto nachlässiger bedienen. Heute stört mich das nicht, ich beobachte die wenigen Sonnenstrahlen, die in den Raum fallen, und überlege, was mir zugestoßen ist. Genau genommen nichts. Ich habe bloß eine hinkende Frau beobachtet. Nein, es ist nichts geschehen. Außer dass sich mein Herz anfühlt, als wäre es geknetet, geklopft, geraffelt, blanchiert, frittiert und flambiert worden.

Nach längerem Warten erscheint der Service, ein Junge mit modischem Backenbart und Stirnfransen, die einen nur ahnen lassen, dass er Augen hat. Vermutlich gehört er zur Familie der Bergamaskerhunde, die auch solche Fransen haben und trotzdem Katzen im Umkreis von Kilometern ausmachen können. Der Fransenjunge lächelt, ich lächle zurück. Würden sich unsere Blicke ebenfalls ineinander verknoten, wenn ich seine Augen sehen könnte? Ich bestelle einen Pfefferminztee. Er wird in einem kleinen silbernen Krug serviert, im arabischen Stil. Ich zuckere den Tee groß-zügig, die Araber machen das auch so. Und verbrenne mir beim ersten Schluck die Lippen. Der Mann am Nebentisch schmunzelt.

Ich stütze meinen Kopf auf, und weil ich mich in einem außergewöhnlichen Zustand befinde, vergesse ich, dass ich ein zurückhaltender Mensch bin, und frage ihn: »Hast du schon mal jemand in die Augen geschaut und gewusst: Das ist sie, die Frau deines Lebens?«

Er kichert verlegen. »Wohl kaum, ich bin schwul.«

»Also halt der Mann deines Lebens.«

»Habe das bei jedem gedacht, der mir gefallen hat. Und mir haben viele gefallen. Hat sich aber nie bewahrheitet. Deshalb verliebe ich mich auch nicht mehr. Warte allenfalls noch auf den One-Night-Stand meines Lebens. – Warum fragst du?«

»Ich habe etwas in dieser Art erlebt.«

»Den One-Night-Stand meines Lebens?«

Ich verdrehe die Augen.

»Oh, du meinst den Mann deines Lebens?«

»So ungefähr. Wir sind uns im Bus begegnet.«

»Was willst du jetzt tun?« Er zündet sich eine Zigarette an und inhaliert tief. Meine Güte, denke ich mir, habe ich Lust auf eine Zigarette! Ich zucke mit den Schultern.

»Du hast zu viele Liebesfilme gesehen«, konstatiert er.

»Ich schaue lieber Dokumentar- und Nachrichtensendungen.«

»Dann halt Liebesgeschichten gelesen.«

»Ich bevorzuge Literatur, in denen die Liebe ein sicherer Faktor für Chaos, Absturz und Desillusionierung ist.«

»Hmmm …«

Sein Zigarettenrauch legt sich in blauen Schichten über uns, franst an den Rändern aus und löst sich auf. Ein Mann kommt herein und setzt sich zu meinem Nachbarn, unser Gespräch ist damit wohl beendet. Ich beobachte, wie die Sonnenstrahlen manche Stellen in eine Bühne verwandeln und den Rest zum Zuschauerraum machen. Staub tanzt im Licht. Und so etwas atme ich ein! Erstaunlich, dass alle atmenden Wesen durch diese eine Luft verbunden sind. Ich tanke vom gleichen Tank wie meine Feinde, wie meine mürrische Tante Luise, wie meine Exfreundinnen, wie die zukünftigen, wie Siri Husvedt, DJ Bobo, der Papst oder eben diese Frau von der Haltestelle. Ein Gedanke, der mich durcheinanderbringt. Vielleicht könnte ich mit ihr über den alles verbindenden Atem kommunizieren. Nicht über die Stimmbänder, sondern direkt über die Luft. Atmend würde ich sie fragen: Wer bist du? Wo lebst du? Wie lebst du? Was ist deine Lieblingsmusik? Welche Filme bringen dich zum Lachen? Warum bewegst du dein rechtes Bein zögerlich? Warum hast du mich angelächelt – hast du *mich* angelächelt?

Ich beobachte ein junges Paar beim Hereinkommen. Beide schwarz gekleidet, er eine schwarze dickrandige Brille, sie die Haare kunstvoll hochgesteckt. Sie nehmen lässig auf dem Sofa Platz, während sie um sich schauen, als wollten sie irgendwas oder irgendwen nicht verpassen. Ich möchte ihnen am liebsten zurufen, dass sie so oder so neunundneunzig Komma neun, neun, neun Prozent im Leben verpassen, insbesondere auf Sofas.

Ich muss nach Hause, arbeiten. Im Büro war es mir zu lärmig, der Abgabetermin drängt, also habe ich meine Sachen gepackt und den wissenschaftlichen Text mitgenommen. Ich bin Übersetzerin, meine Mutter war Schwedin, aus ihrer Sprache übersetze ich ins Deutsche. Eine gute Weile muss ich noch warten, bis ich beim Fransenmann endlich zahlen kann. Ich gebe ihm Trinkgeld, obschon er es sich nicht verdient hat.

Ich wohne in einem Reihenhaus, im fünften Stock, Lift gibt es keinen, das ewige Treppengehen hält mich fit. Ich stelle die Tasche in meiner Wohnung ab und nehme die einfache Holztreppe, die zum Dachboden und darüber hinaus auf die Dachterrasse führt. Eine Dachterrasse wie aus einem Hollywood-Film. Die Aussicht ist großartig, besonders an diesem Spätsommertag, da die Farben satt leuchten und die Sicht glasklar ist. Unten liegt die Moserstraße, auf der eine Straßenbahn rumpelt und Spielzeugautos fahren; die Häuserfront aus grüngrauem Sandstein ragt auf der anderen Straßenseite hoch auf, überall Dächer, dahinter der Jura, der sich wurmförmig bis nach Genf fortsetzt, und wenn man sich umdreht, die gesamte Bergkette vom stupsnasigen Stockhorn bis zum kantigen Finsteraarhorn.

Nichts auf dieser Welt kann so langandauernd und selbstverständlich dahocken wie Berge, als hätten sie einen ewigen Pachtvertrag mit der Zeit. Unbeeindruckt schauen sie dem irdischen Treiben zu, während sie gemütlich vor sich hinbröckeln. Seitdem der Permafrost teilweise auftaut, bröckeln sie etwas ungemütlicher.

Ich könnte problemlos auf Bern verzichten, aber nicht auf die richtige Distanz und nötige Nähe zu den Bergen. Ich liebe es, dass sie da sind, gleichgültig, wie lang ich weg war. Sie sitzen an der genau gleichen Stelle und würdigen mich keines Blickes. Nichts anderes auf der Erde bringt diese Beständigkeit zustande – außer dem Meer vielleicht. Berge erinnern mich daran, nein, sie versichern mir, dass es etwas gibt, das unzerstörbar ist. Natürlich, letztlich werden auch sie vergehen, zerbröckeln, zusammengequetscht oder flachgelegt werden – das jedenfalls behaupten die Geologen –, trotzdem.

Es wäre wunderbar, jetzt eine Zigarette zu rauchen. Glücklicherweise liegen keine Schachteln der Nachbarn herum. Ich wohne seit sieben Jahren hier, ebenso lang habe ich nicht mehr geraucht und auch keine Partnerschaft gehabt. Die Beziehung mit Antonia zu beenden und mit dem Rauchen aufzuhören passte perfekt zusammen: Wenn schon, denn schon, sagte ich mir, verlor gleichzeitig an Gewicht und den Glauben an die Liebe. Es ist nicht so, dass ich in den letzten Jahren keine Frauen hätte haben können – im Gegenteil, es scheint etwas an mir zu sein, was sie anzieht. Vielleicht liegt es an meiner distanzierten Art, vielleicht daran, dass sie bei mir eine Ähnlichkeit mit Annemarie Schwarzenbach zu sehen meinen. Die menschliche Gabe, Wünsche und Ähnlichkeiten zu projizieren, ist bekanntlich ausgeprägt. Ich hätte also Frauen haben können, aber ich besitze nicht mehr die Fähigkeit, mich zu verlieben.

Ich bleibe rund zwei ungerauchte Zigarettenlängen auf der Terrasse, dann gehe ich hinunter, an die Übersetzungsarbeit, der Abgabetermin ist morgen. Ich braue mir einen starken Kaffee und mache mich ans Werk. Während ich einen um den anderen Satz übertrage, wandert die Sonne über den Tisch, lässt mich schließlich allein zurück. Ich arbeite im Halbdunkeln weiter, bis ich Vaters Stimme in mir höre, die mich ermahnt, das Licht einzuschalten, weil ich mir sonst die Augen ruiniere. Ich arbeite ohne Unterlass bis zehn Uhr. Kein Telefon stört, ich habe das Festnetz herausgezogen und das Handy abgestellt, in weiser Voraussicht. Sonst hätte bestimmt Mandel angerufen. Mandel heißt eigentlich Raphaela Mandelstam, aber alle nennen sie Mandel, und sie ist meine beste Freundin.

Ich plündere den Kühlschrank und sichte meine Ausbeute – falls man eine halbe Gurke, eine vergammelte Tomate (wandert in den Abfalleimer), ein paar Scheiben Lyoner Wurst und ein angeschimmeltes Stück Käse als Ausbeute bezeichnen kann. Im Küchenschrank finde ich einen Rest Haferflocken, den ich mit Milch und Honig vermenge. Eines der Festmahle, die bei mir regelmäßig stattfinden. Ich arbeite bis ein Uhr, dann bin ich fertig und stelle die Verbindung zur Außenwelt wieder her. Mandel hat mir vier SMS geschrieben, Überlegungen angestellt, was mit mir los ist, drei Räubergeschichten erfunden und mich getadelt, weil ich sie so sträflich vernachlässige. Ich gehe lächelnd ins Badezimmer. Während des Zähneputzens denke ich an die Frau im Bus – ihr Lächeln war so ... ihr Blick unglaublich ...

Als ich das Licht lösche, versichere ich mir, dass morgen, wenn ich erst einmal darüber geschlafen habe, diese unsinnige Schwärmerei bestimmt verflogen sein wird.

Niimmmm miiiichhh!

Am Morgen beim Erwachen denke ich als erstes ans Klo, was beruhigend ist. Auf dem Weg dorthin fällt *sie* mich wieder an. Der Irrsinn ist also noch da! Ich kann mich an keinen Traum erinnern, sondern war in den üblichen komatösen Schlaf gefallen, der mich überkommt, wenn ich bis in die Puppen gearbeitet habe.

Ich bin wie immer spät dran, mache mir einen doppelten Espresso, finde ein paar gummiartige Knäckebrote und stippe sie in den Kaffee. Beschließe, einkaufen zu gehen – ein mir lästiges Unternehmen. Vielleicht kommt Mandel mit, oder Sofie, die unter mir wohnt. Ich leide unter einer schweren Lebensmitteleinkaufs-Neurose und kann deshalb nicht allein einkaufen gehen. Für gewöhnlich gebe ich meiner Begleiterin den Einkaufszettel und stoße den Wagen hinter ihr her, den Blick stur auf den Boden gerichtet.

In einem Supermarkt ist es mir, als würden mich alle Produkte fordernd anstarren und mir zuschreien: »Kauf miiiich!« Ich verstehe nicht, dass die anderen diese Blicke und das Geschrei nicht bemerken. Kommt dazu, dass die verschiedenen Marken des gleichen Produkts ganz unharmonisch in den unterschiedlichsten Tonlagen durcheinander schreien. *Pepsi* will *Cola* übertönen, *Cailler*-Schokolade die *Lindt*, Biomilch die konventionelle, nicht zu reden von den vielen unterschiedlichen Käsesorten. Ach, gäbe es doch von allem weniger – nur *eine* Sorte Butter, Mayonnaise, Brot, Kaffee, Käse, Limonade!

Ob die Bus-Frau gerne einkauft?

Das Wetter hat umgeschlagen, ein heftiger Regen hat eingesetzt, der Himmel spiegelt sich in den grauen Straßen und umgekehrt. Ich haste zum Bus und werde nervös, denn es könnte ja sein, dass die Frau …! Aufgeregt überfliege ich die Wartenden, sie befindet sich nicht darunter. Als wir an der *Lorraine*-Station anhalten, rast mein Herz. Menschen strömen herein, aber die Frau ist nicht dabei.

Im Büro hämmert Carla, die Italienisch-Übersetzerin, schon auf ihre Tastatur ein, Englisch-Übersetzer Johann lässt einen Kaffee aus der Maschine, Marla und Joelle, die für Spanisch und Französisch zuständig sind, plaudern miteinander. Vor sieben Jahren haben Marla, Johann und ich dieses *Kollektiv unabhängiger Übersetzer* gegründet. Jeder arbeitet selbständig, zahlt und beansprucht aber die gemeinsame Infrastruktur samt Sekretärin. Zurzeit überlegen wir uns, ob wir nicht auch Übersetzer aufnehmen, die aus dem Deutschen übertragen. Das Büro platzt aus allen Nähten, wir müssen eine neue Lokalität suchen. Ehrlich gesagt, macht mich das stolz. Das Berufsleben ist einer der wenigen Bereiche, die ich erfolgreich im Griff habe.

Ich grüße die Kollegen, schließe meinen Laptop an und drucke die Arbeit von gestern aus. Es war ein anspruchsvoller Artikel für die Zeitschrift *Swiss Engeneering*. Vermerke, wie viele Stunden ich gearbeitet habe.

Am Abend treffe ich mich mit Mandel. Sie hat sich bereiterklärt, mit mir einkaufen zu gehen. Wie immer kommt sie zu spät. Ich habe mir angewöhnt, eine Viertelstunde später als abgemacht aufzukreuzen, aber sie kommt dennoch später als ich. Ich erkenne sie sofort in der Menge: Sie bewegt sich rasch und schwungvoll, sie hat etwas Eifriges an sich, das mich immer wieder rührt. Wir haben uns vor sechs Jahren im *Pilates für lesbische Frauen* kennengelernt. Ich hätte geradesogut in ein »normales« Pilates gehen können, denn Pilates bietet nicht wie Schwulensaunas eine Grundlage für handfeste Betätigungen. Die Frauen haben sich jedenfalls nicht lüstern auf den Matten herumgewälzt. Bei der

Bauchübung machte Mandel die erste Grimasse in meine Richtung, worauf ich zurückgrimassierte, worauf wir lachen mussten, aber nicht durften. Ein Quartal lang quälten wir uns durch die Pilatesstunden, jede Lektion begossen wir mit Bier. Dann gaben wir den Kurs auf, unsere Freundschaft hingegen wurde ein wichtiger Bestandteil unseres Lebens.

Wir geben uns wie üblich einen einzigen Kuss auf die linke Wange, Mandel haut mir auf die Schulter, was ich nicht so mag, ihr aber nicht abgewöhnen kann. Weil es nieselt, hat sie die Kapuze hochgezogen. Ein Großteil ihres Haars quillt jedoch darunter hervor und ist nass.

»Ist es wieder einmal Zeit für einen Großeinkauf, du Ladenphobikerin?«, grinst Mandel.

Ich brummle nur.

»Hast du deine Einkaufsliste?«

Ich reiche sie ihr.

»Das kann nicht dein Ernst sein, die ist ja mickrig! Du brauchst viel mehr! Komm.« Sie zerrt mich zu einer überdachten Bank und peppt meine Liste auf, das heißt, sie macht sie etwa doppelt so lang, denn sie geht davon aus, dass in meinen Küchenschränken gähnende Leere herrscht, womit sie so Unrecht nicht hat. Energisch zerrt und stößt sie mich zum Einkaufzentrum *Wankdorf*, wo man strategisch weise vorgehen muss, sonst läuft man sich die Füße wund. Mandel holt einen überdimensionierten Einkaufswagen. In meiner Kindheit waren sie halb so groß und die Menschen nur halb so dick wie heute. Würde man das Volumen der Einkaufswagen verkleinern, wären wir das Übergewichtsproblem los, das ist meine Theorie.

Ich schiebe das Monstrum, den Blick gesenkt. Mandel, mit dem Einkaufszettel in der Hand, eilt durch die Regale. Knäckebrot fällt in den Wagen, frisches Brot, Fleisch, Würste, Salami, Butter, Käse, Milch, Quark, Eier und so weiter. Zwischendurch schaue ich auf, die Lebensmittel funkeln mich an. *Nimm mich!*, schreien sie, *niiimmmm miiiichhh!* In kleinen Quartierläden könnte ich selbständig einkaufen, nur ist hier das Problem, dass es zwar noch Quartiere gibt, aber nicht mehr die dazugehörenden Läden.

Während Mandel Äpfel auf die Waage legt, denke ich mir, dass unsere westliche Zivilisation an der Qual der Wahl krankt. Wir können uns alles beschaffen: tropische Früchte, Lachs aus Alaska, russischen Kaviar, Känguruhfleisch, neuseeländische Kiwis und afrikanischen Roiboosh (früher auch afrikanische Sklaven). Beim Mineralwasser müssen wir uns zwischen zwanzig verschiedenen Marken und Flaschenformen entscheiden. Wir können für eine Woche in die Südsee gehen oder schnell mal den grönländischen Gletschern beim Kalben zusehen. Kinder dürfen zwischen fünfzig verschiedenen Freizeitbeschäftigungen und unter ebenso vielen Turnschuhen wählen, wir haben zweihundert Fernsehsender oder auch mehr; wir finden im Internet Sites über jeden großen und kleinen Irrsinn. Wir können alles ausprobieren und kaufen, nein, wir müssen, wir könnten sonst etwas verpassen – ungefähr Null Komma eins Prozent von den neunundneunzig Komma neun, neun Prozent, die wir eh verpassen.

Mich macht das krank.

Als ich zwanzig war, begleitete ich meinen Vater nach Budapest, wo er geschäftlich zu tun hatte. Ich ging allein auf Entdeckungsreisen und konnte es nicht fassen: Die Läden waren halb leer! Das war für die Ungarn bestimmt nicht lustig, ich hingegen fand es befreiend, ich konnte es befreiend empfinden, weil ich ein paar Tagen später in die üppige Schweiz zurückflog, erster Klasse wohlgemerkt. Aber trotzdem: Ich mochte diese Kargheit, ich fühlte keinen Druck, Dinge zu kaufen, die sowieso entbehrlich sind, keine Werbeaktionen, keine nett lächelnden Damen, die mich mit Parfum einsprühen, und keine Super-Aktionen, die zu Hause verstauben und verrotten. Ich bin vermutlich die erste und letzte Person, die leere Regale mag.

Mandel kippt Kaffeepackungen in den Wagen und fragt mich nach meinem Befinden. Ich schaue auf und lächele tapfer. Schon wirbelt sie wieder davon. Nach dem Einkauf gehen wir ins *Im Juli*. Mandel setzt sich just an den Tisch, an dem ich gestern gesessen bin. Sie schält sich aus Regen- und Jeansjacke und versucht Ordnung in ihre Haare zu bringen, indem sie die Unordnung von einer Seite auf die andere verschiebt. Nach zwei Ewigkeiten erscheint der Service – diesmal eine zierliche junge Frau, bei der wir einen Milchkaffee für mich und für Mandel einen Schwarztee ordern.

Als die Getränke kommen, klatscht sich Mandel an die Stirn. »Scheibenkleister, ich habe vergessen, dass es hier nur offenes Kraut gibt. Nun hocken die Blätter auf dem Grund, und wenn ich mich nicht beeile, wird das Gesöff ungenieß-bar.«

Sie fischt die Teeblätter aus der Kanne und häuft sie auf dem Unterteller auf. Manches fällt auf die Tischplatte. Dann gibt sie ein Löffelchen Zucker in die Tasse und mustert mich. »Du hast mir was erzählen wollen.«

Ich nicke, aber weiß nicht mehr, ob es eine gute Idee ist, ihr von meinem Erlebnis zu erzählen. Ich setze mich im Stuhl gerade auf, räuspere mich und beginne mit meiner seltsamen Geschichte. Mandel hört zu, runzelt die Stirn, macht große Augen und dann noch größere. Am Schluss meiner Geschichte sind ihre Augen etwa so groß wie die Untertasse, auf der die Teeblätter liegen. Schweigend nimmt sie einen Schluck Tee, der nach ihrem Gesicht zu urteilen schon ziemlich bitter sein muss. Sie schaufelt noch mehr Zucker hinein. Nach dem Umrühren deutet sie mit dem Löffelchen auf mich: »Du willst also behaupten, dass du in die Augen einer Frau geschaut hast und wusstest, dass sie diejenige welche ist, gleich fürs ganze Leben?«

Ich nicke verlegen.

»Hast du sie nicht alle? Du kennst die Frau nicht die Bohne!«

Ich nicke noch verlegener.

»Hallo, du bist ein besonnener Mensch, zu besonnen,

würde ich mal sagen.« Mandels Haar fliegt mit ihrem empörten Gesicht hin und her.

»Ich verstehe es ja selber nicht – ich habe so etwas, eine solche Intensität noch nie erlebt. Es war das Erkennen eines anderen Menschen, durch alle Schichten hindurch. Es war ein Augenblick vollkommener Schönheit und Nähe. Er hat mich zutiefst berührt.«

»Gib's zu, du warst bekifft.«

Es ist eindeutig keine gute Idee gewesen, Mandel von der Begegnung zu erzählen. »Ich habe mehr Verständnis erwartet von dir«, sage ich, »gerade von dir!«

»Was soll das nun wieder heißen?«

»Du stürzt dich ja auch mit Volldampf in deine Liebschaften, du kennst das, wenn man den Kopf verliert.«

»Natürlich, wenn du alles über verkorkste und misslungene Frauenbeziehungen wissen willst, bin ich *die* Spezialistin schlechthin.«

»Nun übertreibst du aber, mit Tamara –«

»– war ich acht Monate zusammen, und davon waren sechs Monate Krise. Wir reden seither nicht mehr miteinander.«

»Dann nehmen wir Deborah –«

»Sechseinhalb Monate, im zweiten Monat ging sie fremd. Ich brauchte ewig, um von der Beziehung loszukommen.«

»Aber du kannst dich im Unterschied zu mir noch erinnern, wie das mit einer Frau ist.«

»Ja, natürlich. Zwei hochexplosive Hormonbomben, die abwechselnd wegen nichts in die Luft gehen – je nachdem, welche gerade prämenstruell ist. Oder postmenstruell. Oder welcher die Tampons ausgegangen sind.«

»Wenn das deine Einstellung ist, warum stehst du dann auf Frauen?«

»Erstens stehe ich nicht auf den Frauen, sie stehen auf mir, besser gesagt, sie trampeln auf mir rum, zweitens wählt man so was nicht freiwillig. Es ist ein Fluch.« Mandel hat sich aufgeregt, ihre Wangen sind gerötet, der Blick dunkel.

»Was willst du von mir? Dass ich dir erkläre, warum dir die Frau eingefahren ist? Ob es die Frau fürs Leben ist? Wie du sie finden kannst?«

Sie stochert mit dem Löffel in den Teeblättern und verursacht noch mehr Chaos. Mein Milchkaffee, zur Hälfte getrunken, ist erkaltet. Gestern hat alles so einfach geschienen, ich schaute in die Sonnenstrahlen und sinnierte darüber, dass ich über den universalen Atem mit der Bus-Frau verbunden bin, die Welt war erfüllt von Zauber.

Mandel winkt den Service herbei und bestellt ein Bier, ich bestelle noch mal einen Kaffee. Wir schweigen. Die Servicefrau kommt mit den Getränken. Mandel nimmt einen langen Schluck. Als sie absetzt, hat sie einen weißen Schnauz, den sie sich wegwischt. »Du bist keine Frau auf die Schnelle, das weißt du doch.«

»Wie willst du das so genau wissen? Ich lebe seit sieben Jahren als Single.«

»Eben!«

Ich rolle die Augen. »So hilf mir doch!«

Mandel nimmt wieder einen langen Schluck und stellt das Glas laut ab. »Okay, was willst du?«

»Sie finden.«

»Gib ein Inserat auf.«

»Spinnst du?«

»Du beschreibst die Frau, sagst, dass sie dann und dann dort und dort gewesen sei und dass du sie wiedertreffen willst, weil ihr Haar so gut gerochen hat und du den Namen ihres Shampoos wissen möchtest.«

»Sehr witzig!«

»Am besten im *Anzeiger* oder in der *Berner Zeitung*.«

Sie nimmt ein Blatt Papier aus ihrer Tasche, schreibt hastig ein paar Zeilen und reicht mir das Blatt.

»Ich kann hebräische Schrift nicht lesen.«

»Das ist Deutsch.«

»Nein, eine kryptische Zumutung – zum Glück schreibst du mir nie Briefe!«

Mandel reißt mir das Blatt aus der Hand und beginnt vorzulesen: »*Habe Dich, weibl. in den Dreißigern, langes Haar, am Di, xx.xx. an der Bushaltestelle xxx gesehen. Du bist an der Station Lorraine ausgestiegen. Wir haben einen intensiven Blickwechsel ausgetauscht. Ich, ebenfalls weibl., würde Dich gerne kennenlernen.*«

»Das ist nicht dein Ernst!«

»Was hast du schon zu verlieren – außer deiner Würde?«
Sie lacht.

»Nie im Leben!«

»Dann gibt's auch kein Wiedersehen in diesem Leben.«

»Du bist gemein.«

»Ich würde eher sagen, realistisch.«

Mit Mandel zusammen komme ich regelmäßig an den Punkt, da ich mich frage, wo der Sinn einer Freundschaft liegt. Nicht dass ich mich das wirklich frage, es ist bloß so, dass ich sie öfters zum Teufel wünsche. Was übrigens vergebliche Liebesmüh ist, denn Mandel ist jüdisch, und im Judentum gibt es keinen Teufel, so wie wir ihn kennen. Der jüdische Satan operiert schön brav im Auftrag Jahwes. Zur Hölle kann ich sie nicht schicken, denn auch die kennt man im Judentum nicht – man geht davon aus, dass beim Tod die reine Seele zu Jahwe zurückgeht. Was sehr sympathisch ist.

Zu Hause werfe ich mich aufs Sofa, ausgelaugt von den Einkäufen und dem Gespräch mit Mandel. Ich schaue eine Zeitlang dem Regen zu, wie er am Fensterglas Tropfen hinterlässt, von denen manche zu Rinnsalen werden. Ich werde natürlich nie ein Inserat aufgeben, das weiß Mandel. Wenn die Begegnung mit der Frau schicksalhaft war, werden wir auch so einander wiedertreffen. Ich hoffe nur, dass das Schicksal mit der Organisation einer nächsten Begegnung nicht wartet, bis ich grau und krumm geworden bin.

Ick konnte dick auch nicht vergessen, beautiful woman

Drei Tage später ruft mich Mandel ins Büro an. »Schau in die *Berner Zeitung*, unter der Rubrik *Kontakte*. Es ist dufte rausgekommen, finde ich.«

Ich klemme den Hörer zwischen Schulter und Ohr und gehe mit schlimmen Vorahnungen zum Zeitungsständer. »Wenn es das ist, was ich meine, bringe ich dich um.«

Mandel lacht vergnügt.

Ich blättere hastig durch die Zeitung, zwei Mal vorwärts, zwei Mal rückwärts, bis ich das dumme Inserat finde. Ich kann es nicht fassen, obschon es schwarz auf weiß vor mir liegt: `Habe Dich, weibl. in den Dreißigern, langes Haar, am Di, xx.xx.` und so weiter. Wenigstens steht am Schluss nicht meine Telefonnummer, sondern eine Chiffre.

»Die Leute werden ihre Nachricht auf einen Anrufbeantworter sprechen, und du kannst sie mit einem Code abhören.«

»Leute?«

»Na ja, vielleicht fühlen sich verschiedene von deinem Inserat angesprochen.«

»Mandel!«

Ich beschließe, den AB nicht abzuhören. Zwei Tage später fragt Mandel in einer SMS, ob sich die Frau gemeldet habe. Ich verneine. Ob ich denn überhaupt die Messages abgehört hätte. Ich verneine. Zu meiner Verwunderung macht sie mir keine Vorwürfe und schreibt auch sonst nichts. Erst mal. Eine Stunde später meldet sie sich wieder: – **Da du wieder mal unfähig bist, habe ich die Botschaften abgehört. Es sind drei.**

Ich starre auf mein Handy, bis das Display dunkel wird. Erzürnt rufe ich Mandel an. Sie meldet sich fröhlich, ich sage, dass es erstens eine Frechheit sei, für mich ein Inserat zu schreiben, und zweitens sei es die noch größere Frechheit, die Botschaften abzuhören. Das sei Einmischung in meine Privatsphäre.

Ich beeindrucke sie nicht. »Ja, ja, du hast ja recht, aber hör dir die Nachrichten an, sie sind zum Brüllen.«

»Warum tust du mir das an?«

»Weil ich dich kenne. Ohne meine Unterstützung sinnierst du die nächsten paar Jahre über diese Begegnung nach und am Ende bist du das, was du schon seit Jahren bist: ohne Beziehung. Ab und zu muss man dir auf die Sprünge helfen.« Kichernd hängt sie auf.

Ich schwanke zwischen Empörung und Amüsiertheit – das hat man davon, dass die beste Freundin Nägel mit Köpfen macht.

Am Nachmittag hört es auf zu regnen, ich gehe auf die Dachterrasse und beobachte, wie sich die Wolken wieder und wieder zu neuen Formationen zusammenfügen. Einen kurzen Moment lassen sie die Sonne durch und es wird warm, dann schieben sie sich wieder ineinander. Eigentlich erstaunlich: Die Sonne ist im Vergleich zur Erde riesig, aber wenn sich ein wenig Wasserdampf zwischen sie und uns drängt, ist ihre Kraft gebrochen. Die Passanten auf dem Gehsteig muten an wie Ameisen. Von hier aus scheint es unmöglich, dass man mit einer dieser Ameisen einen bedeutungsvollen Blick austauschen könnte. Die Sicht von oben relativiert einiges, das gefällt mir. Darum liebe ich auch den Moment, wenn ich in einem Flugzeug sitze und es abhebt. Bald lösen sich vor meinen Augen die Menschen auf, dann die Autos und die Häuser. Zurück bleiben wunderschöne Strukturen und Faltenwürfe, und man kann sich nicht vorstellen, dass die Erde an einer Menschenepidemie krankt.

Was, wenn die Frau auf die Mailbox gesprochen hat? Nach langem Zögern wähle ich die Nachrichtennummer. Hänge gleich wieder auf. Drücke die Wiederholungstaste. Im Hintergrund läuft schmalzige Geigenmusik. Eine Frau sagt mit rauchiger Stimme: »Nun, ehrlich gesagt mag ich mich an keinen intensiven Blickkontakt in einem Bus erinnern, aber vielleicht war ich gedanklich mit etwas anderem beschäftigt, und da wäre es schade, wenn wir uns verpassen würden, nur weil ich in Gedanken versunken war. Zugegeben, ich fahre nie mit dem Zwölferbus, sondern mit dem Einundzwanziger. Bist du sicher, dass wir uns nicht auf dem Einundzwanziger getroffen haben? Ich würde dich gerne kennenlernen, ich bin hübsch«, sie entfernt sich und stellt die Musik lauter, »und sehr romantisch, wie du hören kannst. Ich freue mich auf dich. Ruf mich an.«

Die zweite hat keine Musik laufen. Sie sagt lange nichts, räuspert sich, als hätte sie einen ganzen Teich Kröten verschluckt. »Ehm, ich fahre selten Bus, ich habe meine Yamaha, und vielleicht (Räuspern) möchtest du dich mal hinten draufsetzen und dich an mich drücken. Ich kann dir Blicke zuwerfen, da wird es dir anders, (Räuspern), also warte nicht auf eine Frau, die du nie mehr wiedersehen wirst. Ich hab übrigens (Räuspern) eine heiße Lederkluft, echt geil.« (Räuspern).

Die dritte Frau spricht mit gepresst tiefer Stimme und englischem Akzent. »*Hi there*, ick heiße Raphy und ick bin so froh, dass du hast gemeldet dick. Ick konnte dick auch nicht vergessen, *beautiful woman*, ick finde, du könntest etwas mehr essen, aber deine dunkeles Haar gefällt mir, auch wenn du hast schon ein paar weiße Haare. Deine Auge, was das sein fur eine Farbe? *Brown? Green?* Braungrün? Lass uns wieder verbinden unsere Blicke, bis ick die Farbe *of your eyes* verstehe.«

Luder.

Ich stelle Mandels Telefonnummer ein. »Raphy Mandelstam, du bist die unmöglichste Freundin dieser Hemisphäre!«

»Dir gefällt doch englischer Akzent und sowieso.« Sie kichert.

»Du hast dein Geld für dieses Inserat voll in den Sand gesetzt.«

»Vielleicht, aber ich hatte eine Menge Spaß. Was hat Frau Nummer zwei gesagt: *Ich habe eine heiße Lederkluft, echt geil.* Und Frau Nummer eins: *Ich bin hübsch und seeeehr romantisch!* So viel Schmonzes!« Sie imitiert schwülstige Geigen.

»Raphaela Mandelstamm, dich sollte man verbieten!«

»Tut mir leid, es ist von Gesetzes wegen verboten, mich zu verbieten.«

Ich stehe auf und kann nicht anders: Ich lache. Mandel ist ein Schlitzohr, sie weiß zwar nicht, wann genug ist, aber meine Güte, ist sie unterhaltsam! Wir verabreden uns für eine Runde Billard im *Sherlock's*, und wenn ich es mir recht bedenke, so ist mir die Frau aus dem Bus gerade ziemlich egal.

Welche Ohren und welcher Mund
zu welchem Dummkopf gehört

Ich verstehe es nicht. Gestern Abend beim Billardspielen fühlte ich mich frei und ungebunden und hatte den Eindruck, dass das Thema *Bus-Frau* erledigt sei. Heute jedoch erwache ich aus einem intensiven Traum: Da war die Frau, und da war ich, und da waren unsere Verbundenheit und Anziehung. Jetzt erfüllt mich eine dumme, durchdringende Sehnsucht, sie überschwemmt mich geradezu, entzieht sich meiner Kontrolle. Die Frau hat meinen Thron in Beschlag genommen, ich stehe vor den Toren der Stadt und finde keinen Einlass. Das alles ist sehr, sehr beunruhigend!

Die Tage gehen, wie sie gekommen sind: unspektakulär. Ich ackere mich durch endlos scheinende schwedische Texte. Manchmal wäre ich froh, ich könnte meine *Mamma* wegen Grammatikfragen und Redewendungen fragen. Ich gehe allein oder mit Freunden ins Kino, spiele mit Mandel Billard, male an dem Bild, an dem ich seit Wochen bin, treffe mich bei Sofie zu einem Schluck Wein, gehe Vater besuchen, erfinde gegenüber Tante Luise neue Ausreden, warum ich sie nicht besuchen kann, lade zum Apéro ein oder überwinde mich und gehe mit Sofie oder Mandel einkaufen. Die Wochen reihen sich aneinander, der sonnige September weicht einem nassen Oktober.

Verglichen mit dem Großteil der Menschheit, ist mein Leben phantastisch. Warum reicht das Wissen um die Leiden der anderen nicht aus, damit mein phantastisches Leben sich auch phantastisch anfühlt? Warum habe ich dieses schale Gefühl, dass das Leben ungelebt an mir vorbeirast? Dass mir etwas Grundlegendes fehlt? Dass dieses Grundlegende jene Frau aus dem Bus sein könnte? Ich denke unentwegt an sie, aber ich erwähne das niemandem gegenüber, nicht einmal Mandel.

Mandel ist übrigens wieder einmal in die Fänge Amors geraten. Sie ist während einer Frauendisco beim Billardtisch herumgestreunt und hat auf eine Spielpartnerin gewartet. Die ist aufgetaucht, in Form einer sehr großen blonden Frau. Sie spielten, bis sie vier Uhr morgens rausgeworfen wurden. Das Spiel stand unentschieden. Mandel lud Chléo zu einem Frühstück ein. Seither höre ich wenig von ihr, sehen tue ich sie noch seltener, dafür erhalte ich regelmäßig SMS:

– Wow, diese Frau! – Es ist so geilllll mit ihr! – Sie ist süßer als süß! – Mit ihr werde ich alt! – Hätte nie gedacht, dass ich so empfinden könnte! – Endlich habe ich mal Massel!

Sehe ich sie doch mal, muss ich mir vorschwärmen lassen, wie berauscht, beglückt und erfüllt sie sei, wie wunderbar, besonders und umwerfend Chléo sei, dass ihr Leben eine völlig neue Wendung genommen habe und dass es ein Glück gewesen sei, so lange zu warten. Und so weiter. Und das stundenlang. Meine freundschaftlichen Gefühle werden auf die Probe gestellt.

Es ist nicht das erste Mal, dass Mandel derart hyperventiliert. Bei jeder neuen Liebe sagt sie: Die Tore zum Paradies sind geöffnet. Gegen Ende der Beziehung will sie dann nach Jerusalem an die Klagemauer.

Schließlich habe ich das zweifelhafte Vergnügen, mit Mandel und Chléo einen Abend zu verbringen. Ich drehe unentwegt an meinem Weinglas, während ich mir jede kleinste Einzelheit ihres Kennenlernens und ihrer Eigenheiten anhören muss. Sie turteln so intensiv, dass ich manchmal nicht mehr weiß, welche Ohren und welcher Mund zu welchem Dummkopf gehört.

Wieder einmal kriege ich die Bestätigung: Verliebtheit ist

eine Krankheit. Die davon befallen sind, sollten während vier bis sechs Monaten unter Quarantäne gestellt werden, dann erst dürfte man sie wieder auf die Menschheit loslassen. Ich beschließe, die zwei Turteltäubchen, oder wohl eher Turtelgeier, erst wieder einzuladen, wenn sie zu Streithennen mutiert sind. Und ich bin froh, dass ich über den Niederungen des Verliebtseins stehe.

In der zweiten Novemberwoche sitze ich zuhinterst im Bus und döse einem langweiligen Feierabend entgegen. Ich habe einen anstrengenden Arbeitstag hinter mir. Der Bus ist proppenvoll, alle scheinen ähnlich schlecht gelaunt zu sein wie ich. Es fallen Schneeflocken, und das verdirbt mir den Rest meiner Laune. Bei der *Lorraine*-Haltstelle schaue ich desinteressiert zu, wie die Leute aussteigen. Die meisten haben den Kopf in den Mantelkragen gezogen, als wären sie Schildkröten. Der Bus setzt sich wieder in Bewegung.

Da sehe ich *sie*!

Einfach zu erkennen an ihrem Gang und dem langen Haar. Sie hat sich offenbar vorn im Bus befunden. Zielstrebig geht sie in die Richtung, aus welcher der Bus gekommen ist. Wie ich ihr mit offenem Mund hinterherschaue, bügelt die Scheibe meine Nase flach. Und ich mache etwas, das weit unter meiner Würde ist: Ich klopfe wie verrückt ans Fenster, winke und rufe »Hallo, hallo!«, was nur die Menschen im Bus verstehen, und das viel zu gut. Ich stürze nach vorn und schreie: »Anhalten, bitte anhalten, ich muss raus!« Ich remple Schultern, einer Frau reiße ich das Kind beinahe aus den Armen, was sie vermutlich nicht schätzt. Vorn angekommen, bitte ich den Fahrer zu stoppen, was er nicht tut. Da könne ja jeder kommen, sagt er. Ich erfinde eine Geschichte: Ich hätte meine Großmutter gesehen, sie sei voller Taschen gewesen, und ich hätte Angst, dass sie wegen des Schneematschs stürzen würde, er kenne ja die Knochen der alten Leute – morsch und mürbe. Ich wolle ihr unter die Arme greifen. Endlich hält der Fahrer an, öffnet die Tür und erklärt, dass dies die absolute Ausnahme sei. Ich danke tausend Mal und schlittere über den matschigen Gehsteig Richtung Bus-Station. Suche und suche, bis ich gewiss alle Straßen und Sträßchen des Lorraine-Quartiers abgesucht habe. Nichts. Das einzige, was ich herausfinde: Mit meiner Kondition steht es nicht zum Besten. Enttäuscht und zutiefst aufgewühlt begebe ich mich auf den Heimweg, schlurfe die fünf Stockwerke hoch und lasse ein Bad ein. Ich ärgere mich nicht mal darüber, dass ich keinen Badezusatz habe und mit Duschgel vorliebnehmen muss. Im Bad überlege ich mir, was ich zu der Frau gesagt hätte. Ich hätte vermutlich etwas Unzusammenhängendes gestammelt, die Frau hätte gedacht, dass ich eine Dealerin oder Meuchelmörderin bin, hätte geistesgegenwärtig das Handy gezückt und ich säße jetzt in Untersuchungshaft. Dann doch lieber ein warmes Bad mit Duschgel, das nicht schäumt.

Als ich schier drauf und dran war, die Scheibe einzuschlagen, um mich bei der Frau bemerkbar zu machen, hatte sie kurz aufgeschaut. Unsere Blicke kreuzten sich, ich war elektrisiert. Gelähmt ließ ich die Arme sinken, die Frau setzte ihren Weg fort. Sie hatte mich nicht erkannt.

Ich ziehe mein rotes Schiffchen auf und lasse es Runden um meine Knie drehen. Es stößt an den Badewannenrand und an meine Knie, macht dabei schnelle Planschgeräusche. Ich ziehe es wieder und wieder auf, auf die Gefahr hin, die Feder zu überdrehen. Meine Haut gleicht allmählich einer Cordhose.

Nach dem Bad lege ich mich aufs Sofa und zappe lustlos durchs Fernsehprogramm. Früher musste man aufstehen und den Knopf am Fernseher betätigen, wenn man von einem Sender zum anderen umschalten wollte. Wir hatten die Wahl zwischen Schweizer Fernsehen, ARD, ZDF, ORF1 und ORF2. Dann wurde die Fernbedienung erfunden, neue Sender kamen dazu, und das Wort *Zappen* fand Eingang in unseren Sprachgebrauch. Mittlerweile besitzen wir zweihundert Sender, das Zappen ist Schwerstarbeit geworden.

Man fängt irgendwo an und hört nirgends auf. Oder man bleibt hängen, wie ich an diesem Abend.

Auf dem spanischen Sender TV5 läuft eine Soap Opera. Ich verstehe kein Wort, aber dank der Mimik der Schauspieler, untermalt von gefühlvoller Musik, begreife ich einiges. Abgesehen davon muss man sowieso nicht immer alles verstehen. Der Schleimer mit dem gelben Hemd ist der Böse (so hämisch, wie der lächelt), er hintergeht die Frau mit der rot geblümten Bluse, den weiß lackierten, langen Fingernägeln und dem unschuldigen Gesicht – zugegeben, so wie sie aussieht, täte ich das vielleicht auch. Der Weißhaarige, ein Patriarch, ist streng und fordernd, seine Frau hat sich ihm mutlos gefügt. In der Szene darauf küssen sich zwei Jüngere, sie pressen die Lippen aufeinander, als seien die voller Seife. Nicht sehr erotisch. Später weint die junge Frau, die geküsst hat, bei ihrer Mutter, der Hausherrin. Vielleicht klagt sie über den Seifenkuss. Die Mutter macht ihr Vorwürfe – glaube ich jedenfalls, aber bin mir nicht sicher. Spanisch tönt grundsätzlich etwas vorwurfsvoll. Als der strenge Hausherr seine Tochter weinen sieht, wird er fuchsteufelswild und fährt sie an, worauf die Tochter hysterisch schreiend aus dem Wohnzimmer flüchtet. Nun motzt er seine Frau an, was die aus dem Zimmer auf die Veranda und in den Garten treibt. Dort schneidet ein älterer Mann die Rosen, und wie die Frau ihn anschaut, weiß man: Huch, die beiden haben oder hatten was miteinander! Die große Liebe, verunmöglicht durch den Standesunterschied. Sie spricht ihn an, er erschrickt und schneidet sich in den Finger. Entsetzt zieht sie ein Taschentüchlein aus ihrem BH und verbindet liebevoll die Wunde. Er schaut ihr dabei zu, und als sie fertig ist, sehen sie sich wieder in die Augen – ich weiß jetzt, was das bedeuten kann! Er nähert sich ihrem Gesicht. Näher, näher … zu langsam, die Folge ist zu Ende, bevor sie sich küssen können.

Ich stelle den Fernseher frustriert ab. Immer geht es um die Liebe, und immer geht die Liebe, bevor man sie haben kann. Schöne … *Kallprat*.

In das matte Schimmern des Vorhangs

Vater besitzt ein Jahresabonnement für das Stadttheater, aber keine Frau mehr, die ihn begleiten könnte. Wirklich keine? Oh doch, da ist ja seine Tochter, die in den Vorstellungen einschläft und die nach dem hundertsten Nickerchen ihrem Vater schmackhaft zu machen versuchte, sein Theaterabonnement gegen das Generalabonnement Erster Klasse für die Schweizerischen Bahnen einzutauschen. Er könnte gemütlich auf einem Sessel sitzend seine vielen Zeitungen lesen und dabei durch das ganze Land fahren.

Er ließ sich auf den Tauschhandel nicht ein.

Also muss ich heute Abend mit, diesmal wenigstens in eine Oper. Das Berner Stadttheater ist bekannt für passable Opern, außerdem finde ich Gesang angenehmer als Lamentieren auf der Bühne. Vater besitzt einen Logenplatz, wo man viel Raum, keine unmittelbaren Nachbarn und eine exzellente Sicht hat. Es ist Samstagabend, das Theater ziemlich gefüllt, größtenteils mit älteren Semestern. Sie haben sich herausgeputzt, die Damen in langen Roben, die Männer in Anzügen. Ich bin gerührt, wie sehr sie sich mit der Garderobe Mühe gegeben haben, und noch mehr rührt es mich, dass das Provinzielle trotzdem aus jeder Falte strahlt. Zum Ärger meines Vaters habe ich wie immer keine Robe angezogen, sondern eine elegante schwarze Hose und dazu die smaragdfarbene Bluse.

»Du trägst immer die gleiche Bluse, wenn wir ins Stadttheater gehen«, muffelt er.

»Findest du, sie steht mir nicht?«

»Das schon, aber etwas Abwechslung würde nicht schaden.«

»Es ist meine Stadttheater-Bluse und sie war verdammt teuer. Ich muss sie chemisch reinigen lassen.«

Vater hält mir kopfschüttelnd die Türe zur Loge auf. Ich setze mich und lehne mich in meinen Sessel, lehne mich in das Gemurmel, ins Aufwärmspiel des Orchesters, in den goldenen Schein der Stuckaturen, in das matte Schimmern des Vorhangs und in die erwartungsvolle Spannung.

»Deine Mutter hätte es geliebt.«

Das musste kommen. Es kommt immer, bei jeder sich bietenden Gelegenheit. Sätze, wie Mantras wiederholt: »Ach wäre deine Mutter doch da!« – »Sie hätte das gemocht.« – »Sie hätte dies und das gesagt.« – »Sie hätte dieses und jenes gemacht.« – »Du gleichst ihr so sehr, weißt du das?« und so weiter.

Ich frage mich, ob *Moder* im Jenseits nicht manchmal die Nerven verliert über ihren Ehemann, der sie nicht loslassen kann. Ich als Tochter tue es im Diesseits jedenfalls oft.

Vater weiß, dass ich auf seine »Deine Mutter«-Sätze nichts erwidere, höchstens »ja« oder »ja, ja« oder »jaja, ja!« Er hangelt sich spielend leicht zum nächsten Thema, sei es Politik, seine Rosen, Golf oder seine neue Leidenschaft: das Pokern. Und wie jedes Mal, wenn wir eine Oper besuchen, informiert er mich über die Handlung. Eine Tradition, die ich mag.

»*La Traviata* von Verdi – eine meiner Lieblingsopern!«, beginnt er, »die Geschichte ist dem Roman *Die Kameliendame* von Dumas nachempfunden. Die lungenkranke Kurtisane Violetta gibt in ihrem Salon ein Fest und begegnet Alfredo, der aus gutem Hause stammt. Er hat sich vor einem Jahr unsterblich in sie verliebt und gesteht ihr jetzt seine Liebe.«

»Es war also Liebe auf den ersten Blick?«

»Genau. Violetta ist zwar berührt von seiner Liebeserklärung, bleibt aber distanziert, sie hat ja einen schlimmen

Lebenswandel. Die Liebe jedoch ist stärker, sie finden sich und ziehen aufs Land. Violetta ist bereit, ein neues Leben zu beginnen. Aber da taucht Alfredos reicher Vater auf und überzeugt sie davon, dass sie sich von Alfredo trennen muss, weil der sonst von der Gesellschaft geächtet wird. Violetta beugt sich dem Vater, sie macht Alfredo vor, ihn nicht mehr zu lieben und kehrt in ihr altes Leben zurück. Alfredo ist total verzweifelt und sucht sie auf. Er trifft sie an der Seite des Barons Douphol, es kommt zu einem Duell, das Alfredo gewinnt. Violetta ist mittlerweile todkrank. Am Sterbebett finden die Liebenden zusammen. Alfredos Vater bittet sie um Verzeihung, dann stirbt sie.«

»Das wird ja wieder einmal das reinste Freudenfest.«

»Leiden, Schmerz, Verlust und Tod sind nun mal die Zutaten für eine große Geschichte.«

Bevor ich darauf eine Antwort gewusst hätte, gehen im Publikumsraum die Lichter aus, Scheinwerfer fluten den Vorhang. Das Orchester stürzt sich beherzt in die Ouvertüre, und der Vorhang öffnet sich.

Vater nimmt seinen Operngucker hervor. Wir befinden uns auf Violettas Fest. Eine Frau in einem dunkelroten langen Kleid sticht mir ins Auge.

»Das ist Violetta«, raunt mir Vater zu.

Violetta singt anmutig und berührend, ihr Haar – falls es ihr eigenes ist – ist hochgesteckt. Singend geht sie auf Alberto zu. Ich starre Violetta gebannt an, irritiert, ohne genau sagen zu können, was mich durcheinanderbringt.

Doch, da!

Der Schritt, ihr rechtes Bein, damit ist etwas! Ich reiße Vater die Operngucker mit einem Pardon aus der Hand und suche Violetta. Hastig drehe ich am Rädchen, bis ich alle Konturen erkennen kann. Und stoße einen kleinen Schrei aus.

Das ist nicht möglich!

Vater greift erschrocken nach meiner Schulter und will wissen, was los ist.

Ich schüttele nur leicht den Kopf, während ich weiter durch den Operngucker starre. »Es ist nichts, ich habe diese Frau bloß schon gesehen.«

Vater bekommt seinen Operngucker nicht mehr zurück, jedenfalls nicht, wenn Violetta auf der Bühne steht, was meistens der Fall ist.

Meine Frau vom Bus, denke ich. Sie ist Opernsängerin. Sie ist wunderschön, ihre Stimme ist wunderschön, ihr Minenspiel ist wunderschön, sie ist noch viel schöner, als ich es in Erinnerung habe! Sie ist hinreißend, sie ist umwerfend, sie ist eine Offenbarung. *She puts a spell on me.* So hat es Jay Hawkins gesungen. Und so ist es: *She puts a spell on me!*

Als der Vorhang fällt, habe ich verkrampfte Hände vom Operngucken, auch sonst stehe ich neben mir, versichere aber meinem besorgten Vater, dass alles in Ordnung sei, die Oper habe mich einfach mitgenommen. Ich schnappe mir ein Programm, das jemand im Foyer liegen gelassen hat, und suche sie, das Foto von ihr, ihren Namen: *Vera Kaminsky.* Vater zieht mich durch die Menschenmasse nach draußen, zum *Kornhaus*-Café, er bestellt wie immer einen Whisky mit einem Glas Wasser. Ich entschließe mich nach langem Überlegen für einen Portwein. Vater will wissen, was mit mir los ist, aber ich winke nur ab und bringe das Gespräch auf seine Rosen. Er macht mit. Manchmal, so vermute ich, erschließt sich ihm seine Tochter auch nicht ansatzweise. Er denkt sich wohl: Sie will ein Gespräch über Rosen? Soll sie es haben!

Als ich meine Wohnungstür hinter mir geschlossen habe, lasse ich im Korridor den Mantel zu Boden gleiten und stürze mich ins Internet. Gebe auf der Suchseite der Swisscom Veras Namen und Bern ein. Nichts. Weite die Suche auf den Kanton Bern aus, dann auf die ganze Schweiz, erfolglos. Google den Namen. Sie wird bei drei verschiedenen Opernaufführungen aufgelistet, mehr nicht. Ich schmettere das Opern-Programm auf den Tisch und stütze den Kopf auf. Ob *Vera Kaminsky* nur ihr Künstlername ist und ihr richtiger Name vielleicht *Susi Meier* lautet? Mit Susi Meier kann man keine Opernkarriere machen, eher als Modell für *Schauma* Shampoo. Ich studiere das Bild von Susi respektive von Vera. Es ist schwarz-weiß, sie schaut forsch in die Kamera, lächelt aber zurückhaltend, beinahe schüchtern. Ihr Blick ist intelligent, wachsam, offen, ein bisschen verschmitzt. Sogar auf dem Foto elektrisiert er mich.

Ich muss nachdenken, unbedingt! Mit einem Glas Wein gehe ich auf die Dachterrasse. Atme weißen Atem aus. Der Himmel ist von den Wolken leergefegt, Sterne funkeln fröhlich, der Mond ist nur eine angedeutete Sichel. Tom, der zwei Stockwerke unter mir wohnt, steht mit einer Handvoll Freunden und einem Ghettoblaster an den Kamin gelehnt. Trancemusik passt gut zu den Weiten des nächtlichen Himmels. Tom winkt mich zu sich, er bietet mir seinen Joint an. Wie jedes Mal lehne ich ab.

»Ewig kannst du nicht widerstehen!«, lacht er mit verhangenem Blick.

Ich grüße alle, reibe meine klammen Finger und lächele. »Und wie ich widerstehen werde, mein Freund!« Eine Weile bleibe ich bei ihnen, höre amüsiert zu, wie sie sich in ihren Gedankenwindungen verlieren und Nebensächlichkeiten zum Wichtigsten überhaupt machen. Dann lehne ich ans Geländer und betrachte das Lichtermeer von Bern. Kein großes Lichtermeer, aber mir reicht es vollauf. Die Sehnsucht, Vera Kaminsky kennenzulernen, füllt mich und die ganze Hemisphäre aus. Das ist eine kolossale Übertreibung, ich weiß, aber es ist auf seine irrationale Weise so. Ich überlege mir, ob ich jemals etwas so brennend gewünscht habe, wie Vera zu sehen. Mal abgesehen von dem Wunsch als Vierzehnjährige, ein Madonna-Konzert zu besuchen. Oder als ich mich mit jeder Faser meines Körpers nach Wasser verzehrt habe, auf einer Wanderung in Italien, als Antonia und ich uns verirrt hatten. Oder während der Dolmetscherprüfung, als ich die Bedeutung eines schwedischen Wortes nicht kannte und alles dafür hergegeben hätte, es zu wissen.

Während ich in die Sterne schaue, kommt es mir vor, als könnte ich gut ohne Madonna, Wasser und schwedische Wörter existieren, aber zu leben, ohne Vera Kaminsky kennengelernt zu haben?

Nein.

Omöjlig – ja, vollkommen unmöglich.

Daraus könnte man Puzos Godfather modellieren

Man sollte nicht am Samstagabend in die Oper gehen und eine Vera Kaminsky auf der Bühne entdecken, weil der nächste Tag ein Sonntag ist und man unendlich viel Zeit hat, über das Erlebnis nachzudenken, herumzutigern, einen Kaffee nach dem anderen zu trinken und die Oper immer und immer wieder Revue passieren zu lassen. Meine Wohnung ist klein, man kann nicht groß darin herumtigern, man verkommt zu Rilkes Panther, der mit seinem weichen Gang geschmeidig starken Schrittes sich im allerkleinsten Kreise dreht, es ist wie ein Tanz um eine Mitte, in der betäubt ein großer Wille steht. Rilke ist einfach der Größte.

Ich mache einen Spaziergang und werde mit jedem Schritt nervöser – ich, nein die ganze Welt vibriert vor Erwartung: Ich könnte Vera überall begegnen – im Bus, im Restaurant, im Kino, in der Altstadt, im Museum. Ich muss nur den richtigen Weg wählen, dann treffe ich sie! Meine Frisöse heißt Arlette. Sie hat ein begnadetes Händchen und versteht nach eigener Aussage eine Menge von den kosmischen Gesetzen. Sie behauptet, anhand der Haare den Charakter eines Menschen lesen zu können, was Humbug ist. Als ich zum ersten Mal bei ihr war, sagte sie: »Du bist ein distanzierter Mensch, deine Mutter kommt aus einer kühlen Gegend, du bist empfänglich für Humor, in der Arbeit eine Perfektionistin und hast wenig Ahnung von Beziehungen.«

Nun gut, das trifft zu – offenbar findet auch ein esoterisches Huhn mal ein Korn. Ein anderes Mal sagte sie: »Man findet das Gesuchte, indem man es loslässt. Konzentriere dich auf etwas anderes, und du stolperst über das Gesuchte. Man muss seinen Wunsch einfach der göttlichen Macht überlassen.«

Dann wollen wir es doch mal ausprobieren – ich lasse Vera los. Das gelingt mir während elf Sekunden ganz gut, dann schiebt sich Vera ungefragt zurück. Ich schiebe sie wieder weg, und kaum versehe ich mich, besetzt sie meine Gedanken erneut. Loslassen und lockerlassen ist verflixte Schwerstarbeit!

Ich folge dem Aargauerstalden, der von einer großzügigen Allee gesäumt wird und einen wunderschönen Blick auf die Altstadt Berns freigibt. Reihen mit schmalen Sandsteinhäusern, die unbeholfen aneinanderlehnen, führen in krummen Linien aus der Aareschlaufe den Hang hinauf. Rechts erblicke ich die Untertorbrücke, die ins Mattequartier, links die höher gelegene Nydeggbrücke, die in die Innenstadt führt. Die Bise, ein eisigkalter Nordwind, dringt mir bis auf die Knochen. Ich ziehe die Kappe tiefer ins Gesicht und rufe Mandel an, es könnte ja sein, dass Chléo und sie sich zur Abwechslung nicht ablecken. Es meldet sich die Mailbox. Ich bin froh, dass ich nicht erfahre, was Mandel gerade tut.

Vor meinem inneren Auge sehe ich Veras rotes Kleid, ihr ausdrucksstarkes Gesicht, das rechte Bein, das ihrem Gang eine unverwechselbare Note verleiht, höre ihre schöne Sopranstimme. Wenn ihre Sprechstimme nur annähernd so schön ist wie ihr Gesang – meine Güte! Ich bleibe auf der Nydeggbrücke stehen und schaue hinunter. Die Aare führt wenig Wasser, sie fließt lustlos, zeigt sich von ihrer braungrünen, mürrischen Seite. Die Kieselsteine auf dem Grund des Flusses könnte ich zählen, so klar ist das Wasser, so untief.

Ach, wie sehr möchte ich Vera Kaminsky kennenlernen, mit ihr sprechen, den Blick in ihre Augen wagen! Ich möchte mit ihr in einem französischen Café sitzen und reden, bis der Kellner die Stühle auf den Tisch stellt. Ich möchte mit ihr in die Nacht tauchen, und sie würde sich bei mir unterhaken, so dass ich die Wärme ihres Körpers durch den Mantel spüren könnte, wir würden ziellos durch die Stadt streifen, sie würde mich zu einem Kaffee hoch bitten. Vera und ich beim Kaffee, das kann ich mir vorstellen, bei dem, was danach geschehen könnte, lässt mich meine Phantasie im Stich. Bin wohl schon zu lange allein gewesen.

Ich gehe ins *Verdi*, ein italienisches Restaurant im *Art décor* Stil, das an allen Ecken und Enden dem Komponisten huldigt. Verdi hat die *Traviata* komponiert, was wäre also angemessener als hier einzukehren? An den Wänden hängen Portraits des Meisters, Zeitungsausschnitte über, Originalplakate von Uraufführungen: *Rigoletto*, *Nabucco*, *Aida*, *Falstaff* und so weiter. Ich erfahre, dass *La Traviata* am 6. März 1853 im *Teatro La Fenice*, Venedig, das erste Mal gespielt wurde. Riesige Spiegel mit pompösen Goldrahmen werfen das Licht der Kerzen zurück. Ich setze mich an die silbrig glänzende Bar, rechts von mir steht ein kindshoher vierarmiger Kerzenständer, links über der Theke hängt ein Kronleuchter, der an ein Diamantencollier am Hals einer schönen Frau erinnert. Das Interieur ist wie geschaffen für meine Stimmung. Als ich meinen zweiten Kaffee trinke, gesellt sich ein Mann zu mir. Dunkler Anzug ohne Krawatte, glänzende Lederschuhe, die Haare nach hinten geschmiert. Ein Mafioso oder einer, der zu viele Mafiafilme geschaut hat. Er bestellt einen Espresso mit einem Grappa. Als er sich eine Zigarette ansteckt, sehe ich seine goldene Uhr. Er bietet so viele Klischees, daraus könnte man Puzos Godfather modellieren! Es riecht nach Zigarette, genüsslich schnuppere ich. Nachdem sich der Mafioso eingerichtet hat, lächelt er mich an. Erstaunlich, dass keine Goldzähne aufblitzen.

Er eröffnet die Balz: »Kennen wir uns von irgendwoher?«

Ich hätte eine raffiniertere Anmache erwartet. Freundlich lächle ich: »Könnte sein, es kommt mir auch so vor. War es nicht an der *True Colour* Party?«

True Colour ist die allmonatliche Schwulendisco.

»*True Colour* Party?«, er denkt nach, »vor einem Monat?«

Ich nicke.

Nun nickt er auch, etwas zögernd. »Genau, jetzt erinnere ich mich. Da ging's ab, nicht?!«

Ich stimme zu und presse die Lippen zusammen.

»Du hast mir schon an dem Abend gut gefallen, aber ich war mit meinen Jungs unterwegs, du weißt schon.«

Ich nicke wieder, konzentriere mich auf die Zuckerdose. Dank ihrer beruhigenden einfachen Form kann ich mir das Lachen verkneifen.

»Aber jetzt sind nur wir zwei«, er zwinkert mir anzüglich zu.

»Fürwahr – du, hast du *La Traviata* im Stadttheater gesehen?« Mafiosi mögen doch Opern.

Seine Augen beginnen zu leuchten. »Natürlich habe ich sie gesehen! Tolle Aufführung, vor allem die Kaminsky.«

»Du kennst sie?«

»Sie ist göttlich, findest du nicht?«

Ich nicke. »Weißt du, was mit ihrem Knie ist?«

»Als Kind mit dem Fahrrad von der Straße abgekommen und zehn Meter in die Tiefe auf einen Felsen gestürzt. Hat dich ihr Gang gestört? Ich finde, er ist geradezu ideal für die Darstellung der todkranken Violetta.«

»Was weißt du sonst von ihr?«

»Einiges. Es ist gut, eine Maskenbildnerin zur Freundin zu haben«, er grinst. »Also, die Kaminsky ist im Wallis aufgewachsen, Einzelkind, mit fünfzehn nach Zürich gezogen, ans Gymnasium, dann ans Konservatorium. Mit Bravour abgeschlossen, hat seither an verschiedenen europäischen Opernhäusern gearbeitet.«

»Verheiratet?« Ich beiße mir auf die Lippen.

»Nicht dass ich wüsste.«

Ich entschuldige mich. Auf dem WC stelle ich fest, dass meine Beine zittern. Sie zittern. Meine Augen hingegen strahlen und glitzern, als wären sie Discokugeln. Ich rufe Mandel an, spreche ihr auf die Mailbox, dass sie sich gefälligst melden solle. Biest! Ich ziehe die Lippen nach und prüfe mein Gesicht. Etwas zu schmal und bleich, finde ich, der Rest ist okay.

Der Mafioso schaut mir erwartungsvoll entgegen, und das ist mir ganz recht. Es hat etwas Tröstliches, dieses Ich-Mann-du-Frau-ergreifen-wir-die-Lianen-Spiel. Frauen bedeuten für mich Liebe und eine Menge Probleme; Männer hingegen unkomplizierte Bettgeschichten, die mich für einen Moment vergessen lassen, dass ich auf Probleme mit Frauen stehe.

Wir essen etwas Kleines, trinken dazu einen Rotwein. Er begleitet mich nach Hause, ich bitte ihn hoch, der Rest ergibt sich, und abgesehen vom Wachs in seinem Haar ist es ein angenehmer und kurzweiliger Zeitvertrieb. Jedenfalls denke ich eine halbe Stunde nicht an Vera Kaminsky. Der Mafioso, er heißt Giorgio, gehört glücklicherweise zu der Sorte Männer, die Reißaus nehmen, wenn die Sache erledigt ist. Ich liege eine Weile da, dann wechsle ich die Laken, was ich schon längst hätte tun sollen. Mandel ruft mich an, sie will heute Abend mit mir und Chléo ins *Im Juli* gehen.

Ich habe Mandel von meinem Erlebnis in der Oper so schnell als möglich erzählen wollen. Nur leider kriegt man Mandel zurzeit ja nicht ohne großes blondes Anhängsel. Die beiden sitzen nun vor mir im *Im Juli* und schlecken sich gegenseitig Ohren, Hals, Wange, Lippen und Hände ab.

Mandel besitzt eine angenehme Stimme – eine, die mich zu Abenteuern mitreißen oder sanft in den Schlaf reden kann. Sie hat einfach den richtigen Ton. Und ich liebe es, dass sie – ihren jüdischen Wurzeln gemäß – Tacheles spricht, nicht unehrliches Gewäsch. Jetzt aber schlenkert ihre Stimme zwischen Fisteln, Quietschen, Wimmern, Schmeicheln, Brabbeln und pubertärem Kichern hin und her, so dass ich mich regelmäßig versichern muss, dass tatsächlich Mandel vor mir sitzt. Sie ist nicht einmal der Schatten ihrer selbst –

eher ein Walt-Disney-Abziehbild, das ich nirgendwohin kleben möchte.

Ich sollte mich für sie freuen, es ist doch schön, wenn man verliebt ist. Sagt man. Aber es ist nicht schön, zwei Menschen gegenüberzusitzen, die verliebt sind. Das ist der feine, aber erhebliche Unterschied. Wie gesagt: Verliebte gehören unter Quarantäne.

Chléo sieht nicht schlecht aus, wenn sie nicht schier unendlich groß wäre – eine durchtrainierte Bohnenstange, deren Füße im Bett bestimmt aus der Decke und über die Kante hinausschauen. Wenn sie die Kaffeetasse anhebt, quellen der Bizeps, Trizeps und eine Menge anderer Zeps hervor. Mich erstaunt, dass bei muskulösen Menschen jede Bewegung wie ein Kraftakt aussieht. Nun gut, vielleicht ist es ja einer, so viele Muskeln wiegen bestimmt ziemlich viel. Chléos Augen sind schön, wenn das Blau nicht so verwaschen wäre, und der Mund – nun ja, Küsserlippen sind es nicht gerade, im Alter wird vermutlich ein verkniffener Strich übrigbleiben. Ich verfolge das Turteln und frage mich, warum man in Zeiten der Verliebtheit die Geliebte mit einem Speiseeis verwechselt. Und ich beschließe: Mandel wird erst etwas von Vera Kaminsky erfahren, wenn sie sich wieder wie ein zivilisierter Mensch benimmt.

Das könnte dauern.

Soeben flüstert Mandel ihrer Holden zärtlich ins Ohr. Flüstern vor anderen ist unhöflich, verliebtes Flüstern die Unhöflichkeit aller Unhöflichkeiten, weil es das Gegenüber nicht nur ausschließt, sondern ihm die eigene verrottete Einsamkeit noch bewusster macht. Als hätte Mandel gespürt, dass ich kurz vor dem Überkochen bin, greift sie strahlend nach meinen Händen. »Ach, haben wir es nicht wunderbar, wir drei? Ich bin so glücklich, dass ihr euch versteht. Es gibt nichts Schlimmeres, als wenn Herzdame und beste Freundin ein mieses Verhältnis haben.«

Ich lächle höflich. Ehrlich gesagt, habe ich noch keine drei Sätze mit der Herzensdame ausgetauscht. Sie hat mich nach der Toilette gefragt, ich habe ihr den Weg beschrieben.

Mandel berührt verzückt Chléos Ohr. »Findest du nicht auch, dass sie die schönsten Ohren hat?«

Chléo wehrt verschämt lächelnd ab. »Ach was, deine Ohren sind viel hübscher, geradezu perfekt.«

»Das ist nicht möglich, weil deine immer tausend Mal schöner sind!«

Mandel küsste Chléos Ohr, Chléo revanchiert sich. Das geht einige Zeit hin und her, bis sich Mandel an mich wendet. »Du bist die Jury, sag, welche Ohren schöner sind, und wehe, du entscheidest dich nicht für Chléos.«

Ich begutachte die Ohren der beiden Irren. Da Mandels Ohren meist von ihrem Haar überdeckt sind, habe ich sie noch nie genauer betrachtet. Sie hat zierliche, schön geschwungene Ohren, die Ohrläppchen sind klein, aber im Verhältnis zum ganzen Ohr genau richtig. Chléo hat große, oben abgeflachte, ziemlich schräg gestellte Ohren. Ohrläppchen besitzt sie fast keine, aber in die armen Fast-keine-Läppchen hat sie viele Löcher stechen lassen: Ohrenring baumelt an Ohrenring. Wenn es wahr ist, dass manche Körpermeridiane im Ohr enden, muss Chléos Körperenergie ziemlich angeregt oder verstört sein. Ich tippe auf verstört.

»Nun sag schon, Schmock: Wer hat die schöneren Ohren?«, drängt Mandel.

Ach, Mandel! »Ich würde sagen, bei der Kategorie *Große Ohren* gewinnt Chléo, in der Kategorie *Kleine Ohren* Mandel.«

»Wow, wir haben beide gewonnen«, jubiliert Mandel und drückt Chléo fest an sich.

Ich rufe den Kellner, es ist übrigens wieder der mit den Bergamaskerfransen. Es würde also dauern, bis ich zahlen kann. Während ich Mandel dabei beobachte, wie sie Chléo eine Gabel Apfelkuchen in den Mund schiebt, frage ich mich, wie lange ich warten muss, bis Mandel wieder Mandel ist, meine Mandel, die ich kenne. Und ich frage mich weiter, was das bedeutet, wenn ein Mensch plötzlich so anders ist. Kann ein Mensch anders als er selber sein, oder ist er immer alles, was er darstellt? Ist diese kindische, hirnlose Mandel genauso Mandel wie die normale? Chléo schiebt Mandel Apfelkuchen in den Mund. Und wie ist es mit mir, dass mir diese Vera Kaminsky den Kopf verdreht hat, innerhalb eines kleinen Augenblicks – ist das etwas Fremdes oder gehört es zu meiner Person?

Fransenmann kommt, ich zahle trotz Widerständen der Verliebten alles, auch den dummen Apfelkuchen. Als ich mich erhebe, steht Mandel auch auf und umarmt mich. Das macht sie sonst nie. Ich bin irritiert und befremdet, lasse es aber geschehen, es ist ja nicht unangenehm.

Vera hää?

Am Montag gehe ich während der Mittagspause in das Musikhaus *Krompholz* und frage nach einer guten *La Traviata*-Aufnahme. Ein schüchterner junger Mann mit Scheitel und Flaumbart gibt mir drei zur Auswahl. Ich nehme jene, welche mich am meisten an Samstagabend erinnert. Im Büro übertrage ich die CD auf meinen I-Pod. Nach der Arbeit gehe ich zu Fuß in die Lorraine, in den Ohren *La Traviata* und in meinem Herzen Vera Kaminsky. Heute Abend bin ich mit Mandel in der *Brasserie Lorraine* verabredet. Obschon sie seit gestern bestimmt nicht zivilisierter geworden ist, muss ich ihr unbedingt von Vera erzählen.

Beim Gehen frage ich mich, was ich bisher in meinem Leben gedacht und gefühlt habe, wo scheinbar nichts anderes Platz in mir findet als diese Frau. Ich frage mich weiter, wohin diese Gedanken und Gefühle verschwunden sind. Ich sehe Vera vor meinem inneren Auge singen, ich fühle mich weggetragen von Empfindungen und Bildern, die aus meiner alten Welt eine mickrige, farblose machen und eine neue voller Intensität, Farbe und Sehnsucht entstehen lassen.

Durchgefroren komme ich in der *Brasserie Lorraine* an. Die Kneipe ist das Relikt einer Zeit, als man voller Inbrunst an Genossenschaften und Basisdemokratie geglaubt hat. Im Unterschied zu den meisten linken Projekten aus den Achtziger- und Neunzigerjahren ist diese Kneipe ihren Idealen treu geblieben. Weder Modernismus noch auf Hochglanz getrimmtes, hippes Lebensgefühl haben hier Eingang gefunden. Die Tagesangebote stehen auf einer Wandtafel, die

Menukarten sind handgeschrieben, die Bedienungen unberechenbar und häufig langsam, man wünschte, sie würden weniger kiffen und die Schürze häufiger wechseln. Die Holztische atmen mannigfach verlebte Zeit, an der Treppenwand zum Klo hinunter prangen Graffiti, und das Benutzen von Handys ist verboten. Ich mag das alles. Die Brasserie ist am Montag geschlossen und überlässt die Lokalität jede zweite Woche der *Frauenbrass*. Das Moto lautet: Frauen, die normalerweise Gäste sind, kochen und bedienen Frauen. Männer haben keinen Zutritt. Das Essen ist so gut wie die jeweilige Kochkunst der Köchinnen, aber das ist nicht so wichtig – wichtiger ist, dass man als Frau ungestört den Abend mit Freundinnen verbringen kann.

Als ich eintrete, sind erst ein paar Gäste da. Mandel ist natürlich nirgends, obwohl ich eine Viertelstunde zu spät bin. Ich vertiefe mich in die Tageszeitung. Nach zehn Minuten lässt sich Madame Mandelstam auf die Bank plumpsen. »Na, was ist denn so wichtig, dass ich früher in die Beiz kommen musste?«, fragt sie atemlos.

»Ja, dir auch einen guten Abend. Ich habe Vera Kaminsky gefunden.«

»Vera hää?«

»Kaminsky!«

»Immer noch: hää?!«

»Die Frau vom Bus, ich habe sie gefunden! Auf der Bühne, in der Oper, sie ist Violetta, sie singt wundervoll, sie ist noch viel schöner, als ich es in Erinnerung hatte.«

»Ach so.«

»Ist das alles, was du dazu zu sagen hast?«

»Nun, wir sehen weiter, wenn du mit ihr gesprochen hast. Vielleicht ist sie eine blöde Gans. Oder eine dumme Kuh. Oder eine zickige Zicke. Oder eine langweilige Langweilerin. Oder eingebildet wie ein Pfau. Oder selbstsüchtig wie Narziss höchstpersönlich.«

»Na danke.«

»Wofür?«

»Für deine aufbauenden Worte!«

»Ich bereite dich bloß auf alle Eventualitäten vor.«

»Ich werde nicht enttäuscht werden, ich habe die Frau *erkannt*, verstehst du?«

»Du hast die Frau *erkannt* – wie in der Bibel: *Und er erkannte sie*?! Du warst mit ihr im Bett? Ging schnell.«

»Du bist heute ja besonders lustig. Ha, ha, haa!«

»Wie du dich erinnern kannst, war ich schon einige Male wegen einer Frau hin und weg. Die Fiasköer – ist das die Mehrzahl von Fiasko? –, die daraus entstanden sind, kennst du ja. Davor will ich dich bewahren.«

»Ich bin aber nicht du«, zische ich.

»Ist mir auch schon aufgefallen. Ich zum Beispiel bin glücklich mit Chléo liiert, während du in einem Luftschloss darauf wartest, dass eine Vera an deinem Haar hochklettert.«

»Freu dich nicht zu früh!«

»Was soll das nun wieder heißen?«

»Dass das mit Chléo auch nicht länger dauern wird als sonst.«

»Chléo ist die Frau meines Lebens, mit ihr werde ich alt!«

»Das hast du bei den anderen auch behauptet.«

»Immerhin lebe ich ein reales Leben, nicht einen Furz, mit dem du noch nicht mal ein Wort ausgetauscht hast!«

»Ist bei euch frei?« Gina steht vor uns und zupft am Träger ihrer modischen Ledertasche. Sie passt in diese Kneipe wie ein Zuckerguss auf einen Rollmops. Offensichtlich kommt sie direkt von der Arbeit als Rezeptionistin im Fünf-Sterne-Hotel *Bellevue*: Sie trägt ein modisches Kleid, und die Bluse ist wie üblich einen Knopf zu weit offen. (Sie hält große Stücke auf ihren Busen.)

Gina hat in ihrem Leben drei Interessen: Frauen, Frauen und Frauen. Sie pflückt sie wie andere Fusseln von den Kleidern. Bald nachdem Gina ihren Mantel ausgezogen hat, tauchen Thea, Nikkie, Viviane, Bernadette und Frida auf.

Die Stammtischrunde ist komplett. Bevor sich ein richtiges Gespräch entwickeln könnte, posaunt Mandel in die Runde: »Ein Wunder ist geschehen, Liv hat ein Techtelmechtel!«

Ich weiß nicht, auf wen ich wütender bin – auf Mandel, weil sie nicht auf ihrem Maul sitzen konnte oder auf mich, weil ich Mandel die Sache mit Vera zu Beginn einer Frauenbrass erzählt habe.

Die Runde bricht in Staunen, Wundern, Kichern und Fragen aus. Ich habe das Image einer Beziehungsgeschädigten, seit Jahren versprechen sie mir eine passende Frau zu finden, aber ihr Geschmack ist – na ja. Die Verkupplungsversuche sind in den letzten zwei Jahren erlahmt, vermutlich werfen sie mich mittlerweile in denselben Topf wie Frida. Frida ist seit über fünfzehn Jahren Single und vertritt die Ansicht, dass das die beste Lebensform überhaupt sei.

Mandel hat den Tratschbasen den Köder zugeworfen, und der Tisch hat angebissen. Ich muss alles erzählen. Alles. Sie wollen jedes Detail wissen, wie lang die Haare sind, wie grau die Augen, wie groß der Busen (das war Gina), warum sie Opernsängerin geworden sei und wie es zwischen uns laufe. Ich gebe Antwort, Widerstand ist zwecklos, sie werden erst von mir lassen, bis sie alles aus mir herausgepresst haben.

Mit einer Gegenfrage jedoch kann ich sie vorübergehend stoppen: »Glaubt ihr denn an die Liebe auf den ersten Blick?«

Ein wohltuendes Schweigen legt sich über uns. Viviane nimmt einen Schluck Wein, Gina bestellt einen zweiten Sekt, Thea kratzt sich am Kopf, Frida wühlt in ihrer Tasche, Nikkie starrt vor sich auf den Tisch, Bernadette schaut mich nachdenklich an, und Mandel verdreht die Augen.

Nikkie: »Was meinst du mit *Liebe auf den ersten Blick?* Auf den allerersten?«

Ich nicke.

»Das geschieht in Büchern und Filmen, aber nicht in der Realität.«

Frida, die ewige Single: »Liebe auf den ersten Blick, wie lächerlich! Auch nicht auf den zweiten oder dritten. Notfalls kann man sich arrangieren. Nur ist die Not nie groß genug, dass man muss.«

Gina: »Ach Frida, man könnte dich mit deiner Traumfrau einsperren, und du würdest bloß das Halma auspacken.«

Frida (erbost): »Immer noch besser, als jede Frau zu betatschen, die in Reichweite kommt! Da verkommt ja alles zur Belanglosigkeit.«

»Ich kann mich an jede einzelne Frau erinnern, die ich hatte. Jede ist ein Schmuckstück.«

(Nur nebenbei: Auch Nikkie, Bernadette und Viviane gehören zu dieser Schmuckstücksammlung.)

Thea, von Beruf Psychologin: »Man hat das Phänomen untersucht und ist zu dem Schluss gekommen, dass es die Liebe auf den ersten Blick, die zu einer stabilen Beziehung führt, durchaus gibt. Aber wie das funktioniert, weiß man nicht.«

Nikkie: »Bei mir wäre sie nie möglich. Die meisten finden mich auf den ersten Blick furchterregend und unsympathisch, da entsteht höchstens Hass auf den ersten Blick.«

Frida: »Wenn du die Haare etwas wachsen lassen würdest, kämest du besser an, dein Haarschnitt ist schrecklich. Hitlerjugend lässt grüßen.«

Nikkie: »Ach ja, und du mit deiner unentschiedenen, biederen Irgendwiefrisur sollst vertrauenerweckend sein?«

Frida macht den Mund auf, aber Bernadette, Mutter und Hebamme, fällt ihr ins Wort: »Jetzt bitte keine langweiligen Gespräche über Haarlängen. Liebe auf den ersten Blick ist weitaus spannender.«

Viviane, unsere ewige Studentin: »Ich glaube, dass es die Liebe auf den ersten Blick gibt. Aber ich denke, dass es eine extreme Projektion ist. Wenn es Liebe ist, die auch anhält, so ist das sozusagen ein Geschenk aus göttlicher Etage.«

Thea: »Ich finde, es ist keine Frage des ersten Blicks, sondern eine Frage der Chemie, des Begehrens.«

Gina, deren Bluse mittlerweile zwei Knöpfe zu weit offen ist: »Genau, Liebe in sexuellen Beziehungen wird total überbewertet. Liebe findet man in Freundschaften und in der Eltern-Kinder-Beziehung. Bei einer sexuellen Beziehung geht es in erster Linie um Sex, so einfach ist das.«

Bernadette: »Eines Tages wirst du dich von Kopf bis Fuß verlieben, dann reden wir wieder darüber.«

Gina lächelt. »Ich fürchte, dieser Tag kommt nie. Nein, ich fürchte nicht, ich weiß es.«

Ich: »Aber stellt euch mal vor, ihr habt das Gefühl, es sei Liebe auf den ersten Blick, ja die Liebe fürs Leben. Wie würdet ihr damit umgehen?«

Vivian: »Reinstürzen!«

Bernadette: »Vorsichtig sein.«

Gina: »Eine Affäre eingehen, wie immer.«

Frida: »Nichts eingehen, wie üblich.«

Nikkie: »Ich würde herausfinden wollen, was es damit auf sich hat.«

Thea: »Ich möchte die Frau kennenlernen, der Rest würde sich herausstellen. Einfach Schritt für Schritt tun, und alle Eventualitäten einberechnen, die These Liebe auf den ersten Blick muss erst bewiesen werden.«

Mandel, die bis jetzt geschwiegen hat, richtet sich im Stuhl auf. »Seid doch ehrlich, Liv spricht von etwas, das jederzeit wie eine Luftblase platzen kann. Sie hat diese Vera –«

Ich (verärgert): »Kannst du nicht einfach Vera anstatt *diese* Vera sagen?!«

»Von mir aus, Tüpfchenscheißerin.«

»*Diese Vera* tönt abschätzig, und ich will nicht, dass du abschätzig von ihr sprichst.«

»Ja, ja, okay. Liv hat also Vera einen kurzen Augenblick im Bus und später eine Vorstellung lang gesehen. Was weiß sie über diese Frau? Nichts, außer dass sie singen kann. Ich meine, ich kann mich jederzeit im Kino in eine Darstellerin verknallen, aber ich weiß, dass das bloß ein postpubertäres

Aufbäumen ist. Nach all den Jahren ohne Beziehung sind Livs Liebessynapsen etwas überreizt, da braucht es nur einen Windhauch, und es ist um sie geschehen.«

Ich: »Womit ich wieder mal weiß, warum Mandel meine beste Freundin ist: So viel Unterstützung und Verständnis – da bleibt einem die Spucke weg!«

Mandel: »Du wolltest meine ehrliche Meinung.«

Bernadette zu Mandel: »Manchmal hält man besser die Klappe.«

Gina: »Mandel und Mund halten, wie soll das denn gehen?«

Alle außer Mandel lachen. Mandel steht auf und macht mit der Hand ein unsittliches Zeichen. »Belämmerte Schicksen«, sagt sie und verschwindet aufs Klo.

Später auf dem Heimweg höre ich wieder die *Traviata*, was mir alle Unsicherheiten und Fragen bezüglich Vera beiseite wischt. Sollen alle denken, was sie wollen, tief in meinem Herzen weiß ich: Diese Frau ist mein Schicksal, das ist etwas fürs ganze Leben.

Mandels Bohnenstange hingegen wird schon bald wieder in einem anderen Garten stecken, und Mandel ein tränendurchtränktes Zettelchen in die Klagemauer stecken.

Mit eingefetteten Füßen über ein Hochseil balancieren

Am Mittwoch besuche ich die Oper. Ich sitze zuvorderst, näher an der Bühne – bei ihr. Fasziniert beobachte ich Vera. Wie sich ihr Hals beim Singen füllt und die Adern hervortreten. Welche Kraft und Intensität! Wie schön muss es sein, so singen zu können! Auf Veras Gesicht spielt sich ein ganzes Leben ab: Ich sehe die Liebende, die Todkranke, die Verlebte, die Unschuldige. Ich nehme ihr jedes Wort ab, das sie auf Italienisch singt, das ich nicht verstehe und das ich trotzdem erfasse. Als der Schlussvorhang fällt, laufen mir die Tränen über die Wangen, weil Violetta sterben muss, weil Veras Gesang so schön ist, weil ich hingerissen bin und ein Stück des Himmels berührt habe. Nach der Vorstellung, als ich vor dem Theater stehe und den Schneeflocken bei ihrem tanzenden Fall zuschaue, überlege ich, ob ich beim Personalausgang auf Vera warten soll. Aber weil ich keine Blumen bei mir habe und außerdem ein Angsthase bin, lasse ich es sein.

Am Donnerstag gehe ich in die Oper. An mancher Stelle singe ich innerlich mit; einmal scheint es mir, als würde Vera zu mir schauen. Ich habe wieder keine Blumen bei mir (war zu spät dran), doch diesmal warte ich beim Personalausgang, auf der anderen Straßenseite.

Vera kommt erst, als ich schon nicht mehr damit rechne. Sie ist in Begleitung von drei Männern und zwei Frauen, ich meine alle auf der Bühne gesehen zu haben. Sie gehen über den Kornhausplatz, biegen beim Restaurant *Harmonie* ab, wo Japaner im Hochsommer Fondue essen und dazu Cola trinken (um im Hotelzimmer die schlimmsten Magenschmerzen aller Zeiten zu erleben!), dann kehren sie beim *Falken* ein. Unschlüssig bleibe ich vor der Tür stehen. Was soll ich tun? Ich entschließe mich zu verschwinden, doch in dem Moment geht ein Ehepaar an mir vorbei in den *Falken* und hält mir die Tür auf. Überrumpelt folge ich ihnen. Ein Gemisch aus Lärm, Essensgerüchen, Rauch und Licht schlägt mir entgegen. Die Kneipe ist pumpsvoll. Hilflos vor Aufregung und Überforderung schaue ich um mich. Bestimmt starren mich alle an und machen sich über mich lustig! Das Ehepaar hat sich an einem langen Tisch niedergelassen. Ganz hinten entdecke ich Vera und daneben das einzige freie Tischchen. Es würde mir einfacher fallen, mit eingefetteten nackten Füßen über ein Hochseil zu balancieren, als zu diesem Tisch zu gehen. Da ich aber über gigantische psychische Kräfte verfüge, gehe ich vorwärts. Zugegeben, dass mich ein Kellner von hinten mit gestresster Stimme dazu aufgefordert hat, mag auch geholfen haben. Schweißgebadet erreiche ich den kleinen Tisch. Vera unterhält sich angeregt mit dem Mann, der Alfreds Vater spielt.

Ich sterbe.

Ich müsste nur zwei Schritte tun und stünde vor ihr, könnte sie berühren und in ihre Augen schauen. Stattdessen plumpse ich in einen Stuhl, und weil ich bescheuert bin, habe ich denjenigen gewählt, auf dem ich mit dem Rücken zu Vera sitze. Warum funktionieren meine Instinkte so, dass ich spontan das Falsche tue? Ich will weg von hier, aber dafür brauche ich einen plausiblen Grund! In meiner Not gebe ich Vaters Nummer ein, keine Ahnung, was ich ihm sagen werde. Er nimmt nicht ab. Und da meine Not wirklich groß ist, rufe ich Mandel an, obschon sie nicht antworten wird, weil wir uns gestritten haben und weil ihre Zunge in Chléos Ohr steckt – ach, warum hat Mandel nur einen solch schlechten Frauengeschmack?

Zu meiner Überraschung meldet sich Mandel.

Leise sage ich: »Mandel, wenn du wirklich meine beste Freundin bist, dann ruf mich sofort zurück.«

Sie tut es tatsächlich, ich sage laut »Hallo?! Was ist denn los, wie geht es dir? Ein Notfall? Was ist passiert?«

»Hää? Schmock, bist du betrunken?«

»Meine Güte, was erzählst du da?« Ich tue so, als würde ich angestrengt zuhören.

»Ich habe doch gar nichts gesagt«, mault die dumme Mandel.

»Du hast den Nagellackentferner über deine Katze geschüttet, die auf der Flucht an einer Kerze vorbeikam und dort Feuer gefangen hat? Was?! Dann hast du sie fangen wollen, dich dummerweise in einem Kabel verheddert und bist zu Boden gestürzt, glücklicherweise auf deine brennende Katze und hast sie damit zwar fast erdrückt, dafür aber auch das Feuer gelöscht? Unglaublich!«

»Sag mal, was schwafelst du da!«

»Ruf deinen Tierarzt an, ansonsten bleib, wo du bist! Ich komme!«

Bevor Mandel noch etwas hätte sagen können, hänge ich auf. Erst jetzt merke ich, dass die Gäste in der Nähe inklusive Kellner meinem Gespräch beigewohnt haben. Auch Vera. Sie schaut interessiert zu mir. Sie lächelt, da lächele ich auch. *She puts a spell on me.* Blind greife ich nach meiner Tasche, bis mir in den Sinn kommt, dass ich gar keine bei mir habe, und flüchte aus dem *Falken.*

Draußen geht das Handy. »Ich habe keine Katze, ich habe keinen Nagellackentferner, ich habe höchstens eine total bescheuerte Freundin. Was war das eben?!«

Ich erzähle es ihr, sie lacht sich halb tot. Etwas mehr Mitgefühl hätte ich schon erwartet.

Am Samstag besuche ich wieder die Oper. Ich werde mich diesen Monat finanziell ruinieren. Diesmal habe ich Rosen gekauft, zwanzig dunkelrote, kräftige Rosen. Wie gesagt: finanzieller Ruin. Es gibt angenehmeres, als mit Rosen in der Oper zu sitzen, ich hätte sie besser an der Garderobe abgegeben. So aber lege ich sie auf meinen Schoß, dann unter den Sitz, möchte sie von dort wieder hervorholen, aber meine Nachbarin schaut mich böse an – noch eine Knistereinlage liegt wohl nicht drin.

Dann vergesse ich Rosen und Nachbarin und lebe zum vierten Mal mit Violetta mit, lasse mich mitreißen, hinreißen, forttragen mit einem liebesprallen Herzen, das mir bis zum Hals schlägt. Am Schluss rufe ich »Bravo, bravo!«, worauf meine Nachbarin wieder missmutig zu mir schaut.

Es vergeht eine Ewigkeit, bis ich an der Garderobe meinen Mantel kriege, es vergeht eine zweite Ewigkeit, bis ich mir einen Weg nach draußen gebahnt habe. Die Rosen halte ich so fest umklammert, dass ich sie vermutlich ruiniere. Ich möchte flüchten, erinnere mich aber an Mandels mentalen Trick, wenn es darum geht, sich auf das Wesentliche zu konzentrieren: Stell dir vor, du lebst nur noch eine Stunde, was würdest du tun?

Mir kommen verschiedene Varianten in den Sinn: Mich niederlegen mit den Rosen auf dem Brustkorb; Vater anrufen und ihn bitten, mich abzuholen, Mandel anrufen und ihr sagen, dass mir alles Leid tue, dass Chléo aber gleichwohl der Fehltritt des Jahres sei; nackt über den Kornhausplatz rasen oder – oder meinen Hintern zum Personalausgang bewegen.

Also schiebe ich mich langsam – langsam! – dorthin. Bleibe neben der Tür stehen und warte mit weichen Knien. Zähle die Passanten, zähle die Straßenlampen, zähle die Autos, zähle meinen Atem, zähle die Sekunden, zähle die Leute, die zur Tür herauskommen. Die Türe quietscht beim Öffnen ein wenig. Vera kommt nicht. Vielleicht ist sie sonstwo rausgegangen. Ich senke enttäuscht den Kopf. *Quietsch. Quietsch.*

»Warten Sie auf jemanden? Hoffentlich nicht, ich bin nämlich die Letzte«, sagt eine Frauenstimme.

Verdattert schaue ich auf und direkt in Veras Augen. Geistesgegenwärtig lasse ich den Strauß fallen.

»Die Person, die diesen dicken Strauß kriegt, ist zu beneiden«, sagt Vera lächelnd.

Ist die Stunde um, darf ich sterben?!

Rasch bücke ich mich nach den Rosen, noch rascher richte ich mich auf. »Die sind für Sie.«

Vera macht ein verwundertes Gesicht, dann nimmt sie die Rosen erfreut entgegen. Schweigend reißt sie die Verpackung auf und guckt hinein. »Rote Rosen, oh wie schön. Meine Lieblingsblumen!«

»Echt?«

Vera nickt nur und zieht das Papier ganz weg. Hingerissen betrachtet sie die Blumen. »Womit habe ich das verdient? Und woher kennen wir uns, wir kennen uns doch?«

Sie kann sich nicht an den Blickwechsel im Bus und im *Falken* erinnern! Ich bin enttäuscht, aber tröste mich damit, dass sie zumindest das Gefühl hat, mich zu kennen. »Die Rosen sind für Ihre Rolle und Ihre Augen.«

Wir blicken uns schweigend an, und obwohl ich ihre Augen kaum sehen kann und sie meine wohl auch nicht, bin ich betört.

Vera sagt bloß »Oh!«.

»Haben Sie Lust, etwas trinken zu gehen?«, frage ich schüchtern.

»Und ob! Außerdem essen, ich habe Hunger.«

Ich schlage die *Webern* vor, deren Küche um diese Zeit noch offen hat. Auf dem Weg dorthin sprechen wir über ihre Vorstellung. Während es aus ihr heraussprudelt, schwebe ich. Ich komme mir vor, als wäre ich in einer fremden Stadt, als würde niemand Vera kennen außer mir, und sie würde nur mich kennen, wir würden auf einer hübschen Kutsche in die Nacht hinausfahren, und niemand fände uns je wieder. Endlich bin ich da, wo ich seit Wochen sein wollte. Neben ihr. Mein Mund ist trocken, der Kopf leer, aber sie scheint sich an meiner Wortkargheit nicht zu stören, sie sprudelt wie ein munterer Bach.

Im Restaurant weist uns eine sympathische Kellnerin mit

blond gefärbter Igelfrisur und dunklen Augen den Platz, fragt nach unseren Getränkewünschen und reicht uns die Karten. Ich bestelle einen Campari Orange, Vera Mineralwasser. Nach der zweistündigen Adrenalin-Ausschüttung wäre sie nach einem Schluck Alkohol schon völlig betrunken, erklärt sie. Sie zieht ihren braunen Ledermantel aus, darunter trägt sie eine cremefarbene Bluse, die oben großzügig geöffnet ist. Mir wird heiß. Das rechte Handgelenk hängt voller silberner Reifen, die bei jeder ihrer Bewegungen klimpern. Sie trägt am rechten Mittelfinger einen schwarzen Ring, am Zeigefinger einen breiten, mattgeschlagenen Silberring, am kleinen Finger einen geschliffenen Kiesel.

Vera schlägt die Speisekarte auf. Ich erkläre ihr, dass ich schon gegessen habe, aber ein Dessert nähme, damit sie nicht alleine essen müsse. Sie freut sich darüber. Ich entscheide mich für einen Fruchtsalat mit Grand Marnier. Vera studiert mit gerunzelter Stirn die Karte, den Kopf anmutig auf der linken Hand aufgestützt. Mit der rechten streicht sie das Haar hinters Ohr.

Ich betrachte ihre Halskette, die aus schwarz glänzenden Steinen besteht. »Sind das Obsidiane?«, ich deute auf ihren Hals.

Sie schaut verblüfft auf. »Woher wissen Sie das?«

»Meine beste Freundin ist Goldschmiedin. Es könnte sein, dass dieser Ring«, ich zeige auf den Kieselstein, »von ihr ist. Wo haben Sie ihn her?«

»Aus einem kleinen Laden am Rathausplatz.«

»Dem *Bern-Stein*?«

»Ja doch! Toller Laden, ich war bestimmt nicht das letzte Mal dort.«

»Der Laden gehört meiner besten Freundin!«

»Wie sieht Ihre Freundin aus?«

»Kastanienbraunes, langes Haar, braune Augen. Ziemlich lebhaft.«

»Ich erinnere mich«, sie lächelt so vergnügt, dass ich eifersüchtig werde.

Vera entscheidet sich für ein *Mistkratzerli* (ein kleines, gebratenes Hühnchen im Körbchen) dazu Bratkartoffeln und Gemüse. Dazu bestellt sie einen Halben vom besten Rotwein – zur Feier des Tages, fügt sie mit Blick zu mir hinzu.

»Was gibt es zu feiern?«, frage ich irritiert.

»Die Frage ist doch wohl eher: Woher kenne ich Sie?«

»Bitte?!«

»Mir ist die ganze Zeit, als wären wir einander schon begegnet, ich weiß nur nicht wo.«

»Vielleicht im Bus oder im *Falken*?!«

»In welchem Bus?«

»Im Zwanziger, vor zwei Monaten. Sie sind ausgestiegen, wir haben uns angeschaut, es war –«

»Ach ja, ich erinnere mich! Sie sind bei der Tür gesessen, und unser Blick – wie soll ich das beschreiben?«

»Wie ein Stromschlag?«, frage ich aufgeregt.

Sie blickt mich abwägend an und nickt.

Das Wunder zwischen uns geschieht wieder. Die Kellnerin gießt den Wein vorsichtig ein, als würde sie merken, dass hier etwas Außergewöhnliches geschieht. Ohne ihren Blick von mir abzuwenden, greift Vera zum Weinglas und hält es in die Höhe. »Auf uns. Ich bin sehr glücklich, mit Ihnen hier zu sitzen.«

Ich nicke nur, während ich mein Glas ergreife und ihr zuproste. Vera fragt mich nach meinem Beruf. Bevor ich richtig geantwortet habe, erzählt sie mir ausführlich und höchst unterhaltsam Anekdoten aus ihrem Leben als Sängerin. Sie fragt nach meinem Beziehungsleben, das kein ergiebiges Thema ist, und erzählt dann aus ihrem. Es ist ein unstetes, von großem Glück und schlimmem Unglück gezeichnet, viele Trennungen und Enttäuschungen, die sie hinnehmen musste, Männer, die eines gemeinsam hatten: Sie verstanden sie nicht.

Sie steht nicht auf Frauen, denke ich enttäuscht.

Ihr Gesicht zeigt mir die Gefühle, die sie erfahren hat.

Gebannt schaue und höre ich ihr zu. Ich könnte ihr ewig zuhören, aber irgendwann beginnen die Kellner die Stühle hochzustellen, wir müssen aufbrechen. Vera fragt mich nach dem nächstliegenden Taxistand. Sie wohnt nicht, wie ich angenommen hatte, in der Lorraine, sondern im begüterten Kirchenfeld. Als wir unter den Arkaden stehen, sagt sie, dass sie Lust habe, zu Fuß nach Hause zu gehen. Ich biete ihr spontan an, sie zu begleiten, es sei kein großer Umweg für mich. Nun, es ist ein ziemlicher Umweg für mich, aber Vera kennt Bern zu wenig, um das zu wissen. Sie strahlt, und ich hätte sie am liebsten umarmt. Wir gehen über die Kirchenfeldbrücke, sie hakt sich bei mir unter, die letzte Tram rumpelt an uns vorbei. Wir schauen in die Dunkelheit hinunter, wo die Aare fließt, ich fühle ihren Körper. Ein Körper, der solchen Gesang zustande bringt, muss über gewaltige Kräfte verfügen. Die Kälte lässt uns den letzten Knopf schließen, die Mantelkragen hochklappen und den Schal ordentlich um den Hals wickeln. Ihre Wohnung liegt nur drei Parallelstraßen vom Helvetiaplatz entfernt, in einer klassizistischen Villa mit großem Garten.

»Da wären wir.«

»Schön wohnen Sie.«

»Ja, wie eine Göttin.«

»Also, dann geh ich mal«, sage ich zögernd.

»Es war phantastisch mit Ihnen.« Vera kommt mir so nah, dass sich mir die Nackenhaare stellen. »Ich hoffe, wir sehen uns wieder«, sagt sie leise, »geben Sie mir Ihre Handynummer? Ich melde mich.«

Ich nicke glücklich und diktiere ihr die Nummer. Sie streicht mir leicht über das Gesicht und haucht mir einen Kuss auf die Wange. »Ciao, cara«, flüstert sie und ist schon beim Gartentor, wo sie sich zu mir umdreht und dann rasch im Haus verschwindet. Ich stehe wie angewurzelt da, überwältigt von dem Wunder, das in mein Leben eingebrochen ist. Noch beobachte ich, wie die Fenster im ersten Stock angehen, dann mache ich mich auf.

Ich habe noch ein gutes Stück Weg vor mir. Doch das ist egal, denn ich fliege und tanze, ich schwebe und husche, ich schaukle und pulsiere, vibriere und frohlocke, gluckse und umarme (einen Baum, eine Laterne), steppe und lache in mich hinein, winke Autos zu, hüpfe fünf Treppen hoch.

Ich wünschte, man könnte solche Momente einfrieren – und dann in mageren Zeiten auftauen, erhitzen und verschlingen.

Gleich verarbeite ich dich zu einer Uhrenkette

Im Halbschlaf höre ich Queen *We are the Champions* spielen. Ich summe reflexartig mit, bis ich erwache und begreife, wo und wer ich bin. Sogleich mache ich einen Hechtsprung zu meinem Handy hinüber. Yves, der Russisch-Übersetzer, hat mir in einem unbemerkten Augenblick diese Melodie als Erkennungston drauf geladen, und da ich keine Ahnung habe, wie ich das wieder wegkriege, ist seit Wochen jeder Anruf eine peinliche Angelegenheit. Noch während ich blind nach dem Handy greife, denke ich aufgeregt: Vielleicht ist es Vera! Mein Herz veranstaltet als Antwort eine Jam-Session.

»Ja, bitte?«

»Wo *du* bist, weiß ich nicht, aber *ich* sitze im *Sherlock's* und kann es nicht fassen, dass ich da bin, aber du nicht!«

»Mandel, wir haben nie im Leben so früh abgemacht!«

»Dreizehn Uhr zwanzig finde ich nicht sehr früh.«

»Guter Witz.«

»Dann konsultiere doch mal eine Uhr.«

Das mache ich, und Mandel hat recht. Wann bin ich gestern nach Hause gekommen – um zwei oder drei Uhr? Dann konnte ich nicht einschlafen, so aufgeregt war ich, und habe stundenlang *La Traviata* gehört und geträumt.

»Wo ist Chléo?«, frage ich.

»Sie hat Sonntagsdienst. Übrigens ist es egal, wo sie ist. Wir beide haben uns zum Billard verabredet, und du bist nicht da.«

»Jetzt siehst du, wie das ist, auf eine Verabredung warten zu müssen.«

»Nun werde mal nicht antisemitisch, du weißt, dass den jüdischen Menschen Unpünktlichkeit angeboren ist.«

»Mandel, verschon mich mit deinen jüdischen Anwandlungen! Und steigere dich nicht da hinein, bis du mir am Ende vorwirfst, für alles mitverantwortlich gewesen zu sein!«

»Na danke!«

»Was soll das heißen?!«

»Du nennst mich deine beste Freundin, zugleich aber trampelst du auf den Eigenschaften herum, die mich als jüdische Frau auszeichnen.«

»Die da wären?«

»Eben meine Unpünktlichkeit.«

»Was noch?«

»Meine Locken. Meine Hakennase.«

»Du hast keine Hakennase.«

»Ich könnte aber eine haben, mein Bruder hat eine. Meine Chuzpe. Mein Geschäftssinn.«

»Der weiß Gott besser sein könnte!«

»Lenk nicht ab. Mein Feingefühl. Meine Intelligenz.«

»Mandel, hattest du Streit mit Chléo?«

»Möchte mal wissen, was dich das angeht.«

»Ich bin deine beste Freundin! – Du, ich habe Neuigkeiten: Ich habe sie getroffen!«

»Du hast Chléo getroffen – wo?!«

»Mandel! Vera habe ich getroffen!«

»Wer ist das?«

»Was ist heute nur mit dir los? Vera ist die Frau aus dem Bus, aus der Oper.«

»Ach so.«

»Was ach so? Ist das dein ganzer Kommentar?!«

»Nein, natürlich nicht. Kommst du jetzt, da kannst du mir dann alles erzählen. Sag nur nicht, du bist mit ihr –«

»Nein, bin ich nicht.«

»Aber du wärst gern.«

»Darum geht es doch nicht! Zieh meine Geschichte nicht in den Dreck.«

»Sex ist Dreck, das ist deine Einstellung? Du hast doch einen Vogel!«

»Ich leg jetzt auf, sehen wir uns in einer Viertelstunde.«

Mandel sagt »Bha!« und hängt auf.

Als ich im *Sherlock's* eintrudele, macht sie ein betont gelangweiltes Gesicht. Unseren üblichen Ein-Wangen-Kuss feuert sie in die Luft ab.

»Wenn ich dir jedes Mal einen Aufstand machen würde, wenn du zu spät kommst!«

»Ich komme nicht eine Dreiviertelstunde zu spät!«

»Zusammengerechnet habe ich ungefähr dreiundzwanzig Stunden und vierundvierzig Minuten auf dich gewartet. Rund einen Tag also.«

Sie schaut verwirrt hoch. »Du willst nicht ernsthaft behaupten, dass du zusammenzählst, wie lange du auf mich warten musst?«

»Jede einzelne Minute. Hier –« Ich krame in der Tasche nach meinem Notizbuch, in das ich eintrage, wie lange ich für meine Auftraggeber arbeite, und das ich am Freitag unabsichtlich mit nach Hause genommen hatte. Vor ihren Augen blättere ich durch die Auflistungen, sie wird weiß im Gesicht.

»Das ist ja schrecklich – einen Tag lang hast du schon auf mich gewartet?! Och, du bist eine echte Freundin. Und –«, sie schaut reumütig zu Boden, »ich bessere mich.«

Ich beiße mir auf die Lippen. »Okay. Aber lass uns jetzt Billard spielen.«

Wir gehen in die Billardhalle, Mandel hüpft vor mir die Treppe hinab und trällert ein Lied. Gleichgültig mit welcher Laune ich auf Mandel treffe, ich fühle mich mit ihr bald besser oder ruhiger oder fröhlicher oder ausgeglichener, je nach dem. Irgendwie ist sie Balsam für meine Seele. Kaum kommt die Bar ins Sichtfeld, beginnt Mandel zu winken und rufen: »Lorenz, Lorenz, alter Bär!«

Lorenz dreht sich um und grinst breit, er bereitet mir einen Kaffee zu, öffnet Mandel ein *Schweppes Orange*.

»Ich dachte schon, ihr kommt heute nicht«, sagt er und stellt uns die Getränke hin.

Wir küssen ihn zur Begrüßung, was eine Kletteraktion bedingt: Lorenz ist zwei Meter groß. Außerdem kahlköpfig, unbestimmten Alters, übersät mit Tattoos und eingehüllt in eine große Wolke herben Aftershaves. Wenn ich die Tür zum *Sherlock's* öffne, riech ich sofort, ob er da ist oder nicht.

»Heute hat es für einmal an ihr gelegen und nicht an mir«, erklärt Mandel stolz.

»Mädels, ich habe euren Lieblingstisch freigehalten.«

Angesichts dessen, dass nur zwei Tische besetzt sind, war das keine allzu schwierige Aufgabe. Wir plaudern mit ihm über das miserable Wetter, fragen nach seiner Katze, die selbständig Türen öffnen kann und ihm dadurch viel Kummer bereitet, nach seinen Snowboard-Ausflügen und nach den Frauen.

»Die Weiber sind auch nicht mehr das, was sie einmal waren«, sagt er, »wählerisch sind sie geworden, früher hab ich jede gekriegt.«

Mandel boxt ihn in die Seite. »Könnte es sein, dass du früher nicht eine solche Wampe hattest und auch nicht einer Wand voller Graffiti geglichen hast?«

Lorenz wedelt mit dem Putzlappen drohend Richtung Mandel. »Du kleine Rotzgöre, pass auf, was du sagst, sonst ...«

»Sonst was, trübe Tasse?«

»Stopf ich dich in ein Loch eures Billardtischs.«

Mandel kichert. »Besser du gibst uns die Kugeln raus.«

Unser Lieblingstisch liegt hinten in der linken Ecke, wo ein kleiner Tisch auf unsere Getränke wartet und wir genug Platz haben. Mandel legt die Kugeln ins Dreieck und ordnet sie. Schwungvoll rollt sie das Dreieck an die genau richtige Stelle. Und mit genau richtig meine ich genau richtig. Aus diesem Grund lasse ich es Mandel machen, sonst gibt es Streit. Sie kann in manchen Dingen unglaublich pingelig sein. Wenn sie das nicht wäre, könnte sie ihren Beruf als Goldschmiedin wohl nicht ausführen. Sie hält den Queue in der linken Hand und reibt die Spitze mit der Kreide ein, führt sie mit kurzen Strichen waagrecht über die Pomeranze, dann zieht sie die Kreide bei gleichzeitigem Drehen des Queues über die Flanken nach unten. Das hat sie von einem Billardprofi gelernt. Mit schmalen Augen fixiert sie den Billardtisch.

»Könntest du bitte anfangen, bevor es eindunkelt?«

Sie lässt sich nicht aus der Ruhe bringen, bindet ihre Haare lose nach hinten und setzt an. Fürs Zielen braucht sie wieder etwa ein Lied lang, dann schlägt sie zu, eine volle Kugel fällt ins Loch. Sie klackt mit der Zunge und schaut triumphierend auf. Ihre Bewegungen sind lässig, aber ich sehe ihrem Gesicht an, wie sehr sie sich konzentriert. Sie locht eine zweite und dritte Kugel ein, den nächsten Stoß verpatzt sie.

Ich umrunde den Tisch, rechne innerlich Einfallswinkel gleich Ausfallswinkel plus Stoßkraft plus Abweichungsmöglichkeiten. Senke mein Kinn auf den Queue und ziele sorgfältig. Ziele und bewege den Stock ein paar Mal vor und zurück. Ich würde einen Stoppball setzen müssen, damit die weiße Kugel nicht auch ins Loch fällt. In dem Moment, da ich aufziehe, geht mir die Frage durch den Kopf, ob Vera wohl auch Billard spielt. Und ich vermassle den Stoß. Mandel verdreht die Augen. Sie versenkt drei Kugeln in Folge, und nachdem ich endlich meinen ersten Punkt erzielt habe, beendet sie das Spiel mit einem toll gesetzten Schuss.

»Was du da bietest, ist Ramsch«, bemerkt sie, während sie die Kugeln aus den Senktaschen fischt.

Ich zucke mit den Schultern.

Nach vier Spielen, in denen ich alles verbocke, was man verbocken kann, sammelt Mandel die Kugeln ein mit der

Bemerkung, dass noch ein Blinder besser spielen würde als ich. »Dann erzähl mir doch mal von Vera Kapinsky.«

»Kaminsky!«

»Als würde das eine Rolle spielen.«

»Tut es sehr wohl, du möchtest ja auch nicht, dass man dich anstatt Mandelstam Mandelbaum nennt.«

Sie macht eine wegwerfende Bewegung und sagt, dass sie mich mit zu sich nehme, wo sie Ordnung in mein Chaos bringen werde.

Das ist eine gute Idee, nur bedeutet es, dass ich auf ihre Vespa steigen muss. Mandel bringt es zustande, das ganze Jahr über Vespa zu fahren, obschon die Dinger für die schönen und trockenen Tage konzipiert sind. Sie besitzt einen wunderschönen Oldtimer aus der Zeit, da die Konstrukteure noch eine Ahnung von Formen und Ästhetik gehabt haben: milchigweiß, ausgestattet mit zwei echten braunen Ledersitzen, einem riesigen metallenen Gepäckträger und in Leder gefasstem Ersatzrad – ein Juwel eben, einer Goldschmiedin würdig. Leider führt Mandel einen zweiten Helm mit sich, so dass ich keine andere Wahl habe, als hinten bei ihr aufzusitzen, mich an sie zu pressen und die Fahrt stoisch über mich ergehen zu lassen.

Ich besuche Mandel gern, ihre Wohnung besitzt jene wohlige Atmosphäre, die meiner abgeht. Außerdem ist ihr Kühlschrank immer gefüllt. Sie macht mir einen Kaffee und schnappt sich ein Bier. Ich lasse mich auf meinem Lieblingssessel nieder, Mandel wirft sich aufs Sofa und richtet sich halb liegend gemütlich ein. Auffordernd schaut sie mich an. Endlich kann ich von den sagenhaften Ereignissen des gestrigen Abends erzählen! Und ich tue es, ohne Strich und Komma, aber in den schönsten Farben. Als ich fertig bin, verschränkt Mandel die Arme hinter dem Kopf. »Sie steht also auf Männer?«

Ich sitze in meinem Sessel auf. »Ich erzähle dir vom schönsten Abend meines Lebens, und du fragst bloß nach sexuellen Präferenzen!«

»Nun, falls du etwas von ihr willst – und das tust du offensichtlich! –, spielen die sexuellen Präferenzen eine geradezu zentrale Rolle.«

»Sex, Sex, Sex, kannst du auch mal an etwas anderes denken?« Der Ärger schießt wie eine Fontäne in mir hoch.

»Seif mich bitte nicht ein! Du hast nicht ernsthaft vor, mit ihr nur durch die Nächte zu ziehen und schöne Gespräche zu führen. Du bist von Kopf bis Fuß verliebt, bezaubert oder wohl eher besessen, du willst sie neben dir im Bett haben und zwar ohne einen einzigen Faden auf ihrem göttlichen Körper.«

»Wer sagt, dass sie nicht auch auf Frauen steht?«

»Keine Ahnung, aber ich hoffe es inständig für dich, sonst verrennst du dich hoffnungslos.« Sie nimmt einen Schluck aus ihrer Bierflasche. »Und sowieso, was willst du mit einer Opernsängerin, stell dir vor, wie laut die im Bett ist.«

Ich springe aus dem Sessel. »Jetzt reicht's. Dein Sarkasmus geht mir so was von auf den Geist! Warum kannst du mich nicht unterstützen?«

»So wie du das bei Chléo und mir tust?«

»Das ist etwas völlig anderes!«

»Ach ja?« Mittlerweile ist sie auch aufgesessen und funkelt mich an. Nein, sie funkelt nicht, sie *dunkelt* mit einem drohenden Gesichtsausdruck, der etwa soviel sagt wie: Gleich verarbeite ich dich zu einer Uhrenkette.

»Seit diesem blöden Blickwechsel bist du nicht mehr du. Ich weiß nicht, in welcher Sphäre du lebst, aber ich weiß, dass dir diese Sphäre nicht steht.«

»Das sagst gerade du, die du zu einem Kindskopf mutierst, kaum bist du mit einer Frau zusammen.«

Dann schweigen wir. Wenn man gut hinhört, kann man vernehmen, wie es in uns kocht. Auf höchster Stufe. Ich stehe auf, packe meine Sachen und knalle die Wohnungstür zu.

Und hoffe, dass die Nacht mich verschlingt

Vera hat nun also meine Nummer. Abends lege ich das Handy auf das Nachttischchen. Morgens sorge ich dafür, dass es geladen ist, bevor ich das Haus verlasse. Tagsüber prüfe ich immer wieder, ob es eingeschaltet ist, ob eine SMS reingekommen ist; ich gerate jedes Mal in Aufruhr, wenn ich Freddie Mercury *We are the Champions* singen höre; ich frage mich, ob ich Vera die Zahlen falsch diktiert habe, oder ob sie sie falsch eingegeben hat. Langsam verkomme ich zu einer Warteschleife. Mein Leben spult ohne mich ab. Ich bin eine Katze, die vor dem Loch harrt. Und harrt. Ein Band, das spult und spult. Eine Katze, die vergeblich harrt.

Obschon es draußen kalt ist, hole ich das Fahrrad aus dem Keller und radle zur Arbeit. Zufälligerweise führt der kürzeste Weg neuerdings über das Kirchenfeld-Quartier an diesem einen, besonderen Haus vorbei. Ich hoffe auf den Zufall, dass er mir Vera vor die Räder wirft. Oder zumindest daneben. – Aber niemand wird geworfen. Morgens um halb acht liegt Vera wohl noch im Bett, abends um sechs ist sie vermutlich im Theater.

Wenn ich mich abends mit Freunden verabrede, führt mein Weg einmal, nein zweimal zufällig am Stadttheater vorbei, auch wenn das einen riesigen Umweg bedeutet. In anderen Nächten warte ich im Schatten der Arkade darauf, dass Vera das Theater verlässt. Mit klopfendem Herzen beobachte ich, wie sie herauskommt, in Begleitung von Kollegen, offensichtlich in bester Laune. Wie kann sie gutgelaunt sein, wenn sie nicht mit mir zusammen ist? Ihr Lachen ist wie ein Hohn. Was tut sie mir an? Warum tut sie mir das an? Ich folge ihr in genügendem Abstand. Meistens gehen sie in den *Falken*, aber just an dem Abend, als ich mit einer Freundin (zufälligerweise!) dort esse, erscheint sie nicht. Ich schiebe das Essen im Teller herum, schiebe das Weinglas hin und her, verschütte den Kaffee. Die Freundin fragt, ob es mir gut gehe. Ich lüge mit nickendem Kopf.

Mit jedem Tag, der vergeht, wächst meine Verzweiflung, die Nerven liegen blank. Ich verstehe nicht, warum sie sich nicht meldet. Ich tröste mich (als wäre das ein Trost!) damit, dass ich ihr möglicherweise eine ganz andere Nummer gegeben habe, oder dass sie an Gedächtnisverlust leidet, oder dass sie sich unbedingt melden möchte, sich aber nicht getraut.

Jetzt bräuchte ich Mandel, unbedingt! Sie würde mich aufheitern, verärgern, verblüffen, was weiß ich, jedenfalls würde sie mich aus meiner Verzweiflung locken. Aber seit ich ihre Wohnungstüre zugeknallt habe, herrscht Funkstille zwischen uns. Ich kann mich nur unklar daran erinnern, worüber wir gestritten haben, aber ich weiß, dass es ernster als sonst gewesen ist. Mein Kühlschrank könnte Nachschub vertragen. Ich versorge mich im Laden der Shell-Tankstelle mit dem Nötigsten, es wäre jedoch schön, wieder einmal eine Frucht oder einen Salat zu essen.

Anfang der vierten Woche falle ich in einen Teich kalter Verzweiflung, meine Lippen werden blau und blauer. Wo sind die Jahre des glücklichen Alleinseins geblieben, der Gleichmut und inneren Unabhängigkeit? Ich kann mich nicht erinnern.

Mandel würde sagen: Du bist eben ein Schmock, darum bist du im Schlamassel.

Ich vermisse sie.

Schließlich wird meine Verzweiflung größer als meine Angst und ich beschließe, etwas zu tun. Ich mache mich spätabends auf und positioniere mich auf der Straße, die

Vera auf ihrem Nachhauseweg vermutlich nehmen wird. Die Temperaturen sind tief unter den Nullpunkt gesunken, ich friere schon nach fünf Minuten. Gehe auf und ab, hin und her und verfluche mich, weil ich zu früh hergekommen bin. Gehe ab und auf, her und hin und manchmal im Kreis, in den Ohren *La Traviata*. Ich kann mittlerweile alle Arien mitsingen. Menschen trotten an mir vorbei, ich frage mich, wohin sie gehen, was sie dort tun werden und was sie in eben diesem Moment denken. Ich weiß nicht, wie lange ich warte und friere, als ich vorne eine Gestalt entdecke mit einer ganz eigenen Gangart. Vera! Obschon ich durchgefroren bin, breche ich in Schweiß aus. Ich setze mich in Bewegung und tue, als würde ich hier zufälligerweise gelassen und locker meines Weges gehen. Zuvor habe ich die Kappe und den Schal in die Tasche gestopft, damit sie mich auch wirklich erkennen kann. Mit jedem Schritt, der mich ihr näher bringt, und mit jedem Schritt, den sie auf mich zu macht, verwandeln sich meine eisigen Beine in Gummipflanzen, die bedenklich nachgeben. Zu meinem Entsetzen muss ich feststellen, dass Vera sinnend zu Boden schaut und mich vermutlich nicht bemerken wird. Was soll ich tun? Ich entscheide mich für das Nächstliegende: Ich tue, als würde ich stolpern, und da meine Beine Gummi sind, knicke ich tatsächlich seitlich ein und fließe ziemlich elegant zu Boden. Vera sieht erschrocken auf und hastet zu mir. »Haben Sie sich verletzt?« Sie schaut mich an. »Oh, das sind ja Sie, welche Überraschung, welch schöne Überraschung! Ich habe heute an Sie gedacht, ich wollte mich mit Ihnen in Verbindung setzen.«

Ich muss dreimal schlucken, bevor ich einen Ton herausbringe. »Vera! Welch ein Zufall! Aber ja, Sie wohnen hier in der Nähe, das habe ich ganz vergessen.«

Das war die faustdickste Lüge, seit es faustdicke Lügen gibt.

Sie ist schöner, als ich sie in Erinnerung habe, und ich verzeihe ihr alles, wie könnte ich ihr nicht alles verzeihen?

Sie lächelt. Dieses Lächeln – unschuldig wie der junge Morgen, frisch wie ein munter sprudelndes Bächlein, gepfeffert mit einer guten Prise Schalk und Charme.

Ich habe nicht gewusst, dass ich eine poetische Ader habe.

»Wollen Sie zu mir kommen? Dann könnten wir auf unsere Begegnung anstoßen – und auf das Du, falls Sie einverstanden sind.«

Sie ist so herrlich umständlich und höflich – vielleicht wird man so, wenn man dauernd Opern singt? Ich nicke stumm, überwältigt von Glück und Dankbarkeit. Sie hakt sich bei mir unter und zieht mich mit sich, erzählt mir von der Vorstellung, dass Adolfo einen Ton falsch gesungen hat und völlig aus dem Konzept geraten ist. Sie lacht vergnügt. Ich lache mit. Zugegeben, sie hätte auch erzählen können, dass die Kehrichtgebühren erhöht werden, ich hätte mitgelacht.

Das Gartentor quietscht. Auf dem Weg zur Haustür singt es in mir: Ich gehe zu ihr, ich sehe gleich ihre Wohnung, ich –

Vera schließt die Wohnungstür auf und lässt mich vorausgehen. Das Parkett knarrt. Das Licht geht an, ich stehe in einem langen Korridor mit einer Decke, die so hoch ist, dass man ein Zwischengeschoss einbauen könnte. Vera hängt unsere Mäntel an der Garderobe auf, dann schaltet sie überall das Licht ein. »Ich hasse Dunkelheit«, erklärt sie. »In der Nacht verschwinden alle Farben, das hat mir als Kind Angst gemacht und tut es noch heute. Wie wär's mit Rotwein?«

Ich nicke nur und äuge unauffällig in die Zimmer.

»Nur zu, sehen Sie sich um.«

Sie verschwindet in die Küche, dort höre ich sie rumoren. Die Wohnung hat drei Zimmer. Das Wohnzimmer ist riesig, und das ist gut so, denn ein Flügel nimmt viel Platz ein. An der einen Wand sind Gestelle mit einer riesigen Auswahl an CDs, daneben eine Stereoanlage vom Feinsten. Zu meinem Erstaunen besitzt Vera nicht nur klassische Musik, sondern

Gershwin, Cole Porter, Ella Fitzgerald, Nina Simone, Billie Holliday, Weltmusik, die vollständige ABBA-Sammlung, Trance!

»Ihre CD-Sammlung ist unglaublich!«

Mit zwei Gläsern Rotwein in der Hand erscheint Vera im Türrahmen und lehnt sich daran. Sie trägt ein schlichtes, braun-schimmerndes Kleid, das ihre Formen betont – zu sehr betont!

»ABBA und Trance im Gestell einer Opernsängerin?«

Schmunzelnd löst sie sich vom Türrahmen und kommt auf mich zu. Sie reicht mir ein Glas. »Ich bin Vera«, sagt sie und hält das Glas hoch.

»Liv.«

»Wie die Ullmann?»

»Wie Liv Ullmann.«

Sie nickt anerkennend. Wir prosten einander zu. Der Wein riecht phantastisch und schmeckt auch so.

Dann blickt Vera verträumt zu ihren CDs. »Ich finde – in Anlehnung an Gertrude Stein –, Musik ist Musik ist Musik, und wenn man Musik liebt, liebt man nicht nur eine Richtung und bestimmt nicht nur alte Musik.«

»Wie bist du dazu gekommen, Opernsängerin zu werden?«

»Das habe ich dem Badezimmer zu verdanken.«

Als sie meinen Gesichtsausdruck sieht, beginnt sie zu lachen. »Meine Eltern gingen oft in die Oper. Wenn Mutter mich badete oder später unter die Dusche stellte, hat sie Arien gesungen, nicht sehr gut, aber mit einer wundervoll warmen Stimme. Und ich habe mitgekräht. Als ich älter wurde und allein duschte, sang ich weiter. Die Duschbrause war das Mikrofon, die Kacheln am Boden das Orchester, die Kacheln an der Wand das Publikum. Die Konzerte dauerten gut und gerne eine halbe Stunde, wenn mir Mutter nicht vorher das Wasser abdrehte. Eines Tages haben sich meine Eltern wohl gedacht, dass es billiger käme, mich in den Gesangsunterricht zu schicken.«

Sie bedeutet mir, mich aufs Sofa zu setzen, und lässt sich neben mir nieder. Eine Gänsehaut verbreitet sich auf kleinen, flinken Füßen über meinen Körper. Veras Kleid knistert bei jeder Bewegung. Erst jetzt merke ich, dass Kerzen auf dem Glastischchen brennen, und dass das Licht gedimmt ist. Vera legt ihren Arm auf die Rückenlehne des Sofas und stützt mit der Hand ihren Kopf. Sie starrt eine Weile in eine Flamme, die Stirn wirft Falten. Ich mag es, wenn ihr Gesicht in Unordnung gerät.

Schließlich schaut sie wieder zu mir. »Du übersetzt aus dem Schwedischen, dein Name ist Liv – bist du Schwedin?«

»Halb, meine *Mamma* war Schwedin.«

»War?«

»Sie starb, als ich vierzehn war.«

Faltenwurf im ganzen Gesicht. »Oh, das tut mir leid!«

»Nun, mein Vater müsste –«

»Ich habe mit dreizehn Gerda, meine Patentante, verloren, die ich über alles liebte. Sie hatte einen Autounfall, ist auf dem Weg nach Zernez über eine Kurve hinaus in die Tiefe gestürzt. Sie brauchten vier Stunden, um sie aus dem Auto herauszuholen.«

Sie erzählt, dass dieser Verlust sie so verstört habe, dass sie ein halbes Jahr nicht mehr singen konnte. Gerda habe sie viel besser verstanden als ihre Mutter. Sie sei ihre Verbündete gewesen, was man in dem engen Wallis unbedingt brauche.

Während Vera erzählt, beginnen ihre Augen zu schwimmen. Sie sieht verloren aus, ich hätte sie am liebsten umarmt.

Danach sprechen wir über Banalitäten, bis ich nach ihrem Knie frage. Sie erzählt mir, dass sie als Kind mit ihren Freunden in Güterwagen gespielt hätte. Als ein Bahnarbeiter auftauchte, um sie zu verjagen, sei sie vom Waggon gestürzt, direkt auf die Schiene, und die habe ihr das Knie zerschmettert. Es habe Monate gedauert, bis sie wieder einigermaßen gehen konnte. Heutzutage könnte man eine solche Verletzung perfekt operieren, damals – und dann noch im Wallis – sei das nicht möglich gewesen.

Vera beugt sich vor und gießt Wein nach, ihre Armreifen klimpern, sie hat schöne Handgelenke – schmal und doch kräftig. Dieser Widerspruch zieht sich durch ihren ganzen Körper: Er scheint zerbrechlich und zugleich aus robuster Walliser Arve geschnitzt. Er wirkt verletzbar, gleichzeitig könnte man ihn als Gallionsfigur der Armada einsetzen. Vera lehnt sich zurück und schaut mich mit seltsamem Blick an. Mir wird heiß und kalt zugleich. Sie legt ihre Hand kurz auf meinem Arm. Mir wird noch heißer und kälter! »Was ist das zwischen uns, es ist doch etwas zwischen uns? Ich begreife es nicht.«

Ich hätte gern einen Schluck Wein getrunken, aber meine Hände zittern. »Ja, es ist etwas Besonderes, das steht fest.«

Vera blickt versonnen in das tanzende Kerzenlicht. »Ich bin von dir angezogen, und weiß nicht, was ich damit anfangen soll.« Ihr Gesicht ist offen und klar. »Ich wüsste es gern.«

Ein Teil von mir fällt in Ohnmacht, das restliche Ich versucht etwas Sinnvolles zu erwidern. Ohne eine Antwort abzuwarten, legt Vera ihre Hand an meine Wange und sagt, nein, flüstert: »Sag mir, was das zwischen uns ist. So etwas habe ich noch nie erlebt.« Ihre Hand gleitet über meine Schulter, den Arm entlang bis zu meiner Hand, die sie festhält.

»Manchmal sind die besten Antworten diejenigen, die sich jenseits der Worte finden.«

Atemlos warte ich Veras Reaktion ab. Ihr Gesichtsausdruck bleibt seltsam ruhig und gesammelt. Sie drückt noch einmal meine Hand und zieht ihre zurück. »Ich muss jetzt schlafen«, sagt sie lächelnd, während sie sich erhebt.

Ich stehe nullkommaplötzlich und verfluche mich, weil ich es verbockt habe. »Ich«, beginne ich, aber Vera winkt ab. »Ich bin müde, komm, ich begleite dich zur Tür.«

Unter mir ein Abgrund. Wie soll ich durch die Wohnung

gehen, ohne abzustürzen? An der Tür haucht mir Vera zwei Küsse auf die Wange und schaut mich entschuldigend an. Ich drehe mich auf dem Absatz um, haste die Treppe hinunter und hoffe, dass die Nacht mich verschlingt.

Die Klaviatur des Verliebtseins

Sieben Jahre habe ich ohne Liebesbeziehung gelebt. Die Verliebtheit hat mich gemieden wie Atheisten den lieben Gott. Gelegentliche One-Night-Stands haben mich aufgeräumt bis ratlos zurückgelassen. Mir ging es gut mit meinem Leben, ich habe die Unabhängigkeit mehr geschätzt als den Wunsch nach Zweisamkeit. Ich liebte dieses kleine Glück, niemandem Rechenschaft schuldig zu sein (höchstens Mandel), zu kommen und gehen, wann ich will. Sogar die gelegentliche Sehnsucht nach Zweisamkeit fühlte sich süß an, sie inspirierte mich zum Malen. Mandel behauptet, dass mich die fünf Jahre mit Antonia fürs Leben geschädigt haben. Für die letzten sieben Jahre bestimmt, aber seit der Begegnung mit Vera ist alles anders. Und wie schnell es anders wurde! Die Jahre der Freiheit und Unabhängigkeit sind wie weggefegt, und ich bin überrascht, wie perfekt ich trotz mangelnder Übung die Klaviatur des Verliebtseins beherrsche.

Zu dieser Klaviatur gehört, dass ich mich nach dem Besuch bei Vera fühle, als hätte sie einen Dolch in meinen Bauch gerammt. Ohne es zu merken, hatte ich im Kopf schon ein ganzes Leben mit Vera aufgebaut, das nun wie ein Kartenhaus zusammenstürzt. Nichts als lächerliche Karten auf dem Tisch. Vera ist die Frau meines Lebens, und sie will nichts von mir. Das passt in keiner Weise auch nur annähernd zusammen.

Nach einer unerträglichen Nacht, in der ich mein Leintuch durch unruhiges Umdrehen schier durchgescheuert habe, brauche ich zwei doppelte Espressi, bis ich halbwegs in die Gänge komme. Ich bin froh um unser Büro, um alles, was mich von meinem inneren Desaster ablenkt. Am Mittag haste ich zum Rathausplatz, zu Mandels *Bern-Stein*-Laden. Im Schaufenster sind Schmuckstücke ausgestellt, die ich noch nicht kenne, daneben steht Mandels Arbeitsplatz. Mandel hält es verkaufstechnisch für raffiniert, wenn Passanten ihr bei der Goldschmiedearbeit zusehen können. Ich beobachte sie gern, wenn sie mit einer ihrer unzähligen Zangen, die schön nebeneinander aufgereiht sind, Metallteile, Kieselsteine, kleinste Edelsteine verarbeitet. Ihre Finger drehen, wenden und krümmen sich, halten fest, drücken und befühlen, ohne dass man erkennen kann, was sie wirklich tun. Bis der Schmuck auf der Arbeitsfläche liegt und man sich fragt, wie diese Hände, die so viel größer sind als das Kleinod, mit solch klobigen Werkzeugen das kleine Meisterstück anfertigen konnten. Im Moment sitzt Mandel nicht in ihrer Werkstatt, sondern steht hinten im Laden und bedient eine Kundin. Als sie mich entdeckt, sagt sie etwas zu ihrer Mitarbeiterin, worauf diese die Kundin übernimmt. Mandel kommt heraus, schlendert unentschlossen auf mich zu, die Stirn gerunzelt.

Ich sage: »Ehrlich gesagt weiß ich nicht mehr genau, weshalb wir gestritten –«

»Über Frauen. Und Kindsköpfe.«

»Jedenfalls tut mir leid, was ich gesagt habe.«

»Wie kann es dir leid tun, wenn du nicht mehr weißt, was du gesagt hast?!«

»Weil ich weiß, dass ich dich und unsere Freundschaft verletzt habe.«

»In einen Kindskopf verwandle ich mich, sobald ich eine Beziehung eingehe, das hast du gesagt.«

»Tatsächlich? Das hätte ich nicht sagen sollen!«

»Pustekuchen, es ist doch offensichtlich deine Ansicht.«

»Ist es nicht, beziehungsweise irgendwie schon, aber ein Gedanke zählt nicht, er tut es erst, wenn man ihn ausspricht. Dann wirkt er so, als wäre er wahr. Aber die Wahrheit sieht anders aus.«

»Und wie?«

»Du bist eine tolle Liebespartnerin.«

»Woher willst du das wissen? Wir hatten nie eine Liebesbeziehung.«

»Man kann es von außen sehen.«

»Du hast gesagt, dass ich ein Kindskopf sei.«

»Mandel, bitte! Mach mich nicht mit deinen Spitzfindigkeiten fertig. Ich habe mich für mein Verhalten entschuldigt – du dich für deines übrigens nicht!«

»Es gibt nichts zu entschuldigen.«

»Ich finde schon, dein Sarkasmus ist manchmal ätzend. Du hast mich mit deinen Sprüchen verletzt.«

Mandel zuckt mit den Schultern. »Ich habe Hunger, kommst du was essen?« Sie betrachtet aufmerksam ihre Schuhspitzen.

»Okay, aber das Ende unserer Diskussion ist es nicht.«

Sie nickt leicht. Wir überqueren den Platz und gehen unter den Arkaden die Postgasse entlang. Auf halben Weg hakt sie sich bei mir unter. Ich atme auf und pflanze ihr einen Kuss auf die Wange. Sie lächelt ein klein wenig, in den Mundwinkeln. Wie immer riecht sie köstlich, ich weiß nicht, zu wie vielen Teilen Körpergeruch, Deo und Parfum beteiligt sind, aber das ist ja egal.

Im *Gaumentanz* finden wir an einem der langen Tische Platz und studieren die Karte. Mandel sieht nicht ganz so verliebt aus wie vor drei Wochen. Ich frage sie nach ihrem Befinden.

»Abgesehen davon, dass ich meine beste Freundin viel zu lange nicht gesehen habe, ist alles paletti. Chléo ist einfach toll. Natürlich ist es nicht mehr so wie am Anfang, aber ich bin glücklich. Und du, wie geht's dir? Hast du Veronika wiedergesehen?«

»Vera!«

»Ach ja, Vera – Vera Kapitzky.«

»Vera Kaminsky, meine Güte, Mandel!«

»Vera Kaminsky, sag ich ja. – Ah, da kommt das Essen!« Sie reibt sich die Hände.

Wir beginnen zu essen. Ich probiere von meinem Essen, dann gucke ich auf Mandels Teller, während sie mit der Gabel in meinen Teller sticht und (wenn ich nicht aufpasse) den besten Happen stibitzt. Sie befreit mich jeweils von allen Tomaten- und Petersilienteilen, dafür nehme ich ihr Paprika und Auberginen ab. Selleriesalat wandert zu ihr, Rote-Bete-Salat zu mir, ich rette sie vor Rosinen und sie mich vor gebratenen Mandeln. Und wie wir friedlich essen, stibitzen, wegschnappen und befreien, vibriert mein Handy.

– Liebe Liv! Die gestrige Begegnung war zauberhaft. Ich hoffe, du bist mir nicht böse, dass ich unser Zusammensein abrupt beendet habe! Auf bald? xxx Vera

»Was ist los? Du siehst plötzlich so verstört aus. Schlamassel?« Mandel mustert mich aufmerksam.

»Nein, nein, es ist im Büro was krumm gelaufen. Halb so schlimm.« Ich lächele beruhigend.

Das ist das erste Mal, dass ich Mandel absichtlich belüge. Ich fühle mich mies, so als hätte ich sie betrogen. Aber ich kann ihr nicht erzählen, dass sich Vera gemeldet hat und dass mich das über alle Maßen glücklich macht. Ja, ich bin der glücklichste Mensch auf Erden, es ist schön zu leben, hier mit Mandel zu sitzen und Veras SMS in der Tasche zu wissen.

Wir bestellen Kaffee mit Brownies und diskutieren. Gäbe es kein Thema mehr, über das wir reden könnten, würden wir neue erfinden. Mandel spielt mit dem Zuckertütchen. Ich betrachte gerne ihre Hände, sie haben die richtige Größe, sehen gleichermaßen vertrauenserweckend und sensibel aus. Hände, die einen Edelstein einfassen, die mir den Nacken massieren oder präzise mit dem Queue Bälle einlochen.

Nachdem ich mich von Mandel verabschiedet habe, fliege ich ins Büro zurück. Ich möchte die Welt umarmen. Vera hat mir geschrieben! Ich nehme endlich den komplizierten

Text über Kant'sche Philosophie in Angriff. In regelmäßigen Abständen blinkt ein Licht auf, und in großen Lettern steht an der Wand mir gegenüber: *Vera hat sich gemeldet! – Vera hat sich gemeldet! – Vera hat sich gemeldet!* Und in noch größeren Lettern: *HILFE, WAS ANTWORTE ICH DARAUF?!*

Auf dem Nachhauseweg denke ich mir Antworten aus, aber die eine tönt zu banal, die andere zu kitschig, eine weitere großkotzig, zu aufdringlich, zu brav, zu dumm. Ich rechne mir aus, dass sie jetzt im Theater ist. Vielleicht schwatzt sie in diesem Moment mit ihren Kollegen, vielleicht steigt sie in das rote Kleider, zieht es erst über ihren Hintern, über ihre Hüften, streift es dann über den Bauch, über ihre Brüste (oh, ihre Brüste!), gleitet mit den Armen in die Ärmel. Ich kann geradezu hören, wie das Kleid leise raschelnd über ihre Haut rutscht. Eine Kollegin zieht ihr den Reißverschluss zu, vorsichtig. Ich möchte ihr den Reißverschluss zuziehen. Noch lieber möchte ich ihn wieder öffnen und meine Nase zwischen ihre Schulterblätter betten und ihren Körpergeruch einatmen, an ihrem Hals schnuppern und den Klang ihres hastigen Einatmens genießen. Und dann alles andere.

Bis die Fäden auf dem Brotstück aufgerollt sind

Am Abend besuche ich Vater. Er wohnt in einem eleganten Neubau in Bolligen, ganz oben am Hang mit großartiger Aussicht auf Bern und die Bergkette. Die Attika besitzt eine riesengroße Terrasse, die über und über mit Rosen bedeckt ist. Im Spätfrühling, wenn die Rosen zu blühen beginnen, verwandelt sie sich in ein Farbenmeer, es riecht göttlich, und die Bienen machen einen mit ihrem Summen schwindlig. In dieser Jahreszeit sieht die Terrasse trostlos aus: ein Meer brauner Töpfe, aus denen kahles Gestrüpp ragt. Anfang Frühling wird Vater die Rosen schneiden, er schwört auf den richtigen Augenblick.

Als ich anklopfe und eintrete, atme ich tief ein und sage: »Lass mich raten, was es heute gibt.« Ich schnuppere nochmals gut hörbar. »Vielleicht ein Käse-Fondue? Welche Überraschung!«

Vater kommt aus der Küche, den Kochlöffel in der Hand. »Musst du jedes Mal das gleiche Theater veranstalten? Du weißt, dass es Fondue gibt, es gibt immer Fondue.«

»Mir kommt es immer wieder wie ein Wunder vor«, sage ich ironisch und küsse ihn.

Er hat sich in Schale geworfen, ich kann ihm das nicht austreiben. Wenn ich ihn darauf anspreche, erwidert er, dass ihm der Anzug stehe und dass nur das Beste gut genug für mich sei. Er hat sein weißes Haar sorgfältig nach hinten gekämmt und riecht, als hätte er mit seinem Aftershave ein leidenschaftliches Verhältnis gehabt.

Es ist aufgetischt, das Gaquelon steht bereit, die Essig-
gurken, Essigpilze, die Gewürze, kleine Maiskolben, ein
Korb mit zu Würfeln geschnittenem Brot, in einem zweiten
Körbchen zugedeckt Pellkartoffeln. Vater bringt eine Flasche Weißwein, von dem ich lieber nicht wissen will, wie
teuer er ist. Er füllt die Kristallgläser, mit beiden Händen,
um seinem altersbedingten Zittern entgegenzusteuern. Wir
stoßen an, dann verschwindet er in die Küche, um das
Fondue zuzubereiten. Ich streife durch die Wohnung, in die
er praktisch alles aus seinem ehemaligen Haus hineinge-
stopft hat. Ein Zimmer ist für mich hergerichtet – ich habe
es jedoch noch nie benützt. Die Bibliothek ist gewaltig,
Rechtsbücher, von denen er sich nach der Pensionierung
nicht trennen konnte; massenhaft Rosenbücher; die vollständige Ausgabe Goethes und andere Klassiker; Thriller;
Bücher über Geschichte, Politik und Wirtschaft; Reisebü-
cher. Wie schade, dass außer Philip Roth und Günther
Grass keine Gegenwartsautoren den Weg in seine Regale
gefunden haben. Während ich durch einen veralteten
Reiseführer über Schweden blättere, frage ich mich, was
Vera wohl liest. Ich will sie das fragen, wenn ich sie wie-
dersehe. Und meine Güte, was schreibe ich ihr auf ihre
SMS?
Vater stellt das Fondue auf das Gaquelon. Nun heißt es
Brot oder Kartoffel auf die Gabel zu spießen und sofort im
Käse zu rühren. Isst man zu zweit Fondue, besteht die Ge-
fahr, dass der Käse anbrennt, weil er nicht regelmäßig be-
wegt wird. Während ich esse, rühre ich deshalb mit einem
Kochlöffel im Topf. Wir hören Chopin. Aus unerfindlichen
Gründen ist Vater der Ansicht, dass Chopin perfekt zu
warmem Käse passt. Ich finde das reichlich merkwürdig.
Vater ermahnt mich, seine Schwester Luise zu Kaffee und
Kuchen zu treffen. Ich winke nur ab.
»Liv, vergiss nicht, dass sie sich um dich gekümmert hat,
als deine Mutter starb. Etwas mehr Dankbarkeit wäre ange-
zeigt.«

»Ich hätte damals auf Tante Luises Beistand gut verzichten können.«

Tante Luise, die einzige Schwester meines Vaters, ist eine formvollendete Dame, ehemalige Gemahlin eines Botschafters (der früh an einem Herzinfarkt starb) und kinderlos, wofür sie sich an der ganzen Welt rächt. Ihren Erziehungsdrang lebte sie vorzugsweise an mir, ihrer einzigen Nichte, aus. Sie brachte mir Manieren bei, gesellschaftlichen Umgang, Konversation, Putzen von Silberbesteck und Kristallgläsern und den exakten Faltenwurf des perfekt gemachten Bettes. Nach *Mammas* Tod übernahm sie unseren Haushalt. Eine viktorianisch strenge Gouvernante und eine pubertierende Göre, welche Kombination! Es flogen die Fetzen, es flossen die Tränen, es wurden eine Menge Verwünschungen und Flüche ausgestoßen, bis Tante Luise aufgab und das Feld räumte.

»Auch wenn Luise manchmal etwas übertrieben agiert, ist sie dir trotzdem immer eine gute Tante gewesen.«

Ich erwidere nichts darauf. Wir haben zu oft über Tante Luise gestritten, mit dem immer gleichen Ergebnis: keinem nämlich. Manchmal, wenn ich meinen Vater betrachte, frage ich mich, ob ich mit ihm zu tun haben wollte, wenn ich nicht seine Tochter wäre. Er ist pensioniert, sitzt aber immer noch bei vier Unternehmen im Verwaltungsrat und verdient an einer Sitzung wohl so viel wie die kleinsten Angestellten in einem halben Jahr. Er ist Mitglied des *Rotary Club*, wo sich reiche, einflussreiche Männer gegenseitig den Rücken stärken. Er hat gepflegte Umgangsformen, weswegen er bei den Frauen beliebt ist. Er besitzt guten Geschmack, ist über das Weltgeschehen informiert, liest komplexe Bücher über Politik und Geschichte und kann seine Frau nicht vergessen. Dass seine Tochter Frauen liebt, ignoriert er nonchalant. Als ich ihm einen Brief mit meinem Coming Out schickte, antwortete er: *Liebste Liv, danke für dein Vertrauen. Ich habe es zur Kenntnis genommen. Dein dich liebender Vater.* Das war sein erstes und letztes Statement zu diesem Thema. Er ist Antonia höflich begegnet, aber nie hätte er mich nach unserer Beziehung gefragt. Weil ich darauf bestanden habe, wurde Antonia bei Festessen eingeladen, aber Vater hat es nicht gerne getan, und wenn ein Verwandter wissen wollte, wer Antonia ist, hat er gesagt, dass er das auch nicht so genau wisse, und ihn an mich verwiesen.

Er hätte sich Enkelkinder gewünscht, mir in dieser Hinsicht aber nie einen Vorwurf gemacht. Er beherrscht in vollkommener Weise die genau richtige Mischung zwischen Ignoranz und Gewährenlassen. Als ich mich von Antonia trennte, war er erleichtert, und dass ich seit sieben Jahren nichts Offizielles mit einer Frau gehabt habe, machte ihn vollends zufrieden. Lieber eine konforme Jungfer als eine glückliche Lesbe!

Ungeschickt dreht Vater die Gabel, bis die Fäden auf dem Brotstück aufgerollt sind. Er wird alt, und mir wird nichts anderes übrig bleiben als ihn zu pflegen, ich bin Einzelkind. Ich seufze, dann denke ich an Veras SMS, und ich weiß, dass ich der ganzen Welt trotzen kann.

»Vater.«

»Hmmm?«

»Ich habe jemanden kennengelernt.«

»So?«

»Wie lange habe ich doch suchen müssen!«

»Ich wusste nicht, dass du jemanden gesucht hast.«

»Ich auch nicht.«

»Kann man nach jemandem gesucht haben, wenn man ihn nicht gesucht hat?«

»...«

»Und bist du glücklich?«

»Im Moment ja.«

»Ist es«, er räuspert sich, »etwas Ernstes?«

»Ich kann an nichts anderes denken.«

»Das sagt noch gar nichts.«

»Was soll das heißen?«

»An Menschen muss man nicht denken, man muss sie im Herzen tragen.«

»Das ist doch dasselbe.«

»Liv, das ist ein himmelweiter Unterschied! Bei deiner Mutter zum Beispiel –«

»Bitte verschon mich!«

»Schon gut. Einen Menschen im Herzen zu tragen macht dich frei, immer an ihn zu denken besetzt dich. Hat ein bedeutender Autor geschrieben, ich weiß nicht mehr welcher.«

»Du hast die Person schon gesehen.«

»Interessant. Willst du noch etwas Wein?«

»Vater!«

»Was? Du trinkst doch gerne Wein, und dieser ist exzellent.«

»Willst du nicht wissen, von wem ich spreche?«

»Man muss nicht immer alles wissen. Wenn du dir ganz sicher bist, kannst du mich dieser Person vorstellen. Es ist nicht zufällig ein Mann?«

»Meine Güte, du lernst es nie!«

»Es hätte ja sein können. Das Leben steckt voller Geheimnisse. Ist es Mandel?«

»Nein, es ist nicht Mandel. Die hast du schon weitaus mehr als einmal gesehen.«

»Eine außergewöhnliche Frau.«

»Gewiss.«

»Liv, du befindest dich in Aufruhr, das kann ich spüren. Du musst Klarheit schaffen, dann werde ich mich damit auseinandersetzen.«

Mich erstaunt mein Vater immer mal wieder. Er versteht mehr, als ich erwartet hätte und als mir lieb ist. Nach dem Essen zeigt er mir sein neuestes Rosenbuch, das er aus England kommen lassen hat. Für mich sehen alle Rosenbücher gleich aus, aber wenn er mit Begeisterung auf dieses und jenes hinweist, lasse ich mich gern mitreißen.

Was soll ich Vera zurückschreiben? Die Frage begleitet mich auf der Autofahrt nach Hause. Es sollte etwas Gelassenes, Unabhängiges sein, es sollte von Größe und Großzügigkeit zeugen. Kurzum: Es soll ihr Lust auf ein Wiedersehen machen.

Zu Hause angekommen, lasse ich mich auf dem Sofa nieder und starre Veras SMS an. Wie kann ich mich ins beste Licht stellen? **Liebe Vera** ist bestimmt kein schlechter Start. Als ich das eintippe, vibriert das Handy. Es ist eine SMS von Mandel, die fragt, ob wir morgen Abend Billard spielen gehen würden. Sie sei auf Entzug. Seit sie mit Chléo zusammen sei, würden sie nur noch anderes Billard spielen. Zwinkerndes Smiley. Typisch Mandel! Ich sage ihr zu und spreche ihr meine Hoffnung aus, dass sie mit Chléo immer das Loch treffe. Sie antwortet mit einer Menge Frage- und Ausrufezeichen.

Also, wie war das:

– Liebe Vera, es war schön mit dir, wie könnte ich dir böse sein?! Kommst du mit auf einen Spaziergang, in näherer Zukunft? Lg, Liv.

Ich sende die Zeilen und mache die Abendtoilette, lese im Bett das neueste Mankell-Buch, das es bis jetzt nur auf Schwedisch gibt. Das Handy liegt neben dem Bett. Manche sind ans Bett gefesselt, ich neuerdings ans Handy. Um ein Uhr lösche ich das Licht und falle in einen leichten Schlaf. Mit einem Ohr höre ich auf das Handy, ob es vibriert. Ich werde morgen gerädert sein. Langsam dämmere ich in den Schlaf und träume, dass ich auf einem Konzert von Queen bin, die eben *Bohemien Rapsody* fertig gespielt haben und mit *We are the Champions* beginnen. Schönes Lied, ich bin hin und weg. Die Musik wird immer lauter, da merke ich, dass es das Telefon ist. Dass es Vera ist! Ich melde mich so frisch und munter als möglich.

»Oh, habe ich dich geweckt? Das tut mir leid!«

»Kein Problem, ich konnte nicht schlafen. Wie geht es dir?«

»Ehrlich gesagt, etwas einsam, und ich dachte, dass du mir vielleicht eine Geschichte erzählen könntest.«

Ich setze mich im Bett auf und zünde das Licht an, jetzt

bin ich hellwach. »Eine Geschichte? Was für eine Geschichte? Ich kann nicht gut Geschichten erzählen.«

»Das möchte ich doch bezweifeln.«

»Du kannst es nicht wissen.«

»Meine Intuition sagt mir das. Bist du mir noch böse?«

»Ich habe dir doch geschrieben, dass ich es nicht bin. Kein bisschen.«

»Ich war überfordert – ich –«

»Du musst dich nicht erklären. Was sagst du zu meinem Vorschlag mit dem Spaziergang.«

»Ich bin dabei!«

Wir verabreden uns für nächsten Samstag. Ich würde sie abholen, wir würden spazieren gehen. Mit Leuchtstift umkreise ich das Datum. Wenn mich nicht alles täuscht, wird das der wichtigste Tag meines bisherigen Lebens.

Ich zeige dir gern alles, restlos alles

In den drei Tagen bis zum Samstag verfällt der Kosmos, um sich mit einem Urknall neu zu gebären, alle Zeitalter zu durchlaufen, wieder zu zerfallen und erneut als Urknall anzufangen. Zugleich hat die Zeit beschlossen, nicht zu vergehen. Ich bin in einem Bild eingefroren, nur ab und zu rückt der Zeiger ein paar Sekunden vorwärts, um dann wieder zu verharren. Ich verliere das Vertrauen in Uhren. Nach dem vierundachtzigsten Urknall ist die Sonne so gnädig unterzugehen und nach einer ewigen Abwesenheit auch wieder aufzugehen. Und schließlich, Zeitalter später, wird es Samstagmittag.

Mir bleiben zwei Stunden, um die anziehendste, erotischste und attraktivste Kleiderkombination aus meinen Schränken zu zaubern. Die Kleider häufen sich auf meinem Bett. Wie das so ist, besitze ich keinen einzigen anständigen Fetzen. Mein Handy brummt, es ist Vera, die fragt, ob ich sie eine Stunde später abholen könnte, sie müsse noch was erledigen. Natürlich bin ich einverstanden (ich will schließlich weder stur noch fixiert wirken!), obschon ich nicht begreife, was sie jetzt noch erledigen muss, das wichtiger als ich ist. Eine Stunde länger warten, meine Güte! Ich überlege mir ernsthaft, in die Innenstadt zu rasen, um Klamotten zu kaufen, beginne dann aber mit einer Arbeit, die ich schon lange in Angriff habe nehmen wollen: Ich ordne Fotos und klebe sie ein. Mir fällt ein Foto von *Mamma* in die Hände, es stammt aus den Ferien in Apulien, den letzten mit ihr. *Moder* lächelt in die Kamera, aber ich weiß nicht, ob es ein echtes Lächeln ist. Wie es sich für eine Schwedin gehört, hatte sie blondes Haar und blaue Augen, auf dem Foto trägt sie einen dunkelroten Bikini, der ihr bestens steht, denn ihre Figur ist gut erhalten.

Ich war damals vierzehn, und das letzte, worauf ich Lust hatte, waren Ferien mit meinen Eltern. Ich verzog mich mit meinen Büchern und gab mich nur dann mit meinen Altvorderen ab, wenn es nicht anders ging. Hätte ich damals gewusst, dass *Mamma* bald sterben würde, hätte ich jede Minute mit ihr verbracht. Ja, im Nachhinein ist man was? Gescheiter, reifer, einsichtiger? Wohl eher zernagt von Schuldgefühlen, von Hätte, Wäre und Würde: Hätte sie an jenem unglückseligen Tag das Haus etwas früher oder etwas später verlassen oder wäre sie zu Hause geblieben, dann wäre sie nicht von dem Lastwagen zermalmt worden. Wenn sie nicht schon an der Unfallstelle gestorben wäre, hätte ich mich von ihr verabschieden können. Wäre ich nicht so neugierig gewesen und hätte *Moders* Zimmer durchsucht, dann wäre ich nicht auf ihr Tagebuch gestoßen und hätte nicht erfahren, dass *Moder* seit Jahren einen Geliebten hatte und dass sie an jenem Unglückstag auf dem Weg zu diesem Lars war. Aber zuallererst: Hätte doch dieser dumme Lastwagenfahrer schon mal etwas von Rechtsvorfahrt gehört, wäre *Mamma* noch da. Ich hätte mit meiner Verwirrung darüber, dass mir Frauen und nicht Männer Herzklopfen verursachen, zu ihr gehen können. Sie hätte mir bei kniffligen Aufgaben an der Dolmetscherschule helfen können. Ich hätte mich an ihrer Schulter ausweinen können, als es mit Antonia immer schwieriger wurde, und heute könnte ich ihr von Vera erzählen.

Ich sitze versunken vor den Fotos und vergesse sie einzukleben. Dann geschieht das Wunder: Die Uhren zeigen an, dass die Warterei vorüber ist. Ich rase los. Meine verschwitzten Hände rutschen über das Lenkrad, das Herz pocht lauter als der Blinker meines Autos. Ich drücke auf Veras Klingel, ein Summton ertönt, ich öffne die Haustüre und steige in den ersten Stock hinauf. Die Wohnungstür steht offen, Vera ist nicht zu sehen, ich höre sie rufen. Als ich sie im Schlafzimmer finde, halte ich schockiert inne. Vera zieht eben eine Bluse aus, darunter trägt sie nur ihren BH. Sie geht zum Schrank und schaut mit besorgtem Gesichtsausdruck hinein. Als sie mich entdeckt, lächelt sie erfreut und sagt, dass sie gleich komme, ich solle doch schon mal im Wohnzimmer warten.

War das Absicht oder Zufall?, frage ich mich, während ich im Wohnzimmer auf und abgehe. Es war jedenfalls ein Auftritt, der mich vollends aus dem Konzept gebracht hat. Ich trete ans Fenster, betrachte den Garten, der im Februar noch weitgehend schläft, betrachte die Herrschaftshäuser und die Quartierstraße, die vom Schnee und Salz ausgewaschen ist. Vera summt eine Melodie, die mir bekannt vorkommt. Noch hat unser Spaziergang nicht begonnen, und ich bin schon durch den Wolf gedreht. Da tritt Vera ein, in Blue Jeans und dunkelblauem Pullover. Sie kommt strahlend auf mich zu und gibt mir drei Küsse auf die Wange, dann drückt sie mich kurz an sich.

Erneut durch den Wolf gedreht.

»Gehen wir los«, sagt sie. »Wohin gehen wir, oh, ich freue mich! Gut siehst du aus. Ist es sehr kalt draußen?«

Vera plaudert frisch drauflos, mir hingegen fällt nicht viel zu reden ein, weil ich mit Autofahren und Vera-neben-mir-Haben vollauf beschäftigt bin. Ich fahre nach Belp und auf den Belpberg. Sie sei noch nie hier gewesen, erklärt mir Vera, sie kenne nicht viel vom Kanton Bern, aber jetzt hätte sie ja mich, und ich könne ihr alles zeigen.

Ja, ich zeige dir gern alles, denke ich, restlos alles.

Ich parke bei einem kleinen Wäldchen, Veras Handy läutet – nein, es läutet nicht, man hört den Ausschnitt einer Arie, von ihr selbst gesungen. Sie stellt sich ein wenig abseits und führt ein intensives Gespräch. Ich bin eifersüchtig – wie lächerlich!

Endlich ist sie mit dem Gespräch fertig. »Es war mein

Agent, manchmal meldet er sich in den unmöglichsten Momenten.«

Wir spazieren los, Vera hakt sich bei mir unter, ich bin glücklich. Manchmal sind die äußeren Umstände ideal, überlege ich mir, aber etwas stimmt trotzdem nicht. Dann wieder reicht eine einzige Berührung von Vera, und der Himmel öffnet sich. Im Unterschied zu mir scheint sie unbekümmert, ausgelassen und fröhlich, sie springt von einem Thema zum anderen, unterstreicht das Gesagte ausdrucksvoll mit Blicken und Gesten. Es ist ein einzigartiges Erlebnis, neben ihr herzugehen. Ab und zu streue ich eine Bemerkung ein, die sie gerne aufnimmt und weiterspinnt. Ab und zu bleiben wir stehen, um die Aussicht zu genießen. Vor uns breitet sich das flache Gürbetal mit seinen landwirtschaftlichen Flicken aus, dahinter die Vorberge und dann die Alpen, die wie immer breit und würdevoll nebeneinander sitzen. Ihr weißgrauer Schnee hebt sich nur wenig vom weißlichgrauen Himmel ab.

Aus dem Nichts heraus neigt sich Vera zu mir und küsst mich auf die Wange. »Du bist süß!«, sagt sie.

Bevor ich verstehe, wirbelt sie davon. Ihre Lebendigkeit ist hinreißend! Nach einer guten Stunde erreichen wir das Restaurant *Chuzen*, das auf dem höchsten Aussichtspunkt des kleinen Berges steht. In der Gaststube setzen wir uns ans Fenster. Der Wirt höchstpersönlich kommt zu uns an den Tisch und begrüßt uns. Er ist wie Vera Walliser. Vera beginnt glücklich auf ihn einzuschwatzen, und er antwortet ebenso glücklich, daher dauert es, bis wir unsere Getränke bestellen können. Als die Getränke kommen, schaut mich Vera durch den Dampf unserer Getränke hindurch an, richtig intensiv. Sie packt meine Hände und scheint sie nicht mehr loslassen zu wollen. »Du bist so geheimnisvoll – ich weiß nur wenig über dich, dabei möchte ich alles wissen. Ich wollte zum Beispiel fragen«, sie schaut verlegen zur Seite, »ich wollte fragen, ob das mit mir – also dass du mit Frauen – ich meine, ach du weißt, was ich meine.«

»Nicht genau.«

»Ach, tu nicht so!«

»Du willst wissen, ob ich auch schon mit einer Frau spazieren gegangen bin? Ja, bin ich.«

Vera lässt meine Hände los – schade! »Sei nicht gemein und antworte mir!«

»Ich verstehe nicht genau«, lüge ich.

Veras Gesicht verkommt zu einer wilden Unordnung. »Ich weiß, dass du weißt, was ich sagen will. Aber da du dich absichtlich dumm stellst, werde ich halt deutlicher: Bist du schon mit einer Frau im Bett gewesen? Halt, nein, wenn ich das so frage, antwortest du dann: natürlich, im Pfadfinderlager, gleich neben zweien! Okay, also gut: Hast du schon einmal mit einer Frau –«

»… die Ferien verbracht? Ja, schon oft.«

Jetzt geschieht etwas Unerwartetes: Veras Gesicht verdunkelt sich. Ich lehne mich zurück, aus Angst, dass sie – ich weiß auch nicht was. Ihre Stimmung ist gekippt wie ein Wagen voller Gummibälle, und nun springen und hüpfen sie in alle Richtungen, Chaos pur, es würde dauern, bis die Bälle wieder eingesammelt sind.

»Treibst du ein Spiel mit mir?« Veras Nüstern blähen sich. »Du weißt, was ich dich fragen will. Du hättest mir entgegenkommen können, es fiel mir nicht einfach, die Frage zu stellen. Aber nein, du machst dich stattdessen lustig über mich. Was willst von mir, willst du überhaupt etwas von mir? Du machst nicht den kleinsten Schritt auf mich zu.«

Sie ruft den Wirt und bezahlt unsere Getränke. Ich begreife nicht, warum sie so wütend ist, ich habe doch nur ein kleines Spiel gespielt, das charmant hätte sein sollen. »Ich« – »So warte doch« – »Lass mich erklären!« – »Du hast mich missverstanden!«

Vera will nicht zuhören, sie zieht sich rasch die Jacke über und hinkt aus dem Restaurant. Entschlossen geht sie in nördliche Richtung.

»Das ist der falsche Weg.«

»Ist mir egal, ich gehe, wohin es mir passt.«

Panik kriecht meinen Rücken hoch – ich habe es vermasselt, denke ich angstvoll, meine Güte, ich habe es völlig vermasselt! Ich renne hinter ihr her, überhole sie und stelle mich vor sie. Sie will ausweichen, ich bewege mich, als wäre ich ihr Spiegelbild.

»Lass mich durch«, faucht sie.

»Jetzt hör mir doch zu. Es tut mir leid wegen vorhin, ich habe dich bestimmt nicht auf den Arm nehmen wollen. Schon lieber in den Arm. Ja, ich hatte schon was mit Frauen, aber bei keiner habe ich das empfunden wie bei dir.«

Vera schaut verbissen zur Seite.

»Und ich habe dich nie berührt, weil meine Sehnsucht, es zu tun, so riesig ist, dass ich Angst hatte, zu weit zu gehen, Vera, verzeih mir und vertrag dich wieder mit mir, bitte!«

Vera schaut auf, mit Tränen in den Augen. »Mach das nie wieder! Nie wieder!«

Ich nicke hoffnungsvoll. Vielleicht ist der Nachmittag gerettet.

Auf dem Rückweg sprechen wir nicht viel, aber ihre Stimmung scheint sich zu heben.

Im Auto frage ich: »Was jetzt? Ich hatte gehofft, dass wir was essen gehen würden, aber vielleicht –«

»Das ist eine glänzende Idee«, unterbricht mich Vera.

»Ich kann das Restaurant *Rössli* in Rubigen empfehlen – das ist ein kleines Wirtshaus, wo der Wirt selber kocht, und wie!«

Vera stimmt begeistert zu.

Im *Rössli* kehrt der Zauber zwischen uns zurück, mein Herz segelt. Das Essen ist phantastisch, die Bedienung herzlich. Ich erzähle Vera ein bisschen von Antonia, von unserer Stop-and-go-Beziehung. Dass die massgebliche Energie dieser Beziehung Trennung und Versöhnung war, bis wir uns zermürbt trennten. So was, erkläre ich, würde ich nie mehr mitmachen. Vera nickt mitfühlend und erzählt, dass sie zermürbende Beziehungen auch kenne, zum Beispiel, als sie zwischen zwei Männern stand. Sie erzählt ausführlich und in allen Farben, wie die Dreierbeziehung sie fertiggemacht hat und welch Scherbenhaufen übrigblieb.

Gegen elf Uhr neige ich mich zu ihr. »Wollen wir gehen?« Vera nickt nur und wirft mir einen vielsagenden Blick zu. Ich bedeute der Bedienung, dass ich zahlen will. Wir streiten darüber, wer wen einladen darf. Ich gewinne. Auf der Heimfahrt sagen wir wenig, ich habe eine CD von Edith Piaf ins Gerät geschoben. Ich halte vor ihrem Haus. Vera schaut konzentriert auf ihre Hände. Ich weiß nicht, was ich sagen soll, ich kann mich ja nicht selber einladen. Endlich schaut sie auf und fragt mich, ob ich mit hochkommen will. Ihr Gesicht wird von der Straßenlaterne beschienen, jedenfalls die eine Seite, die andere befindet sich im Dunkeln, und genau die möchte ich küssen.

Ich nicke. Ich greife nach dem Zündschlüssel, ziehe die Handbremse, mich auf jede einzelne Handlung konzentrierend, damit ich nichts falsch mache. Während ich hinter Vera die Treppe hochsteige, überlege ich mir, ob ich nun am Ende meiner Sehnsucht bin oder am Anfang meiner Träume oder mitten im Glück. Beim Treppengehen ist Veras Problem mit ihrem Knie augenfälliger. Sie hält sich am Geländer und zieht sich ein wenig hoch. Es berührt mich, sie so zu sehen, irgendwie macht es sie noch schöner.

Sie zündet jede Lampe in der Wohnung an. Ich frage mich, ob sie auch bei Licht schläft. Dann verschwindet sie in die Küche und will wissen, was ich trinken möchte. Ich erkläre, dass es mir gleichgültig sei. Das sei keine Antwort, erwidert Vera, ich solle sagen, was ich wolle.

»Dich«, schießt es aus mir heraus.

Das Hantieren in der Küche hört auf. Vera kommt um die Ecke, ich stehe immer noch im Korridor. Beim Näherkommen sagt sie, ohne mich aus den Augen zu lassen: »Wurde auch langsam Zeit.«

Dieser leise Satz macht mich augenblicklich zur Herrscherin der Situation. Die Zweifel perlen von mir ab, auch die Angst, nicht mehr zu wissen, wie das in einem solchen Moment abläuft. Rasch mache ich einen Schritt auf sie zu, nehme ihr Gesicht in meine Hände und küsse sie, küsse sie vorsichtig, um ihre Reaktion abzuwarten. Sie küsst zurück, ich ziehe sie hastig in eine Umarmung und küsse sie mutiger. Sie antwortet auf mein Drängen, indem sie aufstöhnt, so wie das wohl nur eine Opernsängerin kann: kaum hörbar, aber laut genug, dass mir schwindlig wird. Meine Beine geben nach, wir gleiten küssend am Türpfosten zu Boden, doch auf einmal sagt Vera: »Mir tut das Knie in dieser Position weh.«

Ich lasse sie sofort los und helfe ihr auf die Beine. Sie streicht ihre Kleider glatt und schaut mich mit einem Gesichtsausdruck an, den ich nicht zu deuten vermag. Ich will sie am Arm berühren, doch sie geht in die Küche. Mit ruhiger Stimme fragt sie mich noch einmal, was ich trinken wolle.

Ich linse um die Ecke in die Küche. »Habe ich etwas falsch gemacht?«

»Ich kann dir Wasser, Kaffee, Tee, Apfelsaft, Wein, Bier und verschiedene Spirituosen anbieten.« Sie geht geschäftig zwischen Kühlschrank und Waschbecken hin und her, ohne etwas zu tun.

»Ich habe keinen Durst.«

»Etwas zu essen?«

»Ich habe vor zwei Stunden gegessen.«

»Dann weiß ich nicht, was ich dir anbieten könnte.«

»Wie wär's mit deinen Lippen?« Ich versuche ihren Blick aufzufangen, aber es gelingt mir nicht.

»Die hattest du schon.«

»Spielst du mit mir?«

»Wie kommst du auf diese absurde Idee!«

»Erst diese Leidenschaft im Korridor – und jetzt.« Ich breche mutlos ab.

»Und jetzt was? Du willst zu viel, zu viel auf einmal, so geht das nicht. Schalte einen Gang runter, gib uns Zeit.«

Endlich schaut sie mich an, mit festem Blick, mit dieser deutlichen Botschaft, dass es so ist, wie es ist und damit basta.

»Ich verstehe«, sage ich nur und gehe auf die Wohnungstür zu. Ich hoffe, dass sie mich zurückruft, dass sie mir nachrennt, dass sie irgendwas tut, um mich am Gehen zu hindern. Nichts geschieht. Lautlos öffne ich die Tür und ohne das Licht anzumachen, eile ich die Treppen hinunter. Im Auto lege ich für einen Moment meinen Kopf aufs Lenkrad, dann drehe ich den Zündschlüssel und fahre los. Mitten in eine fette Verzweiflung hinein.

Es gibt zu viele Unbekannte

Viel zu oft redet und handelt der Mensch, ohne sich zu erklären. So bleibt er letztendlich rätselhaft, fremd und unheimlich. Und da ich auch ein Mensch bin, werde ich auch aus mir selber nicht schlau.

Wenn der Mann neben mir an der Bushaltestelle ein griesgrämiges Gesicht macht, habe ich keine Ahnung, ob er ein Morgenmuffel ist, ob er unter Magenschmerzen leidet oder eben erst seine Frau verloren hat. Vielleicht hasst er es nur zu warten, vielleicht hat er am Vorabend sein letztes Geld im Casino verspielt, vielleicht hat er erfahren, dass er unheilbar krank ist. Vielleicht nichts von alledem. Ich sehe sein verkniffenes Gesicht und denke: *Schon wieder ein Griesgram* und tue ihm damit vermutlich unrecht.

Ich wäre froh, wenn die Menschen ein Schild um den Hals tragen würden, auf dem steht, warum sie so aus der Wäsche gucken, wie sie es eben tun. Ich möchte eine Fernbedienung, mit der ich Geheimnisse abfragen könnte. Eine Lampe auf dem Kopf der Menschen würde aufleuchten, wenn man die Frage mit ja beantworten kann.

Man könnte zum Beispiel überprüfen:

– *Hat sein Kind geschlagen.*
– *Presst den Kaugummi unter Tische.*
– *Nimmt harte Drogen.*
– *Steht auf SM.*
– *Hat eine unheilbare Krankheit.*
– *Geht fremd.*

– *Ist lesbisch / schwul.*
– *Hat Selbstmordgedanken.*
– *Hat Mordgedanken.*
– *Wäscht sich die Hände nach dem Pinkeln nicht.*
– *Steht auf David Hasselhoff.*
– *Ist Alkoholiker.*
– *Wechselt seine Unterhose nur gelegentlich.*

Nicht auszudenken, bei welcher Frage jeweils das Lämpchen aufleuchten würde! Vermutlich würde mich das Wissen um die Geheimnisse der Menschen nachsichtiger mit ihnen und mir selber machen.

Oder aber ich würde den Glauben an die Menschheit verlieren.

Sogar Mandel, die ich besser als alle anderen kenne, entzieht sich manchmal meinem Fassungsvermögen – vor allem wenn sie sich von einem vernunftbegabten Wesen in einen Kindskopf verwandelt, kaum dass sie mit einer Frau im Bett landet. Beziehungen sind Gleichungen, die nicht aufgehen, es gibt zu viele Unbekannte. Hätte ich die Wahl, würde ich mich in Männer verlieben, denn mit ihnen sind die Gleichungen etwas einfacher. Man hat jedoch nicht die Wahl, wen man liebt oder wer einen liebt. Wie es scheint, liebe ich die Algebra und genieße es, über Gleichungen so sehr zu verzweifeln, dass ich sieben Jahre die Finger davon gelassen habe.

Auf der Fahrt nach Hause befürchte ich, dass Vera nicht nur ein algebraisches, sondern auch ein geometrisches Problem darstellt. Ich lasse unseren Spaziergang und den Abend wie einen Film vorwärts- und rückwärtsspulen, in der Hoffnung, auf Hinweise zu stoßen, die mir Veras Verhalten erhellen würden. Ich finde nichts. Wie konnte sie mich nach unserem wunderbaren Kuss nach Hause schicken? Warum wirkt sie so lebendig, blockt aber ab, wenn es ans Lebendige geht? Überfordere ich sie – oder ist sie von ihren eigenen Gefühlen überfordert? Eine Frage nach der anderen setzt sich auf mein Gedankenkarussell. Es dreht sich flotter und flotter, die Musik verzerrt sich, ich möchte das Karussell anhalten, aber der Bremshebel ist abgebrochen.

Ich fahre bei Schon-fast-rot über die Kreuzung und werde geblitzt, auch das noch! In meinem Quartier muss ich jedes Sträßchen abfahren, bis ich einen freien Parkplatz finde. Fluchend schlage ich die Autotür zu. Dadurch wecke ich vielleicht einen Säugling auf, der nach Stunden liebevollen Hätschelns und Singens endlich eingeschlafen ist. So zieht ein Ärger den anderen nach.

Eine Wohnung im fünften Stock ohne Lift hat ihr Gutes: Bis man erschöpft oben ankommt, sind die wildesten Gefühle verraucht. Ich werfe mich aufs Sofa und zappe querbeet. Fühle mich, als wären alle Gletscher, die Arktis und Antarktis weggeschmolzen, die Eisbären ausgestorben, alle Robbenbabies zu Mus geschlagen. Ein schmerzhafter Verlust von Schönem.

Mein Handy tanzt auf dem Küchentisch. Ob es Vera ist? Mein Herz schlägt bis zum Hals. Nein, bloß Werbung, ein Musikpaket ist zu irgendwelchen Wahnsinnsbedingungen bestellbar. Außerdem hat Tante Luise auf die Mailbox gesprochen und mir befohlen, ihr neues Kuchenrezept auszuprobieren. Weitere SMS sind eingetroffen: Johann, der etwas Geschäftliches wissen will, dann fünf Mal eine unglückliche Mandel:

– Welcher Schmock hat eigentlich Liebesbeziehungen erfunden?

– Chléo lud mich zu einem Tennismatch mit Federer ein. Bin ich wirklich unkooperativ, langweilig und egoistisch, wenn ich keine Freude habe, Bällen nachzuschauen?

– Wo steckst du? Gehst du der Diva an die Wäsche?

– Scheiße, melde dich, es reicht mir schon, dass es Chléo nicht tut!

– Wie findest du Chléo? Passen wir zusammen? Halt, nein, ich will es nicht wissen, ich kenne deine schonungslosen Antworten.

Mandels Liebesstern scheint am Sinken zu sein, was mich freut. Es ärgert mich, dass es mich freut. Aber es ist so: Ich mag Mandel lieber ohne als mit Beziehung. Das ist kein schöner Zug von mir, ich weiß. Ich schaue mir im Fernsehen fünf Filme gleichzeitig an. Irgendwann muss ich eingeschlafen sein, denn *We are the Champions* weckt mich.

»Ja«, sage ich schlaftrunken.

»O nein, jetzt habe ich dich schon wieder geweckt, es tut mir leid!«

»Vera? Nun, um zwei Uhr nachts schlafen Menschen, die nicht auf der Bühne stehen.« Eine Glückswoge lässt mich aufsitzen, ich stelle den Fernseher ab. »Was ist?«

»Ich wollte mich für heute Abend entschuldigen. Ich war brüsk.«

»Nicht der Rede wert.«

»Doch. Ich wollte dich nicht vor den Kopf stoßen. Mit dir zusammen ist es, als – wie soll ich das sagen, ich möchte wirklich, dass wir –, dass wir, ach, es ist schwierig, es in Worte zu fassen. Verzeihst du mir?«

»Es gibt nichts zu verzeihen, du hast getan, was du tun musstest, das ist dein Recht.«

»Es wäre schön, wenn du da wärst.«

»Ich habe ein Auto.«

»Nein, das kann ich nicht verlangen!«

»Ich muss mich nicht mal anziehen.«

»Es wäre schön.«

»Kein Problem, ich komme.«

»Ja, komm!«

Ich hänge auf und packe glücklich die Autoschlüssel und den Mantel. Ich verlasse glücklich die Wohnung, renne glücklich die Treppe runter. Als ich eben glücklich die Haustür öffne, ruft Vera wieder an. »Ich hoffe, du bist noch nicht aus der Wohnung, weil – das ist mir peinlich! Ich bin eigentlich schon sehr müde und habe ein wenig Kopfschmerzen. Wenn du kommst, möchte ich aber frisch und wach sein.

Wollen wir unser Treffen nicht lieber verschieben, ist das okay für dich?«

Ich friere in meiner Bewegung ein. Ich bin nicht mehr glücklich. »Kein Problem, ich bin noch in der Wohnung. Ich bin ehrlich gesagt auch müde.«

»Liv, du bist wunderbar! Sehen wir uns bald! Schlaf gut.«

Ich steige wieder die Treppe hoch wie eine alte Frau. Ich mache irgendetwas mit Vera falsch und weiß nicht was. Ich werfe mich mit den Straßenkleidern ins Bett, rein in den Schlaf, nur weg von mir.

Liebe ist ein anderes Wort für obwohl

»Bist du meschugge? – Hat sie Müsli aus deinem Hirn gemacht? – Schnappst du über? – Du lässt dir von diesem Weibsbild alles gefallen! – Ich sage dir, beende diesen Irrsinn, bevor es zu spät ist! – *Liv*, da ist etwas nicht koscher!« Mandel sticht abwechselnd mit der Gabel durch die Luft, wedelt damit und deutet auf mich.

Wir sitzen im *Metzgernstübli*, die Gäste um uns schauen Mandel verwundert und amüsiert zu, wie sie mit ihrer Gabel den Raum durchpflügt und ihre spitzen Kommentare abgibt. Ihre Wangen haben sich gerötet. Seit zehn Minuten schießt sie übers Ziel hinaus, und sobald ich Veras Verhalten in Schutz nehme oder zu erklären versuche, schießt sie nur noch weiter. Sie legt die Gabel erst auf den Teller, als die Kellnerin abräumen will. Dafür rüttelt sie nun an meinem Arm. »Liv, komm zur Besinnung!«

»Nur weil du mit Chléo in einer Krise steckst, hast du nicht das Recht, mir meine Geschichte in den Dreck zu ziehen.«

»Mit Chléo läuft es fan-tas-tisch!«

»Mach mir doch nichts vor.«

»Es geht jetzt nicht um Chléo und mich, es geht um dich. Vera spielt mit dir – in einem Moment stößt sie dich vor den Kopf, im anderen schmeichelt sie sich wieder ein. Mit Liebe hat das rein gar nichts zu tun.«

»Als würdest du etwas von Liebe verstehen!«

Mandel sieht aus, als möchte sie mir den Gewürzständer an den Kopf werfen. »Nur weil du meine beste Freundin bist, gibt das dir noch lange nicht den Freipass, mich zu beleidigen!« Ihre braunen Augen scheinen schwarz zu werden, das steht ihr äußerst gut. Aber wenn ich ihr das jetzt sagen würde, hätte ich den Gewürzständer bestimmt am Kopf.

»Es tut mir leid, das hätte ich nicht sagen dürfen.«

»Du hättest es nicht mal *denken* dürfen! Wenn ich keine Ahnung von Liebe habe, hast du erst recht keine. Ich habe immerhin vier Beziehungen hinter mir, während bei dir sieben Jahre tote Hose war. Und jetzt diese Posse mit Vera – es ist eine Tragödie.«

»Kann man allen Ernstes dein durchschnittliches sechs Monate langes Hin und Her als Beziehung bezeichnen? Deine Frauengeschichten waren allesamt kurz und verkorkst.«

»Die Dauer sagt nichts über die Qualität der Liebe aus.«

»Da wäre ich mir nicht so sicher.«

»Ich habe meine Frauen geliebt, egal wie meschugge sie waren. Wen hast du in den letzten sieben Jahren geliebt?«

»Dich, meine Freunde eben.«

»Das ist nicht dasselbe.«

»Aber gleichwertig.«

»Liebst du diese Vera?«

»Sie heißt Vera, nicht *diese* Vera.«

»Antworte mir!«

»Was ist schon Liebe?«

Mandel verwirft die Hände. »Schon wieder ein Hintertürchen, es ist unmöglich, mit dir zu diskutieren!«

»Nein ernsthaft, was ist Liebe? Das, was mein Vater gegenüber meiner *Moder* inszeniert hat? Würde er sie noch lieben, wenn er die Wahrheit über sie wüsste?«

»Du wirst es ihm nie sagen, oder?«

»Ich kann nicht. Es würde ihn zerstören.«

Mandel hat einen Zahnstocher ausgepackt und sticht damit auf das papierne Tischtuch, es entstehen kunstvolle Muster. Was immer sie in die Hand nimmt, wird schön. Ihre Hände sind gesegnet, davon bin ich überzeugt. Sie schaut auf. »Liebe ist ein anderes Wort für obwohl. *Obwohl* du nicht so bist, wie ich es gern hätte, liebe ich dich. *Obwohl* du nicht das machst, was ich von dir erwarte, liebe ich dich. *Obwohl* du deinen Kaffee schlürfst, was mich die Wände hochbringt, liebe ich dich. *Obwohl* ich dich nie verstehen werde, liebe ich dich. *Obwohl* du nicht meine Traumfrau bist, liebe ich dich. Und so weiter. Liebe entsteht dort, wo das Blendwerk verblasst und die Wahrheit beginnt. Liebe ist das einzige, wofür zu leben sich lohnt. Ein Kieselstein ist bekanntlich nicht so schön wie ein Rubin. Aber wenn du ihn mit Liebe bearbeitest, entfaltet er seine ureigene Schönheit.«

Als Mandel das sagt, sitzt sie nach vorn gebeugt und fixiert mich. Jetzt lehnt sie sich zurück und lächelt versonnen.

»Mandel, das ist das Schönste, was ich jemals von dir gehört habe!«

Sie schaut verlegen auf ihre Hände.

»Wie steht das eigentlich mit unseren Ferien, ist es immer noch aktuell, obschon du jetzt mit Chléo zusammen bist?« Mandel hatte an Sylvester beschlossen, meine zweite Heimat kennenzulernen. Seither planen wir unsere Den-Rentieren-einheizen-Ferien, wie sie es nennt.

Sie schaut entrüstet auf. »Du solltest mich lange genug kennen, um zu wissen, dass ich mein Wort halte, ich bin nicht ein solch unkoscheres Flittchen wie –«

»Sprich es lieber nicht aus, Mandel!«

Ein kleines Lächeln huscht über ihr Gesicht. Manchmal ist sie ein Biest!

Die Begegnung mit Mandel hat mir gutgetan, doch kaum trennen wir uns, stürzen die Gedanken wie Hitchcocks Vögel auf mich ein. Die Ruhe und Gelassenheit, die ich eben noch empfunden habe, werden zerfetzt und zerhackt. Ich sehe wieder und wieder nach, ob mir Vera geschrieben oder mich angerufen hat. Sie hat nicht. Meine Stimmung macht es sich im Keller gemütlich. Ich bleibe lang im Büro, habe keine Lust und keinen Grund nach Hause zu gehen.

Als ich dann doch den Laptop herunterfahre, sind noch Johann und Marla da. Johann schlägt vor, einen zu heben. Wir gehen in den *Araber* und stellen uns an die riesige, ovale Bar. Das Licht ist schummrig, Zigarettenspitzen leuchten orangerot auf, Rauch kringelt zur Decke. Die Musik ist so laut, dass wir nahe beieinander stehen müssen, damit wir einander verstehen. Ich bestelle Weißwein und frage mich, wie groß die Chance ist, dass Vera hier auftaucht. Dumme Frage, Vera steht heute auf der Bühne, die Chance liegt bei Nullkommanullnullnull.

Wir stellen Mutmaßungen über das Sexualleben der anderen an der Bar an, fragen uns, welche Zwänge und Geheimnisse sie haben. Dann sprechen wir über uns. Marla erzählt von ihrem Freund, der seine Sachen rumliegen lässt, und von ihrer Kartenleserin, die eine große Veränderung in ihrem Leben vorausgesehen hat. Johann klagt über seine eifersüchtige Freundin, die sogar ausflippt, wenn er mit der dicken Kioskfrau spricht. Mich fragen sie nicht nach Beziehungsdingen, sie kennen mich als ewige Single. Ich bestelle nochmals Wein, und nochmals. Erst als wir vor dem Lokal auseinandergehen, spüre ich die Wirkung des Alkohols. Das Stadttheater befindet sich zweihundert Meter entfernt. Soll ich oder soll ich nicht? Als ich auf die Uhr schaue und sehe, dass ein Uhr morgens ist, ist klar, dass ich nicht mehr beim Theater vorbeigehen muss, sondern besser nach Hause gehe, und zwar zu Fuß, um den Kopf durchzulüften. Der Himmel ist klar, und da der Mond durch Abwesenheit glänzt, kann man die Sterne trotz der Lichter der Stadt gut sehen. Ein Auto jagt in einem Affentempo an mir vorbei. Ich sehne mich nach Mister Terminator, der sich mit seinen vielfältigen Waffen dem vorbeigeflitzten Auto annehmen würde. Obschon ich weiß, dass Jungs von einer überwältigenden Menge Testosteron überflutet und gesteuert sind, machen mich solche Raser rasend.

Zu Hause steige ich die Treppen hoch, horche, aus welchen Wohnungen noch Geräusche zu vernehmen sind. An meiner Tür hängt zu meiner Überraschung ein Zettel. Darauf steht: *Ich warte auf der Terrasse auf dich.* Ich verstehe nicht. Wer wartet? Ich kenne diese Schrift nicht. Ich stelle die Tasche ab und gehe hinauf, die Tür zur Terrasse ist offen. Als ich hinaustrete, sehe ich erst nur wenig, bis sich meine Augen an die Dunkelheit gewöhnen. Eine Person steht an der Brüstung, die sich nun umdreht und auf mich zukommt. Der hinkende Gang lässt keine Frage offen.

Vera!

»Dein Nachbar hat mich rein gelassen und mir die Terrasse gezeigt.« Sie bleibt vor mir stehen und schaut mich an, als wäre sie der Löffel und ich die Eiscreme, »ich musste dich unbedingt sehen, ich –«

Mir ist es egal, warum sie musste und was sie sagen will, ich ziehe sie in meine Arme und küsse sie, auf die Wangen, auf die Stirn, auf den Hals und murmle ihren Namen, dann küsse ich stürmisch ihren Mund und sie küsst gierig zurück.

Endlich.

Ich halte sie so fest, dass es mich nicht gewundert hätte, wenn ihre Rippen knacken würden. Zu meinem Entzücken weicht sie keine Sekunde zurück oder macht gar Anstalten zu gehen. Kein Knie, das schmerzt, keine Küche, in der sie hantieren gehen will.

Es geschieht alles im selben Moment: Das Warten findet sein Ende, die Hoffnung erfüllt sich, mein Traum wird wahr, ein Füllhorn ergießt sich über mich – vollkommenes Glück. Wir klammern uns aneinander, als müssten wir uns vor einem Wirbelsturm schützen, der über die Terrasse fegt. Mir wird schwindlig, beinahe tonlos flüstere ich Veras Namen, aber sie hört mich trotzdem, fährt mit den Fingern durch mein Haar und zieht mich wieder zu ihrem Mund.

Eng umschlungen stolpern wir die Holztreppe runter. Ohne Vera loszulassen, schließe ich die Tür auf, gehe mit ihr zu jedem Lichtschalter und betätige ihn, bis die Wohnung hell erleuchtet ist. Mein Bett ist nicht gemacht, aber das stört mich erstaunlicherweise nicht – in der Sphäre, in der ich mich befinde, steht hier ein prächtiges, frisch bezogenes Himmelbett. Wir fallen darauf, Vera dreht mich auf den Rücken und setzt sich auf mich. Eine Weile schaut sie mich nur an, mit dunkelgrauen Augen und weichen Lippen. Dann knöpft sie meine Bluse auf, fährt mir ungeduldig über Bauch und Busen, reißt das Shirt aus der Hose, gleitet unter den Stoff, nähert sich lächelnd meinem Mund. Blitzartig wird mir bewusst, dass ich unmöglich die erste Frau in ihrem Leben sein kann. Sie kennt sich aus. Ich weiß nicht, ob mich das stört oder nicht – rein technisch vereinfacht es die Dinge. Aber ich es macht mich auch unsagbar eifersüchtig.

Wir entblättern uns, wir sind Blütenblätter, die sich übereinander legen, sie kostet von meinem Nektar, ich sauge die Süße aus ihrem Fleisch, bis uns die Blütenmetaphern entgleiten, bis wir über die Wellen fliegen, mit Leidenschaft in den Segeln.

Viel später schlafe ich in ihren Armen ein, ihren unbekannten Duft, den Geruch unserer Säfte in der Nase, ihren Herzschlag im Ohr, von Kopf bis Fuß mit Glückseligkeit erfüllt. Wenn mich Mandel jetzt so sehen könnte, ihre Bedenken waren vertlogen! Ich falle in den schönsten Schlaf meines Lebens. Würde ich jetzt sterben, ich würde es als glücklichster Mensch dieser Welt tun.

Ich bin diejenige welche was?

Die Tage werden zu Nächten, das Wichtige wird nebensächlich, der Gang ist beschwingt, meine Zurückhaltung verwandelt sich in Verwegenheit, das Grübeln in Zuversicht. Ich finde mich in einem Leben wieder, das nicht das meine ist, jedenfalls bis heute nicht meines war, ein Leben, welches tausend Mal interessanter und schöner ist, als ich es mir je hätte vorstellen können. Ich bin in eine mitreißende Oper gestolpert, in einen farbenprächtigen Film, in dem ich eine wichtige Rolle einnehme und Vera die strahlende Hauptrolle spielt.

Ich vernachlässige alles, was mein bisheriges Leben ausgemacht hat: Beruf, Mandel, Freunde, Vater, das Malen, meine Ängste und meine Werte. Der Alltag und das Einerlei haben sich verabschiedet. Meine Welt ist auf einmal aufregend, farbig, fesselnd, voller Möglichkeiten. Die alte Liv ist abgestreift und die neue an der Seite Veras gefällt mir verdammt gut. So oft als möglich bin ich mit Vera zusammen und wann immer ich mit ihr zusammen bin, fühle ich mich lebendig und bis in die Haarspitzen erregt.

Durch Vera bekomme ich Zugang zum Stadttheater. Ich kenne bald alle, von der Garderobiere über die Techniker bis zu den Musikern und Sängern. Ich weiß nicht, wie oft ich die *Traviata* gesehen habe, und reicht es einmal nicht in die Vorstellung, warte ich vor dem Personaleingang auf Vera, folge ihr in den *Falken* oder in welches Restaurant auch immer, sitze neben ihr, lausche den Erzählungen der anderen, genieße Veras Hand auf meinem Oberschenkel oder, wenn sie dreist ist, zwischen meinen Beinen. Ich räche mich dafür und beobachte amüsiert, wenn sie nach Luft schnappt, aber so tut, als wäre nichts. Veras Kollegen machen sich über unsern Liebestaumel lustig, sie spotten über unsere zeitweilig abrupten Abgänge. Sind wir draußen, fressen wir uns unter den Arkaden, bis das Taxi kommt und unsere Reste zu Veras Wohnung befördert. Dort fallen wir wieder übereinander her. Manchmal gehen wir zu Fuß nach Hause, Arm in Arm, geben uns dem Wunder unserer Blicke hin, Vera lächelt, ich erwidere ihr Lächeln, wir küssen uns, wir blicken uns an, das Licht der Straßenlampen spiegelt sich in den geparkten Autos, alles in diesen Nächten leuchtet aufregend und geheimnisvoll, überall glänzt und glitzert und strahlt es. Ist das hier wirklich Bern, und bin ich tatsächlich Liv, gehen wir über die Kirchenfeldbrücke oder nicht etwa in Paris über die Seine?

Wenn wir schließlich um ein, zwei oder drei Uhr früh bei Vera ankommen, fallen wir küssend in die Wohnung (nicht ohne vorher überall das Licht angeschaltet zu haben). Manchmal reicht es bis zum Sofa, manchmal nur bis zum Teppich, manchmal lieben wir uns im Korridor. Sind wir gesättigt, führt mich Vera in das Reich der klassischen Musik ein. Sie erzählt mir von vergangenen Opernaufführungen, erklärt mir, wie eine Oper komponiert, inszeniert, aufgeführt wird und schult mein Gehör. Ich habe mich bis jetzt nicht für den Operngesang begeistern können, er schien mir unnatürlich und forciert, aber durch Vera bekomme ich einen neuen Zugang dazu.

Zu meiner Freude teilt Vera meine Leidenschaft für bildende Kunst im allgemeinen und Gegenwartskunst im speziellen – und das setzen wir in Form von Besuchen in Museen und Galerien um. Aneinandergeschmiegt gehen wir von einem Kunstwerk zum anderen und sprechen über unsere Eindrücke. Wir stehlen einander kleine Küsse, berühren uns im Versteckten (oder auch nicht Versteckten). Mir kommt es vor, als wären die anderen Besucher weit weg, der

Raum scheint uns allein zu gehören. Nach der Ausstellung gehen wir in den Museumsladen, suchen Postkarten aus, manchmal den Katalog und vielleicht ein Kunstbuch und schauen uns im Café über die Kaffeetassen hinweg verliebt an.

Ich gewöhne mich daran, dass Vera einen großen Bekanntenkreis hat und zu jeder Tages- und Nachtzeit spontanen Besuch kriegt. Es kann sein, dass morgens um zwei ein Freund an der Tür klingelt. Vera öffnet ihm halbnackt und geht in die Küche, um ihm ein Getränk zu holen, während ich etwas verschämt die Decke um mich geschlungen habe und vom Bett aus locker zu kommunizieren versuche. An den freien Abenden hat Vera oft Gäste – Arbeitskollegen, Musiker, Journalisten und Künstler. Man bleibt bis in alle Ewigkeiten auf, diskutiert, isst, lacht und trinkt. Ich helfe Vera mit dem Essen und dem Bedienen. Fasziniert und etwas verschüchtert sauge ich die Gespräche und die Stimmung in mich auf. Nur selten wage ich mich daran zu beteiligen – ich fühle mich zu wenig geistreich und interessant, ich bleibe ein stiller Zaungast.

Manchmal beschleicht mich die Angst, dass ich für Vera auf die Dauer nicht interessant genug bin, doch kaum wirft sie mir einen intensiven Blick zu, fühle ich mich begehrenswert und wichtiger als alle anderen. Vera ist die Lebendigkeit in Person, ich stehe daneben, eine hingebungsvolle Zuschauerin, die sie mehr anbetet als alle zusammen. Ich bin unendlich stolz, dass Vera meine Geliebte ist, und fühle mich in jenen Himmel gehoben, der manchmal anderen vor die Füße gelegt wird. Da ich am Morgen weit eher als sie aus den Federn muss, gehe ich vor Vera ins Bett. Bevor ich mich zurückziehe, bringe ich die Küche in Ordnung. Aber obschon ich sollte, kann ich nicht schlafen, ich warte auf Vera, auf das Knistern, wenn sie ihr Kleid abstreift, darauf, dass sie mir meine Augenbinde abnimmt (Vera lässt tatsächlich das Licht die ganze Nacht brennen) und mich auf die Lider küsst. Sie riecht nach Alkohol, Zahnpasta und nach

Essen, nach ihrem Parfum und manchmal ein wenig nach Schweiß – eigentlich eine unattraktive Kombination, aber das Ganze mischt sich zu einem Aphrodisiakum, dem ich nicht widerstehen kann. Und nicht widerstehen will.

Die seltenen Male, da ich bei mir zu Hause bin, falle ich wie ein gefällter Baum ins Bett und versuche Schlaf nach- und vorzuholen. Ich werde zu einer Besucherin in meinem Leben, leere den Briefkasten und hole saubere Kleider. Der Kühlschrank hat das tolerierbare Maß der Leere weit überschritten, die Staubschicht auf Möbeln und Böden würde einen Asthmatiker auf der Stelle umbringen. Ich wasche meine Kleider, betrachte das Ölgemälde, das seit Wochen unverändert auf der Staffelei steht. Ich fühle mich vom Leben mit Vera bis in die Zehenspitzen inspiriert, aber in meiner Wohnung will mir doch nichts gelingen. Es riecht hier zu sehr nach meinem alten, nichtssagenden Leben.

Mandels SMS lasse ich weitgehend unbeantwortet. Ich schreibe höchstens: Melde mich bald! Aber ich tue es nicht. Ich kann ihr nicht von meinem Glück erzählen, vielleicht jemand anderem, aber nicht ihr. Sie würde mein neues Ich vermutlich nicht mit offenen Armen empfangen, und ich wäre dann einfach wieder Liv, die alte Liv, die ich nicht mehr sein will.

Wenn ich bei Vera schlafe (was meistens der Fall ist), hole ich morgens in der Bäckerei noch warme Croissants, presse Orangen und koche den Spezialtee für Veras Stimme, brate für sie Spiegeleier mit Speck, gebe ein paar Tropfen Milch in den Kaffee, ganz so wie sie es liebt. Mit dem beladenen Tablett betrete ich das Schlafzimmer und mache mich daran, Vera zu wecken. Ich versuche es mit Küssen, mit zärtlichen und unziemlichen Berührungen, mit Zureden, mit Decke wegziehen, setze sie im Bett auf und lehne sie gegen die Wand, halte ihr die Kaffeetasse vor die Nase, schmiere etwas Konfitüre auf ihre Lippen. Aber je mehr ich unternehme, desto hartnäckiger verweigert sie sich dem Erwachen – ihr macht das Ganze einfach zu viel Spaß. Wenn sie sich endlich über Speck und Eier hermacht, sind die nur noch halb warm, aber das scheint sie nicht zu stören. Sie erzählt mir, was sie geträumt hat. Sie lockt mich ins Bett zurück, klagt, dass der Kaffee kalt geworden sei und schickt mich in die Küche. Während ich die Espressokanne fülle, höre ich, wie sie ihre Stimme weckt, und manchmal, wenn ich mit der dampfenden Tasse zurückkehre, befindet sie sich mitten in Gesangsübungen. Dann wird der Kaffee wieder kalt.

Ich sollte längst im Büro sein, aber ich mag nicht in meinen Alltag zurückkehren, nun, da ich in einem Leben angekommen bin, das mir gefällt. Mühselige, exakte Übersetzungsarbeiten passen in dieses neue Leben nicht hinein. Unter den drei Aufträgen, die ich zurzeit bearbeite, befindet sich ein Kinderbuch. Ich habe mich damals so sehr eingesetzt, den Auftrag zu bekommen, aber jetzt interessiert er mich nur noch am Rande. Meine Kollegen im Büro heben die Brauen, wenn ich spät eintrudele, oder schauen mich fragend an. Ich rechtfertige mich nicht für mein Glück, aber manchmal möchte ich ihnen am liebsten entgegenschmettern: Was schaut ihr so – endlich lebe ich, könnt ihr euch nicht für mich freuen?!

Einmal, als ich kurz in meiner Küche sitze, schaue ich das Foto von Mandel und mir an der Kühlschranktür an und bekomme ein schlechtes Gewissen. Als mein Handy ankündigt, dass es gleich wegen des vollen Speichers explodieren wird, widme ich mich erst Mandels SMS.

Vor vier Wochen wollte sie mit mir Billard spielen, ins Kino, einen Ausflug machen. Der Ton wird merklich ungehaltener und vorwurfsvoller, eine SMS besteht nur aus einer Vielzahl phantasievoller Flüche. Dann wechselt der Ton schlagartig, sie schreibt Banalitäten wie: dass Tante Roswitha ihre Hämorrhoiden operieren lassen muss. Dass Thea mich grüßen lässt. Dass ihre Mutter beim Kuchenbacken Salz und Zucker verwechselt hat. Sie fragt, ob es ok sei, wenn sie die Schiffsfahrt nach Göteborg buche. Ich erfahre, dass ihre Schwester die Stelle gekriegt und dass sie ihren wertvollsten Ring verkauft hat. Vor ein paar Tagen schrieb sie, dass sie die Schiffsfahrt gebucht habe, dass wir dann und dann um diese und jene Zeit abreisen würden. Als ich das lese, stockt mir der Atem – was ist, frage ich mich angstvoll, wenn Vera mit mir in die Ferien will?

Die letzte SMS ist ein paar Stunden alt:

– Da du offenbar deine nummer gewechselt hast, gestorben bist oder dein handy einen schaden hat, kann ich ja schreiben, was ich will – zb dass meine beste freundin eine blöde kuh ist, dass ich ihr die Windpocken wünsche, dass ich mir eine neue beste freundin suche, dass sie es nicht wert ist, auch nur noch eine einzige sms zugeschickt zu bekommen.

Au weija! Ich würde mich so bald als möglich mit Mandel treffen müssen. Aber nicht heute, ich habe Vera versprochen, sie im Theater abzuholen. Rasch suche ich meine Sachen zusammen. Bevor ich die Wohnung verlasse, betrachte ich noch einmal das Foto von uns beiden. Wir haben ein Wochenende in Genf verbracht. Mandel wollte unbedingt die riesige Wasserfontäne, den *Jet d'eau*, aus der Nähe betrachten. Sie hatte ihre Unterwasserkamera bei sich, die sie von ihrer Mutter geschenkt bekommen und mit der sie noch nie eine Aufnahme unter Wasser gemacht hat. Auf Mandels Geheiß rückten wir immer näher zur Fontäne, zuerst spürten wir erfrischenden Wasserstaub auf der Haut, dann etwas mehr Wasserstaub, schließlich war es Sprühregen, und als Mandel genug fotografiert hatte, waren wir so gut wie durchnässt. Es war Spätherbst, der Portier unseres Hotels stellte uns freundlicherweise einen Tumbler zur Verfügung und schaute uns an, als hätten wir nicht alle Tassen im Schrank.

Mandel ist weit weg von mir gerückt, ein Traum, ein Echo aus einer anderen Welt. Warum ich das Foto vom Kühlschrank nehme und in meine Tasche stecke, weiß ich nicht.

Es verstreichen wieder ein paar Glückstage mit Vera, dann raffe ich mich auf. Ich warte auf dem Rathausplatz auf Mandel. Später am Abend würde ich in *La Traviata* gehen, davor aber habe ich Zeit für sie. Ich beobachte durchs Schaufenster, wie sie nach Ladenschluss kleine Dinge erledigt, verschiebt, drapiert, kontrolliert. Mandel sieht müde und erschöpft aus, was bei ihr selten der Fall ist. Jetzt, da ich ihr zuschaue, merke ich, wie sehr ich sie vermisst habe.

Als Mandel herauskommt und mich gewahrt, macht sie einen Sprung zur Seite. Mit schreckensweiten Augen ruft sie: »Weiche von mir, Satan!«, kreuzt ihre Zeigefinger, dreht sich auf dem Absatz um und macht Anstalten zu gehen.

Ich packe sie an ihrem Mantel. »Von wegen Satan! Tu nicht so, als wärst du eine Christin! Bitte warte und lass uns reden!«

»Ich habe mir einen Monat lang via SMS und Mailbox den Mund fusslig geredet und die Finger wund getippt, mir fehlt jedes weitere Wort für dich, Schmock.« Sie versucht meine Hand vom Mantel abzuschütteln, aber ich packe nur noch fester zu.

»Mandel, bitte, nimm wenigstens meine Entschuldigung an. Es tut mir so leid, ehrlich, mit mir sind die Pferde durchgegangen, vergib mir. So sehr ich es auch gewollt hätte, ich konnte dir nicht antworten.«

»Ach so, Vera hat dich ans Bett gefesselt und geknebelt. Alles klar.«

»Ja irgendwie beschreibt es es –«

»Du Schickse, willst du mich einseifen? Lass uns Tacheles sprechen: Dein Verhalten ist unter aller Sau, monatelang musste ich mir dein Gesülze über die Frau des Lebens bla bla bla anhören, und kaum fährt diese Frau des Lebens in deinen Hafen ein, zack, ist die beste Freundin vergessen.«

»Ich höre auch nicht sehr viel von dir, wenn du eine Neue hast.«

»*Nicht viel* vielleicht, aber nicht viel ist nicht *nichts*! Ich habe deine SMS immer beantwortet, Schmock!«

»Sag mir nicht dauernd Schmock, ich bin trotz allem kein dummer Mensch!«

»Schmock.« Mandel versucht ihren Mantel aus meinem Griff zu befreien, ein Ehepaar, das vorbeigeht, schaut uns befremdet an. Als Mandel das sieht, sagt sie: »Schauen Sie nicht mich an, *sie* ist an allem Schuld.«

Das Ehepaar geht rasch weiter.

»Wollen wir nicht irgendwo ins Warme gehen und vernünftig miteinander reden, und kann ich deinen Mantel loslassen, ohne dass du davonrennst?«

Als ich den Mantel loslasse, reißt Mandel ihn heftig an sich und mustert mich feindselig. »Ich wähle das Restaurant. Du zahlst, gleichgültig, was ich bestelle.«

»Okay.«

Das dürfte teuer werden, aber Hauptsache, sie spricht mit mir. Sie führt mich ins *Lorenzini*, ein italienisches Lokal des gehobenen Geschmacks, wo man alles kriegt außer Pizza. Das Interieur ist gediegen, die Tische stehen so weit voneinander, dass man nicht Angst haben muss, beim Reden in den Teller des Nachbarn zu spucken. Als Mandel ihren roten Mantel auszieht, sehe ich, dass sie von Kopf bis Fuß schwarz gekleidet ist. Das kommt bei ihr selten vor, so kleidet sie sich nur, wenn es ihr nicht gut geht, Schwarz steht ihr hervorragend. Ich schaue sie fragend an. Sie sagt mit einer wegwerfenden Bewegung, dass praktisch alle ihre Kleider in der Wäsche seien. Das ist ein merkwürdiges Argument: Da sie eine Waschmaschine besitzt, kann sie jederzeit waschen. Ich belasse es dabei.

Nachdem wir bestellt haben, sitzen wir eine Weile schweigend da. Mandel spielt mit dem Ring an ihrem Mittelfinger, ein weißer Stein in mattes Silber eingefasst, schlicht, aber ungeheuer elegant. Ich deute auf den Ring, »es ist ein Kieselstein, oder? Der Ring ist wirklich wunderschön.«

Mandel zuckt nur mit den Schultern. »Soviel ich weiß, sitzen wir nicht hier, um über Schmuck zu reden.«

Ich seufze. »Was muss ich tun, damit du mir verzeihst?«

»Du kannst nichts tun.«

Ich warte ab, bis der Kellner die Getränke gebracht hat, dann stütze ich meinen Kopf auf die Hand und sage ironisch: »Das sind ja schöne Neuigkeiten!« Etwas ernster füge ich hinzu: »Ich finde, eine Freundschaft sollte einen solchen Ausrutscher verkraften können.«

»Dann bin ich nicht für Freundschaften geschaffen.«

Eine leise Panik befällt mich. »Mandel, sag, dass du es nicht ernst meinst.«

»Ich meine es ernst.«

»Bist du von Sinnen?!«

Mandel starrt mich feindselig an. »Ehrlich gesagt weiß ich nicht, ob ich die Freundschaft mit dir weiterführen will. Unter Freundschaft stelle ich mir etwas anderes vor, als du zu bieten hast.«

»Was?! Mach mich nicht fertig! Ich brauche die Freundschaft zu dir – ohne sie bin ich nur ein halber Mensch! Bitte Mandel, tu mir das nicht an! Ich will deine beste Freundin bleiben.«

Mandel rührt ungerührt in ihrem Campari Orange und sagt lange nichts. Nach einer Ewigkeit hebt sie endlich den Kopf. »Nein, Liv, das mit uns ist Geschichte.«

Jetzt bekomme ich es richtig mit der Angst zu tun. In Sekundenbruchteilen sehe ich ein Leben ohne Mandel vor dem inneren Auge, und dass das nicht geht. »Mandel, bitte, nimm Vernunft an, ich kann nicht ohne dich sein! Das wäre, als würde man mich ohne Kamel und Wasser in die Wüste schicken!«

Mandel betrachtet mich lange, dann sagt sie in einem völlig beiläufigen Ton: »In Ordnung.« Sie lässt ihren Blick weiterhin auf mir ruhen, was mich nervös macht. »Wenn's unbedingt sein muss, bleiben wir halt beste Freundinnen.« Sie nimmt einen Schluck aus ihrem Glas und lehnt sich zurück.

Ich glotze sie an. »Was?! Mandel, du machst mich ganz konfus!«

»Ich wollte testen, wie viel dir unsere Beziehung noch bedeutet. Offensichtlich einiges, deshalb ist für mich die Sache gegessen.«

»Aber nicht für mich – du niederträchtige, hinterlistige Kuh. Du hast mit mir gespielt, das ist nicht fair!«

»Ich habe erfahren, was ich wissen musste, um weiterhin mit dir befreundet sein zu wollen.«

»Du bist das Letzte, ich könnte dich –«

In dem Moment kommt der Kellner und stellt das Essen auf den Tisch. Für Mandel Kürbisravioli an einer Limetten-Haselnuss-Creme, für mich Siedfleischsalat mit Kapern, dazu Spinat und kleine Kartoffeln. Mandel blickt erwartungsvoll in ihren und in meinen Teller, wünscht mir einen Guten Appetit und beginnt zu essen. Bevor ich's mich versehe, liegen zwei Ravioli in meinem Teller, dafür weniger Salat. Ich gebe ihr die Dekoration (die leidliche Tomate und Petersilie), sie revanchiert sich mit ihrer (Kürbiskerne). Mandel sagt »hmmm«, dann sage ich auch »hmmm«, und wir diskutieren darüber, wie hervorragend das Essen ist und was man hätte anders machen können. Ich schiele auf meine Uhr, es wird nicht mehr in die Traviata reichen. Süße Vera …!

Ich müsste mit Mandel einiges klären: Dass ich mich nicht gemeldet habe, dass sie ein Spiel mit mir gespielt hat. Stattdessen sitzen wir über unser Essen gebeugt, trinken einen wunderbaren *Primitivo*, diskutieren über Schmuck, Übersetzungen und Filme. Mandel gestikuliert wie üblich mit der Gabel in der Hand, und ich versuche wie üblich meine Meinung sachlich zu vertreten. Als wir beim Kaffee sind, fragt sie endlich nach Vera, worauf ich ihr alles Wesentliche erzähle und alle Intimitäten ausspare. Sie hört stirnrunzelnd zu, und als ich fertig bin, nickt sie verständnisvoll, aber ich merke ihr an, dass ihr etwas nicht passt.

»Hast du keine Freude, dass es mir blendend geht?«, frage ich enttäuscht.

»Doch, doch, solange Vera dich anständig behandelt ...«

»Ich bitte dich, sie ist der wunderbarste Mensch, den man sich nur wünschen kann.«

»Du kennst sie doch kaum.«

»Ja, und? Am Anfang kennt man niemanden, aber für diesen Zweck hat man ja Instinkte, mit denen man den Menschen auf einer tieferen Ebene erfasst.«

»Dass du auf deine Instinkte hörst, ist mir neu.«

»Auch ich kann mich ändern.«

Mandel schüttelt leicht den Kopf. »An dir gibt es doch gar nichts zu ändern.«

Aufgewühlt packe ich ihre Hand und drücke sie. Mandel lächelt leicht, aber irgendwie gequält.

Vor dem *Lorenzini* bietet sie mir an, mich nach Hause zu fahren. Ich frage sie, ob sie mich zu Vera fahren könnte. Sie nickt zögernd. Ich schreibe Vera eine SMS, um herauszufinden, ob mein Besuch erwünscht sei. Sie antwortet, dass ich endlich kommen solle.

Mandel drückt auf die Tube. Wenn es mir zu schnell wird, kneife ich sie in die Rippen. Sie mault etwas unter ihrem Helm, das ich glücklicherweise nicht verstehe. Als wir uns vor Veras Wohnung verabschieden, gebe ich ihr unseren traditionellen Kuss auf die linke Wange. Zur Feier unserer Versöhnung streiche ich über ihren Arm. Sie schaut verlegen zu Boden.

Ich warte, bis sie davonfährt, dann klingle ich bei Vera. Vorfreude überschwemmt mich. Ich muss lange warten, bis die Tür summt. Vielleicht ist sie schon im Bett gelegen. Ach, wie ich mich nach ihr sehne!

Während ich hochgehe, klopft mir da Herz bis zum Hals. Ich schlüpfe in die Wohnung, drinnen ist wie erwartet alles erleuchtet. Vera liegt ausgestreckt auf dem Sofa und schaut kaum auf, als ich hereinkomme. Kein Lächeln. Mir ist es, als würde ich an eine unsichtbare Wand prallen. So habe ich sie noch nie erlebt, ich kriege es augenblicklich mit der Angst zu tun. Liebt sie mich nicht mehr?, frage ich mich verzagt, was ist los? Ich sage: »Es tut mir leid, dass ich erst jetzt komme.«

»Die Frau auf der Vespa war Mandel, oder?« In Veras Stimme ist ein kühler Hauch eingewoben, kaum auszumachen, aber massiv spürbar. Sie spielt mit der Fernbedienung ihrer Musikanlage.

Ich bejahe ihre Frage und bleibe an die unsichtbare Wand gelehnt stehen. »Vera, ist was?«

Sie dreht ihr Gesicht zu mir, ohne ihre Position zu wechseln. »Es ist nichts, außer dass du nicht im Theater warst, auch nicht in der Garderobe oder beim Personalausgang. Du hast mir keine SMS geschickt, um mich zu informieren, dass es später wird. Was soll ich da denken? Dass du einen Unfall hattest? Dass deine Gefühle für mich abgekühlt sind? Dass du mit einer anderen durchgebrannt bist? Oder was?!«

Dieses »Oder was?!« schleudert sie mir so heftig entgegen, dass ich den Drang verspüre, mich zu ducken. Ich tue es nicht, ich tue auch sonst nichts, zu sehr bringen mich ihre Vorwürfe durcheinander. In meinem Kopf herrscht Leere. Sie setzt sich auf. Ihre Augen sind gerötet – hat sie geweint? Ich beobachte ihre Bewegungen und denke: Nur nichts Falsches sagen, sonst habe ich es verbockt! Aber eben, mein Kopf ist leer, nein, eher voll, voller Nebel, ich fühle mich nur noch vage, weiß nicht mehr, wer ich bin, wer Vera ist und was sie von mir erwartet. Wenn ich mich nicht in dieser misslichen Lage befände, wäre ich fasziniert davon mitzuerleben, wie sich meine Wahrnehmung von Raum und Zeit verändert: Irgendwie biegt sich das Wohnzimmer, Vera scheint weit entfernt, als würde ich sie durchs falsche Ende eines Fernrohrs betrachten, meine Ohren sind zugepfropft, und die Zeit tropft wie dicker Ahornsirup.

»Erde an Liv, ist jemand da?« Veras Stimme durchschneidet den Nebel.

»Ich«, beginne ich, »ich« beginne ich nochmals, »wir hatten doch gar nichts abgemacht. Es war wichtig, dass ich mich mit Mandel treffe, das war ich unserer Freundschaft schuldig.«

»*Mandel*, woher stammt auch nur dieser dumme Name?«

»Sie heißt Raphaela Mandelstam.«

»Ich werde sie Raphaela nennen, sie ist doch keine Nuss. Raphaela ist dir also wichtiger als ich.«

Ich schüttele heftig den Kopf. »Mandel ist meine Freundin, du jedoch diejenige welche.«

»Welche was?«

»Was welche was?«

»Ich bin diejenige welche was?«

»Die ich mir erträumt habe. Die Erfüllung.«

Ich versuche mich ihr so unbemerkt als möglich zu nähern.

»Ich hätte dir schreiben sollen, das stimmt. Aber ich dachte, das hätte keinen Sinn, weil du ja auf der Bühne warst. Ach, Vera, bitte, lass uns den restlichen Abend nicht verderben.«

»Was heißt da *wir*? *Du* hast ihn verdorben!«

»Dann lass es mich wieder gutmachen.«

Ich bin so nah gerückt, dass ich sie berühren kann, wenn ich die Arme ausstrecke, was ich nun vorsichtig tue. Doch kaum habe ich meine Hand auf ihren Arm gelegt, schüttelt sie ihn ab.

»Vera, was kann ich tun, damit du mir wieder gutgesinnt bist?«

Sie sieht mich mit ausdruckslosem Gesicht an und sagt etwas, das ich zuletzt erwartet habe. Sie sagt: »Halte mich.«

Verblüfft aber auch erleichtert nehme ich sie in den Arm. Langsam entspannt sie sich, dann noch mehr, bis sie mich nicht mehr umarmt, sondern umklammert. Ich verstehe nicht, was abläuft, aber vielleicht muss man das auch nicht, bei einer Künstlerin sowieso nicht. Vielleicht wird sie es mir eines Tages erklären.

Ich führe sie ins Schlafzimmer, entkleide sie vorsichtig, lege sie ins Bett, lösche die Lichter in der Wohnung bis auf jene im Schlafzimmer. Ich entkleide mich ebenfalls, lege mich neben sie und nehme sie in den Arm. Ohne ein weiteres Wort zu wechseln, schlafen wir ein, sie einen Moment früher als ich. Später, ich weiß nicht wie viel später, spült der Schlaf mich wieder an den Strand, weil mich Vera berührt und küsst. Ich stoße mit ihr vom Land ab und lasse mich ins Meer treiben. Wir sind zwei Fische, die miteinander spielen. Ich öffne kein einziges Mal die Augen, sie singt mir leise ins Ohr, und ich dringe tief in sie ein.

Ich verkaufe mich ans Gaswerk!

Es scheint, als würde Mandels Liebesstern sinken, kaum dass meiner am Aufgehen ist. Wenn ich Mandel und Chléo treffe, verhalten sie sich von Mal zu Mal etwas vernünftiger. Was ich als Fortschritt bezeichnen würde, bedeutet für sie wohl der Beginn einer bröckelnden Beziehung. Hauptstreitpunkt ist der Sport. Chléo ist durch und durch Sportsmensch, im aktiven wie passiven Sinn, Mandel hingegen begnügt sich mit Billard, Vespa und unregelmäßigem Fußball mit Freundinnen – damit hat es sich. Mandel gibt sich Mühe, Chléos Ansprüchen zu genügen, aber ihre SMS legen Zeugnis einer wachsenden Verzweiflung ab. An einem Sonntag schrieb sie mir:

Marschiere nun schon seit stunden durch regen und matsch und wenn ich jammere, nennt mich c. ein weichei. Ich und ein weichei, kannst du dir vorstellen?
– Ja, durchaus.
– Ach, halt die klappe.

Oder:
Musste heute (sonntag!) morgen mit c. einen marathon rennen. Sie nannte es eine kleine runde, ha! Sie hat wahnsinnig lange beine, ich habe doppelt so viele schritte machen müssen. Befürchte, dass meine beine muskulös werden – mir stehen muskulöse beine aber nicht.
– Woher willst du das wissen? Du hattest noch nie muskulöse beine.
– Ach, halt die klappe.

An einem Samstag:
Flog mit einem tandemgleitschirm. Es war im prinzip wie auf einer sesselbahn, mit dem unterschied, dass man dort nicht das Bedürfnis hat zu kotzen. C. hat gejauchzt, ich geschrien – ich hatte solchen bammel.

Einmal spät abends:
Muss man wirklich dauernd neue stellungen ausprobieren, damit der sex toll bleibt? C. hat ein tantrabuch mitgebracht, jetzt schmerzen meine glieder, zum höhepunkt bin ich auch nicht gekommen.

Wieder an einem Sonntag:
C. hat mich zu einem fußballspiel mitgeschleppt. Ich müsse das erlebt haben, da gehe die post ab. Wenn du mich fragst: es war unter jeder sau. Habe ein bier nach dem anderen gebechert, dann war ich betrunken und stritt mit c.

Und zwischendurch:
C. will mich auf diät setzen, findest du mich zu dich?
– Diese frage meinst du nicht ernst, oder?!
– Und ob! Habe speiseplan von c. erhalten: rohkost, früchte, getreide und mageres. Mein bauch ist nun doppelt so groß, ich verkaufe mich ans gaswerk! Habe heute abend als trost eine tafel schokolade verschlungen.

Und:
C. schleppte mich in den fitnessraum. War durch geblähten bauch und muskelkater behindert. Die maschinen sind furchterregend. War die einzige mit schlabberhose und t-shirt. Streit mit c, weil ich sagte, lieber tot als lebendig in dieser folterkammer eingesperrt.

An einem Samstag:
Habe c. zum halbmarathon in lausanne begleitet. Wollte ihr zujubeln, aber sie kam und kam nicht, u ich hatte def. genug

jogger gesehen. Ging einen kaffee trinken. Streit mit c, weil ich nicht da war, als sie vorbeirannte. Sie heulte und jammerte, aber bestimmt nur, weil sie geschlaucht war.

Sie haben sich beim Billard kennengelernt, aber auch hier finden sie sich nicht mehr.

Wieder mal mit c billard gespielt. Sie kann nicht verlieren, bei jeder kugel, die ich einloche, muss ich befürchten, dass sie mit dem queue auf mich losgeht.

Dann:

C. an eine schmuckausstellung mitgenommen. Sie ist gelangweilt hinter mir hergeschlurft und hat sich bald ins café verzogen. Sie besitzt einfach keinen sinn für kultur.

Und:

C. nimmt mich nicht mehr so oft an Sportanlässe mit – super!

Und:

C. nimmt mich an gar keine events mehr mit. Das leben macht wieder spass!

Und:

C. nimmt mich nirgends mehr mit, sie hat mir den (turn)schuh gegeben. Mit einer solchen sportsniete mache es keinen spass. Außerdem habe sie jemanden im fitnessclub kennen gelernt. Bin am boden zerstört, aber auch erleichtert.

– Ich auch.

– Ach, halt die klappe!

... das gefährlich schlingert und schwankt

Wie das bei Verliebten üblich ist, möchte ich alles über Vera wissen, einfach alles, aber obwohl Vera eine großartige Erzählerin ist und zu jeder Lebenslage etwas zu sagen hat, weiß ich nur wenig über sie. Sie erzählt vage von einer Dreiecksbeziehung, von einer Frau, die ihr viel bedeutet hat, von anderen Frauen und Männern. Es gelingt mir jedoch nicht, Details aus ihr herauszulocken. Sie sagt, die Geschichten seien vergangen, jetzt würden nur ich und sie zählen.

Ich frage sie nach ihrer Kindheit, nach den Eltern und Geschwistern, danach, wer ihr erster Schulschatz war, was sie zu Weihnachten bekam, eben all das, was man über einen geliebten Menschen erfahren möchte. Vera weicht mir aus, entweder lenkt sie das Thema geschickt in eine andere Richtung oder sie erweckt den Anschein, als würde sie antworten, bis ich später verblüfft feststelle, dass wir bei einem ganz anderen Thema gelandet sind. Manchmal wehrt sie von vornherein brüsk ab oder ignoriert meine Frage. So wenig wie sie antwortet, so wenig fragt sie mich. Sie stellt generell keine Fragen, entweder ich erzähle etwas von mir aus oder halt nicht. Wenn ich mich darüber beklage, entgegnet sie, dass es wichtiger sei, den Augenblick zu genießen, als in der Vergangenheit zu stochern.

Eines Tages verkündet sie, dass sie – wie sie es ausdrückt – für zwei Tage ins Wallis gehe, um dort nach dem Rechten zu schauen. Ich deute an, dass ich sie gerne begleiten würde, aber sie lehnt ab. Das erste Mal, seit wir zusammen sind, sehen wir uns ganze zwei Tage nicht. Nachdem ich sie zum Bahnhof begleitet und verabschiedet habe, fühle ich mich verloren, voller Sehnsucht, ich kann nichts mit mir anfangen. Jede einzelne Minute sehe ich verstreichen, und jede einzelne dieser gemeinen Minuten dauert doppelt so lang wie sonst. So fällt mir nichts Besseres ein, als am Abend des zweiten Tages in den Bahnhof zu gehen und jeden Zug aus dem Wallis abzuwarten. Nach drei Stunden habe ich Erfolg: Ich sehe Vera inmitten anderer Reisender vom Gleis kommen. Als sie mich entdeckt, strahlt sie wie hundert Sonnen und wirft sich mir in die Arme. Auf ihre Frage, woher ich wusste, dass sie mit diesem Zug komme, entgegne ich, dass mein Herz es gewusst habe. Liv, die Angeberin!

Sie hat mir Geschenke mitgebracht: Walliserbrot, eine nackte Frau in einer Schneekugel, Socken mit Kuhmotiv und einen Walliser Rotwein. In der Straßenbahn sitzen wir mehr auf- als nebeneinander, es hätte nicht viel gefehlt und wir hätten unseren Anstand verloren und uns gegenseitig die Kleider vom Leib gerissen. Sie erzählt mir pausenlos über die zwei Tage im Wallis, aber wie immer nichts Wesentliches.

Als kurz darauf ihre Schwester zu Besuch kommt, erklärt Vera mir, dass sie mich in dieser Zeit nicht treffen könne. Auf meine Frage oder vielmehr auf meine leisen Vorwürfe hin, warum sie mich nicht mit ihrer Familie bekannt machen wolle, sagt sie: »Familie ist Familie, das ist unfreiwillig. Liebe ist Liebe, das habe ich mir selber ausgesucht. Der Zwang und die Freiwilligkeit, das passt nicht zusammen.« So ist es nur folgerichtig, dass sie meinen Vater nicht kennenlernen will. »Was interessiert mich dein Vater, seine Tochter reicht mir vollauf.«

Ich weiß nicht, ob ich beleidigt oder geschmeichelt sein soll. Ich sage mir, dass ich mit Vera Geduld haben muss, und versichere mir, dass sie mit der Zeit mehr von sich preisgeben wird.

Eines Tages schließlich bekommt mein Glück die erste Beule. An einem Sonntag liegen Vera und ich friedlich auf dem Sofa und hören Musik, als sie aus dem Nichts heraus sagt: »Ich finde, wir sind zu oft zusammen. Mir wird das zu eng, manchmal weiß ich nicht mehr, was ich für dich empfinde. Ich möchte wieder mal allein sein und frei.« Sie schaut zur Decke, als hätte das, was sie eben gesagt hat, nichts mit mir zu tun. Sie entzieht sich meinen Armen und steht auf.

Stand ich vordem mit beiden Beinen sicher am Ufer, finde ich mich nun auf einem schlecht gezimmerten Floß wieder, das gefährlich schlingert und schwankt. Betäubt beobachte ich, wie ein klitzekleines Insekt über die Sofalehne krabbelt. Es ist zart gebaut, im Verhältnis zum Körper hat es lange Flügel, und wenn man es wegpustet, geht es kaputt. Schon lebend ist es das pure Nichts, das den Witterungen dieser Erde kaum etwas entgegensetzen kann, sogar, wenn man ihm gut gesonnen ist: Einmal wollte ich einem solchen Tierchen mit dem Finger eine Hilfestellung geben und hatte es zerquetscht, bevor ich überhaupt mit ihm in Berührung gekommen war. Ich frage mich, wie das Insekt bisher den erbarmungslosen Hammerschlägen der Evolution ausweichen konnte.

Vera hat, ohne eine Erwiderung abzuwarten, das Wohnzimmer verlassen. Ich verstehe nicht. Zusammen mit dem namenlosen Insekt sitze ich auf dem Sofa. Das Tier krabbelt orientierungslos über den aufgerauten Stoff, da passiert das Unvermeidliche: Es bleibt mit einem Flügel am Stoff hängen, und kurz darauf ist es nur noch ein Häufchen Chitin.

Ich kann Veras Wunsch nach Alleinsein verstehen, ich bin einverstanden, dass man sein eigenes Leben behalten muss. Diese Erkenntnisse halten mich jedoch nicht davon ab, in einen Panikzustand zu schlittern. Ich erhebe mich mit Blick auf die Insektenreste, die Wärme hat sich aus meinen Händen und Füßen gestohlen. Unschlüssig bleibe ich im Zimmer stehen. Vera hantiert in der Küche. Ich packe meine Sachen zusammen und hoffe, dass sie ihren Wunsch nach Alleinsein fröhlich lachend rückgängig macht. Ich werfe einen Blick in die Küche. Sie sitzt jetzt am Tisch, in der Hand eine Tasse Kaffee, und liest Zeitung. Ihre Körperhaltung sagt: Frag nicht, fass mich nicht an, geh.

Ich sage ihr von weitem Adieu, sie schaut kurz auf und hebt die Hand. Als ich das Treppenhaus hinunterstolpere, denke ich: So muss es Eva zumute gewesen sein, als sie aus dem Paradies verstoßen wurde. Nur, dass sie wenigstens wusste, warum (der knackige Apfel), ich hingegen bin ratlos.

Zwei qualvolle Tage später meldet sich Vera. Sie spricht zu mir, als wäre nichts gewesen. Überschwänglich erzählt sie Intermezzi aus dem Theater und beteuert, wie sehr sie mich vermisst habe, das Leben ohne mich sei nicht dasselbe. Mir fällt ein Stein vom Herzen (und auf den Fuß, aber das ignoriere ich), Glücksgefühle nisten sich wieder ein. Die Tür zum Paradies jedoch will sich mehr nicht ganz öffnen, sie gewährt mir nur noch Blicke hinein.

Vera äußert den Wunsch nach Alleinsein nun öfters. Aus dem Nichts heraus wird sie abwehrend und kühl und schickt mich weg. Frage ich, was los sei, antwortet sie, nichts. Ich solle sie nicht bedrängen, ich würde ihr einfach zu intensiv. Dann wieder ruft sie mich zu später Stunde an und beteuert, wie sehr sie sich nach mir sehne, sie klagt, dass ich nicht bei ihr sei, und bittet mich zu kommen. Ich streife mir in Windeseile die Kleider über und radle oder fahre mit dem Auto zu ihr. Wir fallen uns in die Arme, sie will mich ganz oder aber nur gehalten werden oder strahlt Distanz aus, so dass ich erst das Eis brechen muss. Kaum ist das geschehen, ist sie Leidenschaft, Hingabe und Durst in einem.

Wenn sie auf Abwehr ist und mich weggeschickt oder erst gar nicht zu sich gelassen hat, sitze ich in meiner vernachlässigten Wohnung und weiß nichts mit mir anzufangen. Die Staffelei bleibt unangetastet. Ich habe mich in all den Jahren immer zu beschäftigen gewusst, ich bin blendend allein zurechtgekommen, jetzt bin ich ohne Vera nichts.

In meinem Gefühl der Ohnmacht finde ich eine Beschäftigung, die ich bestimmt nicht gesucht habe und auf die ich alles andere als stolz bin: Ich spioniere Vera nach. Im Schatten des Kornhauses lauere ich, bis sie den Personalausgang verlässt. Hinter der Säule einer Arkade warte ich, bis sie wieder aus der Kneipe kommt, und folge ihr. Sie nimmt die Straßenbahn oder ein Taxi, ich radle wie eine Irre hinterher und komme erst zur Ruhe, wenn ich sehe, dass bei ihr zu Hause Licht brennt.

Zweifel fressen Löcher in meinen Bauch, Zweifel an ihren Gefühlen mir gegenüber, noch größere daran, ob ich ihr genüge. Die Eifersucht verbrennt mich. Es ist stupid und entwürdigend, auf Pirsch zu gehen, aber wenigstens tue ich etwas, wenigstens fühle ich mich nicht mehr ganz so ohnmächtig. Ich erzähle niemandem von meinen nächtlichen Aktionen, zuallerletzt Mandel; meine Scham darüber ist zu groß. Und doch kann ich nicht anders, ich bin süchtig nach dieser kruden Mischung aus Verlangen, Eifersucht, Einsamkeit und Voyeurismus, nach diesen grotesken Streifzügen durch die Nacht, die mir allein gehören, aber nicht in mein Leben. Mein bitteres Geheimnis.

Tagsüber forsche ich nach Möglichkeiten, was ich tun könnte, damit Vera mich wieder so vorbehaltlos wie am Anfang will. Die Liste nimmt die Länge einer WC-Rolle an. Ich muss bloß cooler sein, unabhängiger, erotischer, weltgewandter, fröhlicher, stärker, ebenbürtig, interessant, ohne Erwartungen, ohne Wünsche, ohne Klammersucht, in mir ruhend, souverän. Ich muss sie einfach gelassen kommen und gehen lassen; ich muss mein eigenes Leben führen und ebenfalls das Bedürfnis nach Alleinsein formulieren (auch wenn ich es nicht habe). Jedes einzelne Sollte ist wie ein Schlag in die Magengrube, zerrt am Selbstbewusstsein, denn ich bin weit entfernt davon, sie zu erfüllen. Sobald ich die ganze WC-Rolle abgehakt habe, wird unsere Beziehung perfekt sein, Vera wird mich ins Wallis mitnehmen und zu meinem Vater Fondue essen gehen.

Es ist erstaunlich: Trotz all meines Liebeskummers wachsen meine Fingernägel und meine Haare weiter – ein Zeichen, dass sich nicht alles an mir auf einem absteigenden Ast befindet. Und weil die Haare munter weitergewachsen sind, gehe ich zur Frisöse. Ich habe seit Tagen nichts mehr von Vera gehört. Beim letzten Abschied merkte sie an, dass sich ihr der Sinn von Beziehungen nicht immer erschließe, man wisse ja nicht, was der nächste Tag bringe – warum überhaupt sollte man sich in eine einengende Schublade sperren lassen. Oder anders gesagt: Sie will wohl viele und nicht nur die eine.

Meine Frisöse Arlette hätte ich niemals freiwillig gewählt. Die Vorgängerin brach sich das Bein und fiel wochenlang aus. Sie empfahl mir Arlette, die sei im Umgang mit Haaren begnadet. Als ich Arlettes Salon das erste Mal betrat, fühlte ich mich nach Paris versetzt, ins Montmartre-Quartier, an die Straße, wo afrikanische Einwanderer ihre Salons betreiben. Haare schneiden scheint für Afrikaner ein soziales Ereignis zu sein – Freunde und Familienmitglieder des Kunden sitzen im Salon, man palavert und trinkt Kaffee. So auch bei Arlette. Ein Plakat im Schaufenster zeigte sie mit ihrer schwarzen Arbeitskollegin, beide mit gezöpfeltem Haar und in einer Haltung, als würden sie zu afrikanischen Rhythmen tanzen. Der Salon war mit afrikanischen Masken, afrikanischen Bildern, afrikanischen Tüchern, Kristallen, Klangkugeln, hölzernen Klangstäben und anderem Klimbim vollgestopft. Es war lärmig, es roch nach Zigaretten, Canabis, Mittagessen und Färbemittel, das pure Chaos – nichts für eine, die zur Hälfte aus dem kühlen Norden stammt. Ich wollte gleich wieder gehen, aber Arlette stand schon vor mir und begrüßte mich herzlich. Ihr Haar war rabenschwarz gefärbt, mit violetten Strähnen durchzogen, und das Ganze auf rätselhafte Weise mit einem knochenartigen Stäbchen hochgesteckt. Vielleicht war es ein echter Knochen?

Müsste ich eine neuzeitliche Hexe beschreiben, Arlette

wäre meine Vorlage: eine weiße, afrikanische Hexe in farbigen Tüchern, eine Haar schneidende, esoterische Lebensberaterin, die gefragt oder ungefragt hilft, das Leben besser in den Griff zu bekommen. Arlette bot mir einen Kaffee an und sagte, sie komme gleich zu mir. Was sie vierzig Minuten später auch tat. Die afrikanischen Rhythmen, das Gelächter und Palaver entspannten mich so weit, dass mir die Zeit nicht so lange vorkam. Arlette fragte nicht, wie ich mein Haar geschnitten haben wollte, sie erklärte, dass sie beim Schneiden intuitiv dem Haar folge. Eben eine Hexe! Ich ließ es geschehen, die Atmosphäre hatte mich weichgeklopft. Während sie an meinem Haar herumschnipselte, plapperte sie ununterbrochen, ich fragte mich, wie sie dabei ihrer Intuition folgen konnte und befürchtete das Schlimmste.

Sie verpasste mir die beste Frisur aller Zeiten.

Seither gehe ich zu Arlette. Mit ihr ist es wie mit Mandel: Auch wenn ich verspätet eintreffe, muss ich warten. Währenddessen unterhalte ich mich mit den anderen im Salon, meist in Französisch oder Englisch.

Ich hatte Arlette bisher nichts über Vera erzählt, aber als sie diesmal durch mein Haar fährt und sagt: »Du hast ja fürchterlichen Liebeskummer, rück mal raus!«, bricht alles aus mir heraus. Worauf ich eine Lektion über die Kraft der Imagination und der Wirksamkeit von Liebesritualen erhalte. Arlette erzählt mir, dass viele ihrer Kunden glückliche Beziehungen führen, seit sie ihren Anweisungen folgen. Ich solle es einfach ausprobieren. Sie gibt mir eine Einführung in die Voodoo-Religion, die weitaus mehr beinhalte als das Stechen von Puppen zwecks Verletzen oder Töten der Feinde. Ich solle zwei Puppen kaufen oder selber basteln, die mich an Vera und an mich erinnern. Dann solle ich sie an einen schönen Ort hinstellen, von positiven Gegenständen und Bildern umgeben, die in der Beziehung wirksam werden sollen. »Dann musst du deine Wünsche loslassen. Nur wenn du loslässt, bekommst du, das ist Regel Nummer eins der Magie.«

»Letztes Mal hast du gesagt, Regel Nummer eins der Magie sei: Was wir denken, ziehen wir an.«

»Stimmt, das ist Regel Nummer eins.«

»Welche?«

»Beide.«

»Das geht nicht.«

»Das geht sehr wohl, auf der magischen Ebene gelten andere Gesetze als bei uns. In der Magie gibt es nur Nummer eins.« Sie schnipselt an meinem Hinterkopf und schaut mich im Spiegel fröhlich an. »Wenn du die Puppen schön hergerichtet und mit den richtigen Bildern versehen hast, spuckst du drei Mal darauf und lässt los: Du wirfst sie in den Kehricht und gibt sie der Abfuhr mit. Das Ritual muss also am Tag der Kehrichtabfuhr stattfinden.«

»Du hast gesagt, dass Voodoo aus Afrika kommt, die haben in der Pampa doch keine Kehrichtabfuhr!«

»Sie können die Puppen in den Busch werfen, das ist hier etwas schwieriger.«

»Ich weiß nicht so recht.«

»Versuch es einfach. – So, ich bin fertig.«

Wie immer hat sie hervorragend geschnitten. Vielleicht versteht sie doch etwas von Magie?

Also kaufe ich mir zwei Barbies – eine mit kurzen dunklen Haaren, die andere mit hellbraunen langen. Um keinen falschen Eindruck zu erwecken, lasse ich sie als Geschenke einpacken. Ich male Bilder von zwei glücklichen Frauen in glücklichen Momenten, die glückliche Dinge tun, ich creme – wie Arlette angewiesen hat – die Barbies mit Körperlotion ein und lege ein paar Naschereien dazu.

Ich habe mich in meinem ganzen Leben noch nie so albern gefühlt. Wenn Mandel Wind davon bekäme, würde sie mich einliefern lassen. Der Tag der Kehrichtabfuhr kommt, ich spucke die Barbies drei Mal an und werfe sie erleichtert weg.

Ist es Zufall, dass sich Vera zwei Stunden später bei mir meldet und mich bittet, sie nach der Vorstellung im Theater zu treffen? Ich warte in der Garderobe, sie kommt mir strahlend entgegen, und bald finde ich ihre Schminke überall auf mir. Wir lieben uns in alter Frische, ich verwöhne sie, wir gehen ins Kino, wo wir die Finger nicht voneinander lassen können, besuchen Museen und Vernissagen. Die Welt ist im Lot.

Vielleicht konvertiere ich zum Voodoo-Glauben.

Offenbar konnten die Barbies in der Kehrichtverbrennungsanlage die Beziehung mit Vera günstig beeinflussen. Wenn das wirklich der Fall ist, werde ich nie mehr ein abfälliges Wort über Voodoo und Esoterik fallen lassen, stattdessen werde ich stapelweise Barbies kaufen, um damit alle aufkommenden Beziehungsschwierigkeiten zu beheben. Und wenn das tatsächlich funktionieren würde, begänne ich mich zu fragen, was für eine abartige Gottheit das sein muss, die durch Barbies mildgestimmt werden kann.

Die Sauerstoffmoleküle gefrieren und fallen klirrend zu Boden

Endlich kann ich Mandel dazu überreden, mit mir die *Traviata* zu besuchen und nach der Vorstellung Vera zu treffen. Wir bekommen Vaters Logenplätze, was Mandel fabelhaft findet. Ich gehe vor der Vorstellung auf die Toilette, und als ich zurückkehre, traue ich meinen Augen nicht: Försterin Mandel inspiziert durch einen großen Feldstecher das Theater!

»Mandel, was soll das?«

»Ich schaue mich um«, sie setzt das Fernglas ab. »Ich will deinen Star hautnah mitkriegen.«

»Ja, bestimmt siehst du jede ihrer Poren im Gesicht und jeden Faden in ihrem Kleid!«

Mandel hat den Feldstecher wieder aufgesetzt und begutachtet die goldenen Verzierungen des Theaters, das Gemälde an der Decke (»Sieh mal, alles Frauen – eine Lesbenorgie an der Decke des Stadttheaters!«) und den Zuschauerraum. »Dort ist doch der Apotheker vom Rathausplatz – und da, meine ehemalige Deutschlehrerin! – Ist das nicht, wie hieß sie bloß?«

Nicht, dass sie innehalten würde, um mir den Feldstecher zu reichen, damit ich auch schauen kann, nein, sie geht wohl davon aus, dass ich automatisch das sehe, was sie sieht. Als die Lichter ausgehen, hört sie mit ihrer Safari im Zuschauerraum auf, dafür nimmt sie sich nun das Orchester und die Bühne vor. Sie raunt: »Einer der Geiger hat seine Jacke falsch zugeknöpft – und da, der Dirigent, er hat schon jetzt die Andeutung von Schweißrändern unter den Achseln. – Auf den Geigen und Celli zu spielen ist bestimmt anstrengend. – Ist das jetzt das Intro? Tönt etwas traurig. – Oh, da kommen die Sänger! Welches ist dein Augapfel? Sag nichts – die muss es sein, im roten Kleid, die hinkt ein bisschen. Ist das Vera?«

»Ja, und halt endlich die Klappe.«

»Nicht übel, der Busen.«

»Mandel!«

»Sie ist älter, als ich gedacht habe. Vierzig würde ich schätzen, das sind einige Jahre älter als du.«

»So viel auch wieder nicht – und jetzt gib Ruhe!«

Mandel mustert mich stirnrunzelnd. »Du hast heute wieder eine Laune, was hat dich denn gestochen?«

Es ist zwecklos. Mandel hat beschlossen, die Vorstellung zu stören und wird das vermutlich durchziehen. Sie guckt durch den Feldstecher, summt mit, wenn sie eine Melodie kennt, und flüstert ihre Kommentare: »Warum singen die Opernsänger so gepresst? Das macht doch die Stimmbänder kaputt.« – »Wie kommt es, dass Vera volle Pulle singt, obschon sie als Violetta schwindsüchtig ist?« – »Der Regisseur konnte sich offenbar nicht entscheiden, ob er eine moderne oder traditionelle Oper inszenieren will. Die Kostüme sind altertümlich und übrigens sehr hübsch, beim Bühnenbild ist ihnen offenbar die Knete ausgegangen.«

In der Pause trinken wir ein Glas Weißwein. Ich sage Mandel, dass ich sie mit dem Träger ihres Feldstechers erwürgen werde, wenn sie in der zweiten Hälfte so weiterfahre. Mandel schüttelt ihr Haar wie eine Löwin und grinst mich nur an.

Nach der Pause geht es genauso weiter mit dem Unterschied, dass sich Mandel nun auf die Handlung konzentriert. »Diese Violetta hat jahrelang viel Zaster als Kurtisane verdient, was zeigt, dass sie unternehmerisches Know How und ein gutes Selbstbewusstsein besitzt. Dann kommt dieser Esel von Alfredos Vater und befiehlt ihr, sich von Alfredo zu trennen, damit der Ruf seiner Tochter nicht geschädigt wird, und sie willigt ein! Immer diese opferungswütigen Frauen, schrecklich!«

Ich erdrossle sie nur deshalb nicht, weil ich wegen dieses Miststücks nicht auch noch ins Gefängnis gehen will. Als der Vorhang fällt, lässt Mandel endlich den Feldstecher sinken. Sie schüttelt den Kopf. »Dieser Verdi hatte ein total verkorkstes Frauenbild! Eine Hure, schwindsüchtig, selbstaufopfernd, alleingelassen, und als würde das nicht schon genügen, stirbt sie! Wenigstens geht es Alfredo auch nicht viel besser.«

»Mandel, könntest du gefälligst deinen Mund endlich, endlich schließen, versiegeln, zunähen?! Du hast mir die ganze Vorstellung verdorben, du nichtsnutzigste Nervensäge auf Gottes weiter Erde.«

»Wenn schon, heißt das: *Auf Jahwes weiter Erde.*«

Ich würge sie, sie kreischt wie ein pubertierendes Mädchen. Wir verlassen die Loge, gehen hinunter zu den Garderoben, ich klopfe bei Vera an. Vera hat mit Abschminken begonnen, der Reißverschluss ihres Kleides ist geöffnet. Sie schaut uns im Spiegel entgegen. Nur beiläufig mustert sie Mandel. Dann dreht sie sich zu uns um und lächelt – mit dem Mund jedenfalls, aber nicht mit den Augen.

Ich sage: »Darf ich vorstellen: Das ist Mandel oder wie sie richtig heißt, Raphaela. Und Mandel, das ist Vera.«

Als sich die beiden die Hand geben, bricht eine neue Eiszeit an. Die Sauerstoffmoleküle gefrieren und fallen klirrend zu Boden.

Vera lächelt. »Hallo Raphaela.« Sie sagt es, als würde ihr dabei übel.

Mandel nickt, schiebt sich das dümmste Lächeln auf den Mund, das ich jemals an ihr gesehen habe und fragt: »Was passt dir an meinem Namen nicht?«

Vera lacht geziert auf. »Nun, du bist doch keine Nuss! Außerdem tönt Raphaela schöner.«

»Um gleich Klarheit zu schaffen: Mein Name ist *Mandel*,

ich heiße so, weil ich es will. Ich habe aus meinem Nachnamen einen Vornamen gemacht. Wenn du dich anstatt Vera Kaminsky einfach *Kamin* nennen lassen möchtest, würde ich das respektieren.«

Vera dreht sich wieder zum Schminktisch und löst die Haare. »Das war gut gekontert. Kompliment, *Raphaela*!«

Ich kann förmlich riechen, wie die Luft zwischen den beiden verfault.

Mandel lacht leicht überdreht. »Danke, *Kamin*.«

Womit ihre Feindschaft besiegelt ist.

Mandel und ich warten beim Personalausgang auf Vera. Ich versuche zischend und flüsternd Mandel beizubringen, dass sie sich anständig verhalten und keinen Streit vom Stapel reißen soll. Mandel schreitet ungerührt auf und ab, als würde sie sich auf eine Runde im Ring vorbereiten. Vera hingegen zieht ihr Kostüm offenbar mehrmals an und wieder aus, oder wäscht es von Hand oder schreibt ihre Memoiren, jedenfalls dauert es ewig, bis sie aus der Garderobe kommt. Sie lächelt wieder ohne ihre Augen und fragt, wohin wir was trinken gehen. Mandel schlägt das Pub *Pickwick* vor, in dem klasse Rockmusik laufe.

Das Lächeln rennt aus Veras Gesicht, sie erwidert, dass Rockmusik nicht das sei, was sie nach einer Opernvorführung ersehne.

Gerade nach einer Oper sei Rockmusik doch Balsam, erklärt Mandel, »endlich wieder normale Musik.«

»Wenn Oper nicht normale Musik ist, was dann?«, schnappt Vera.

»Ganz nett, aber irgendwie eine Zwängerei. Man könnte doch auch normal singen, nicht mit so viel Druck. Das Ganze ist etwas überkandidelt.«

Veras Gesicht fällt auseinander, sie wirft mir einen zornigen Blick zu. »Du hättest mich vor Raphaelas einfältigem Humor warnen sollen.«

Mandel deutet leicht lächelnd mit dem Kopf zu Vera und sagt zu mir: »Könnte es sein, dass die Schickse da bloß

Veras Garderobenmädchen ist und die wahre, überaus sympathische Vera gleich erscheinen wird?«

Ich stehe sprachlos zwischen den beiden Frauen, die mir mehr als alles andere bedeuten. Meine Schläfen pochen, als wollten sie um Einlass betteln.

Vera packt ihre Tasche. »Das muss ich mir nicht bieten lassen! Liv, kommst du?«

Genau genommen war das keine Frage, sondern ein Befehl. Zu Mandel schnappt sie: »*Raphaela*, es hat mich nicht so gefreut, dich kennenzulernen.«

Sie eilt davon. Mandel zeigt ihr hinter dem Rücken den Vogel. Vera strebt zum Kornhausplatz. Mandel verdreht die Augen und geht in Richtung ihrer geparkten Vespa.

»Ich habe einen zweiten Helm bei mir«, ruft sie von der anderen Straßenseite.

Ich schüttle zögernd den Kopf. Vera hat den *Chindlifrässer*-Brunnen erreicht, setzt sich auf eine Bank und blättert in einer Gratiszeitung. Ich werfe Mandel einen entschuldigenden Blick zu und folge Vera. Im Blickwinkel sehe ich, dass Mandel zwar den Helm aufsetzt, aber noch keine Anstalten macht loszufahren.

Ich habe das Gefühl, in zwei Hälften gerissen zu werden. Ein unbesetztes Taxi fährt an mir vorbei. Zu meinem Entsetzen winkt Vera ihm und steigt rasch ein. Sie schaut nicht zurück. Ich drehe mich um – Mandel rollt auf die Straße und saust mit überhöhter Geschwindigkeit davon.

Passanten gehen an mir vorbei, das ist mir einerlei, der Turm schlägt eine Viertelstunde, eine weitere Viertelstunde, läutet elf Mal, es ist mir einerlei, ich sitze auf dem steinernen Rand des Brunnens, die Kälte dringt durch die Hose. Menschen steigen aus der Tram, andere gehen hinein, Liebespaare bummeln vorbei, Gruppen junger Männer mit der Hose in der Kniekehle blödeln, ihre Bierdosen schwenkend. Die Kälte der Nacht treibt mich dann doch vorwärts, Richtung Kornhausbrücke. Ich gehe nach Hause.

Die Lichter der Altstadt und des Altenbergs strahlen vergnügt. Ich will nicht, dass sie vergnügt strahlen. Ich will, dass die Stadt verdunkelt wird, wie während des Zweiten Weltkriegs. Ich will, dass Bomber röhrend über uns fliegen und meine Angst davor größer ist als meine Verzweiflung. Ich will in einen Luftschutzkeller flüchten, dessen Panzertüre sich hinter mir schließt und erst wieder aufgeht, wenn alles Leiden in der Welt ausgelöscht ist. Also werde ich für den Rest der Menschheitsgeschichte dort unten sitzen oder zumindest so lange, bis Wasser- und Essensvorrat aufgebraucht sind. Im Luftschutzkeller sind nur Speiseöl, Zucker, Mehl und Zwieback gelagert, Backofen gibt es keinen. Ich werde zuerst den Zwieback aufessen. Dann stehen mir mehrere köstliche Kombinationen zur Verfügung: etwa eine Tasse Öl mit einer Prise Zucker oder ein staubiges Zucker-Mehl-Gemisch, oder salzloser roher Teig aus Mehl und Öl.

Und wenn ich dann gestorben bin (vermutlich an einem Darmverschluss) und gen Himmel schwebe, wird mich Petrus am Himmelstor fragen: »Hast du es geschafft, Frieden und Einigkeit unter deinen liebsten Menschen zu säen?«

Ich muss beschämt den Kopf schütteln. Petrus ist so lieb und begleitet mich zum Lift, öffnet mir die Tür. »Einfach den untersten Knopf drücken, den mit dem Dreizack-Symbol«, sagt er.

Nach einer höllischen Fahrt, bei der es mir die Wangen über die Augen drückt und die Cellulite in die Schultern presst, lande ich unsanft. Die Tür wird aufgerissen und ich herausgezerrt. Ich habe erwartet, dass es satanisch heiß sein würde, und mir prophylaktisch Pullover und Jacke ausgezogen. Mir blecken jedoch keine Flammenzungen entgegen, sondern eisige Kälte umschließt mich wie eine maß-angefertigte Zwangsjacke. Der Teufel, der meinen Arm gepackt hat, sieht wie ein Arktisforscher aus, mit Fellen, Cortexjacke, dicken Handschuhen und Moonboots. Sogar seine Hörner finden unter der Mütze Platz. Bevor ich Pullover und Jacke wieder hätte überziehen können, hat der Teufel sich die Kleider schon geschnappt und auf einen riesigen Haufen geworfen. Wie auf den Fotos von KZs, denke ich, alles übereinander gehäuft. Der Teufel zieht mich mit, Gegenwehr ist sinnlos, ich rutsche hilflos über das Eis.

Es ist öde und grau, aalglatt und abweisend. Menschen stehen isoliert herum. Ich frage meinen Führer, wohin es gehe, aber obwohl ich meine Lippen bewege, kommt kein Ton raus. Das liegt wohl daran, dass die Hölle luftleer ist. Nach Ewigkeiten, während denen ich steif wie ein Brett werde, lehnt mich der Teufel an einen Eisquader (wie gesagt: steif wie ein Brett) und drückt auf eine Fernbedienung. Der Abend mit Vera und Mandel wird an die Wand projiziert. Die Feindseligkeit zwischen Vera und Mandel, und ich mitten drin, untätig, unfähig und feige. Diese Szene muss ich mir endlos viele Male anschauen, als Zugabe dann weitere aus meinem Leben, in denen ich unentschieden, untätig und feige gewesen bin. Es gibt viel zu viele von denen. Ich schreie, was niemand hört, und wenn mich auch jemand hören könnte, käme mir niemand zu Hilfe. Ich bin in der Hölle, und in der Hölle ist man einsam.

Ich erwache aus meinem Wachalbtraum, als ich die Haustür aufschließe. Mein Kopf fühlt sich an, als wäre er in eine Häckselmaschine geraten. In der Wohnung schiebe ich eine CD ein, drehe das Radio auf und stelle den Fernseher an. Ich hole den Belüftungsapparat und den Ventilator, den Fön, den Rasierapparat und den Mixer und setze alle Geräte in Betrieb, auf höchster Stufe. Dann werfe ich mich aufs Sofa und lasse mich vom Tumult zudecken. Jetzt ist die Außenwelt so, was sie sein sollte: lauter und chaotischer als meine Innenwelt. Endlich kann ich keinen klaren Gedanken mehr fassen.

Ich wäre wohl die ganze Nacht in diesem Zustand des lauten Nichtseins, in der Stille des Lärms geblieben – wenn nicht auf einmal Sofie im Zimmer gestanden wäre und mir etwas pantomimisch mitzuteilen versuchte. Ihre Pantomime ist dürftig, ich nehme jedoch an, dass etwas sie stört. Ich stelle ein Gerät nach dem anderen ab, am Schluss surrt nur noch der Ventilator und gaukelt einen heißen Sommerabend vor. Als auch der abgestellt ist, wird es still, das einzig Laute ist Sofies verärgerter Gesichtsausdruck. Sie setzt sich kopfschüttelnd neben mich auf das Sofa und blickt mich fragend an.

Ich breche in Weinen aus, beinahe lautlos und bewegungslos, wie das meine Art ist. Als Sofie meine Hand nimmt, merke ich erst, wie angespannt ich bin und dass ich keinen Millimeter dieser Anspannung aufgeben möchte. Sofie fragt, ob mein Vater gestorben oder ich Konkurs gegangen sei. Ich schüttle den Kopf. Sofie erhebt sich, rumort in der Küche, kommt mit zwei Gläsern und dem *Vieille Prune* zurück. Sie füllt mein Glas bis zur Hälfte (es ist ein Wasserglas). Der Alkohol ist so nett, Wärme und Entspannung in meine Glieder zu treiben. Nach dem zweiten Glas geht es mir besser, ich kann wieder reden, wenn auch nicht so eloquent wie sonst.

»Nun sag endlich, was los ist!«, befiehlt Sofie.

Ich schniefe, schnäuze, grummle, beginne drei Mal den gleichen Satz, der ungefähr so weitergeht: »… also treffen sich die zwei Frauen, die ich am meisten liebe, und was passiert? Bevor überhaupt etwas geschehen kann – *bevor!* –, bricht die Hölle aus! Dagegen sind Palästina und Israel eine Oase des Friedens. Das Vietnam und Kambodscha der sechziger Jahre? Eine einzige Oase des Friedens! Der Zweite Weltkrieg? Der Erste –«

Sofie winkt ab. »Ja, ja: eine Oase des Friedens.«

»Jawohl, meine Rede, überall Oasen, aber dort, wo man es am wenigsten erwarten würde, in der Schweiz – im Land Henri Dunants und des Roten Kreuzes, wo die UNO Einsitz hat –«

Sofie rollt die Augen. »Komm zur Sache!«

»Also, hier bei Dunant treffen meine beste Freundin und meine große Liebe aufeinander, und peng! knall! peng! bricht ein Krieg aus, gegen die Wells Buch *Krieg der Welten* ein Dreck ist. Auch *Star Wars* und *Star Treck*.«

»Liv, bitte!«

»Wie können sie sich hassen, wo ich beide liebe? Das geht nicht, so geht das nicht! Was soll ich jetzt tun, sag's mir, Sofie, du bist doch Sozialarbeiterin, du musst es wissen. Ich werde eine verlieren oder alle beide oder vielleicht die andere, und dann bin ich der alleinigste Mensch auf dieser Welt, dagegen wäre Kaspar Hauser ein Partylöwe.

Weißt du, Vera ist gegangen, schnurstracks, und Mandel zu ihrer Vespa. Ich sage dir, sie hat die schönste Vespa – mit allem Drum und Dran, man kann mit der tolle Ausflüge machen, und das Ding hat eine Bodenhaftung, trotz seines Alters! – Ja Sofie, ich erzähle schon weiter! Also, ich habe zwischen den beiden hin und her geguckt, hin und her und hin und her, dann ist Vera mit einem Taxi auf und davon, und Mandel ist im selben Moment mit ihrer Vespa abgezischt! Sie haben mich im Stich gelassen, sie bestrafen mich für etwas, das ich nicht getan habe. Was soll ich tun? Ich kann nichts tun, oder? Oder kann ich was tun? Aber was? Was soll ich tun? Immer muss man etwas tun, warum muss man immer etwas tun? Sofie, ich bin so verzweifelt, sag mir bitte, was ich tun soll, dafür seid ihr Sozialarbeiterinnen doch ausgebildet, oder werden unsere Steuergelder für nichts in eure Ausbildung investiert?«

Sofie dreht sich so, so dass sie mir in die Augen schauen kann. Sie hat schon freundlicher ausgesehen. »Zur Erinnerung«, sagt sie, »ich bin Sportlehrerin, meine Wohnpartnerin Ingrid ist Sozialarbeiterin! Ich könnte dir beibringen, wie man auf der Aschenbahn Hürden überwindet, aber nicht psychische. Du befindest dich in einer schwierigen Situation, aber egal wie durcheinander und aufgelöst du bist, präge dir eines ganz, ganz, ganz fest und ganz tief ein: Deine Krise muss sich physischen und gesellschaftlichen Gesetzen unterordnen. Schallwellen dringen von dir zu mir, nach zehn Uhr gilt Wohnungslautstärke, kurz: Es gibt andere Menschen neben dir. Ich zum Beispiel muss morgen früh los, Turnen unterrichten. Wenn ich übermüdet bin, besteht die Gefahr, dass ich mir was zerre, breche oder überdehne, und wenn ich mir schon etwas zerre, breche oder überdehne, möchte ich das aufgrund einer durchfeierten Nacht tun und nicht, weil meine Nachbarin ihr Leiden für so wichtig hält, dass ihre ganze Umgebung mitleiden muss!«

Das sitzt! Wie geohrfeigt starre ich zu Boden. Ich bin sofort meines Chaos beraubt und gründlich beschämt. »Oh, Sofie, es tut mir so leid! Wie kann ich das wieder gutmachen?«

»Nächsten Monat bin ich dran mit Treppenfegen. Du darfst es gern übernehmen.«

Ich schlucke leer und nicke. So konkret hatte ich es eigentlich nicht gemeint.

»Wenn du dich im Spitzensport von Gefühlen dominieren lässt, hast du keine Chance. Du bist geschlagen, bevor du überhaupt beginnst. Spitzensport mag ein extremes Beispiel sein, aber die Grundaussage bleibt: Gefühle sind so verlässlich wie spielende Kinder, deshalb muss man sie führen.« Sofie erhebt und streckt sich. »Und übrigens: Die Suppe wird nie so heiß gegessen, wie sie gekocht wird.« Mit diesen Worten verlässt sie die Wohnung.

Nun bin ich nüchtern und klar. Beschämt und peinlich berührt, aber immerhin klar. Während ich aufräume und die Abendtoilette mache, sage ich mir immer und immer wieder: Die Feindseligkeit zwischen Vera und Mandel ist nicht mein Bier. Auch nicht mein *Vieille Prune*. Die Suppe haben sie sich selber eingebrockt. Denen muss man klaren Wein einschenken, damit sie einander nicht weiter Gruben graben, in die dann ich hineinfalle.

Und am besten gehe ich jetzt schlafen, denn das Nivea meiner Gedanken lässt langsam zu wünschen übrig.

Man kann doch nicht Äpfel mit Fischstäbchen vergleichen

Am nächsten Vormittag kommt Mandel in mein Büro und schubst mich in den Pausenraum. Sie wirft mir vor, dass ich eine Nuss sei und mein Geschmack, was Frauen anbelangt, bemitleidenswert. Sie verlangt eine Entschuldigung von mir für unser inakzeptables Verhalten, und sie fragt sich, wofür sie den teuren Feldstecher gekauft habe und was mir unsere Freundschaft noch wert sei.

Worauf ich erwidere, dass sie die Nuss sei, schließlich heiße sie Mandel. Dass sie neidisch sei, weil ich eine tolle Frau gefunden habe, und sie nur Chléo. Außerdem hätte sie nicht auf ihren Namen beharren brauchen, sie sei doch sonst auch nicht so stur – ach was, sie sei ja immer stur. Und –

Weiter komme ich nicht, Mandel hat einen Kaffeelöffel ergriffen und fuchtelt vor meiner Nase herum. Sie befiehlt mir, das mit Chléo nochmals zu wiederholen. Ich weigere mich, zumal ich nicht mehr genau weiß, was ich gesagt habe. Mandel schlägt mit dem Löffel auf die Kaffeemaschine. Sie schäumt, dass ich Opern doch gar nicht gerne habe und mich immer über Opernsänger lustig gemacht habe, und jetzt könne ich die *Traviata* auswendig, ob ich denn nicht merke, dass ich völlig neben den Schuhen stehe.

Ich erwidere, dass ich noch nie so sehr *in* meinen Schuhen gestanden habe wie jetzt mit Vera, und wenn sie mir dieses Glück verderben wolle, solle sie wissen, dass ihr das nie gelingen werde, denn die Liebe zu Vera mache mich enorm standfest.

Mandel macht rasch einen Schritt auf mich zu und schubst mich. Ich verliere nur deshalb nicht das Gleichgewicht, dass ich mich am Tisch festhalten kann. Sie grinst.

»Ich habe das sinnbildlich gemeint, das weißt du!«, schnappe ich.

Sie zuckt mit den Schultern. »Eines Tages wirst du dich entscheiden zwischen Vera Singdrossel und Mandel Goldschmied, ich fürchte, anders geht es nicht. Ich rate dir, gut zu wählen.«

»Ich wähle rein überhaupt nichts. Nur weil ihr zwei Streithennen seid, muss ich noch lange nicht Partei ergreifen! Ich lasse doch nicht alles mit mir machen, sehe ich etwa wie eine Vollidiotin aus?«

Da macht Mandel etwas, das sie nicht hätte tun sollen: Sie nickt, nur andeutungsweise, aber ich sehe es.

»Geh!«

Erstaunlicherweise tut sie es ohne Widerrede, schließt leise die Tür zum Pausenraum. Ich schlage auf den Tisch. »Will jemand einen Kaffee? Und tut nicht so, als hättet ihr nicht alles mitgekriegt!«

Sechs Kollegen melden sich schüchtern. Ich lasse sieben Kaffee raus, verteile sie an meine Leute und ignoriere ihre fragenden Blicke. Stattdessen versenke ich mich wieder in meine Arbeit und verdränge so gut es geht die Frage, was mit Vera ist. Innerlich habe ich schon unzählige Male den Hörer ergriffen und ihre Nummer eingestellt. Die Tatsache, dass ich heute Abend mit der Übersetzung fertig sein muss, hält mich davon ab, sie zu wählen.

Am Nachmittag klingelt es an der Tür. Johann geht öffnen und kehrt mit bedeutungsvollem Gesicht zurück, im Schlepptau – Vera! Die Arbeitskollegen starren sie an. Sie sieht umwerfend aus mit ihren roten Lippen, dem glänzenden Haar, mit dem langen braunen Mantel und den scharfen Lederstiefeln. Sie ist sich durchaus bewusst, welchen Eindruck sie hinterlässt. Gemessen durchschreitet sie den Raum, als wäre er eine Bühne. Ich bin stolz, dass diese

Prachtfrau meine Geliebte ist. Ich möchte meinen Kollegen am liebsten zurufen: Ja, schaut nur und wundert euch – auch Liv ist beziehungsfähig und hat dazu noch Geschmack!

Vera mustert mich kühl und fragt, ob wir irgendwo unter vier Augen sprechen können. Zum zweiten Mal an diesem Tag gehe ich mit meinem Besuch in den Pausenraum.

Veras Blick lässt Schlimmes ahnen. »Du hast nicht angerufen«, sagt sie kühl.

»*Du* bist gegangen, es war nicht an mir, mich zu melden.«

»Dein Verhalten war schuld, dass ich gegangen bin, also ist es an dir.«

»Ich habe dich nicht vertrieben!«

»Du hast mich sehr wohl vertrieben, dadurch dass du diese Raphaela nicht zurückgepfiffen und weggeschickt hast.«

»Wieso hätte ich das tun sollen? Mandel ist meine beste Freundin!«

»Sie ist eine Zumutung, sie hat mich beleidigt.«

»Du warst auch nicht nett zu ihr.«

»Auf welcher Seite stehst du?«

»Auf keiner. Auf beiden.«

»Na toll, du stellst deine Geliebte und diese Freundin auf die gleiche Ebene?!«

»Vera, verstehe doch, das hat nichts mit gleicher Ebene zu tun – du bist meine große Liebe, Mandel ist meine beste Freundin. Jede hat eine beste Freundin.«

»Aber nicht so und nicht sie. Sie arbeitet darauf hin, uns auseinanderzubringen.«

»Unsinn!«

»Ziehst du meine Wahrnehmung in Zweifel?«

»Das würde ich nie! Aber ich kenne Mandel. Sie freut sich, dass ich die große Liebe gefunden habe.«

»Du zweifelst also an meiner Erkenntnis, dass Raphaela uns entzweien will.«

»Warum sollte sie das?«

»Was weiß ich, sie ist neidisch, sie will dich.«

»Als Freundin ja, aber doch nicht als Geliebte!«

»Schon wieder zweifelst du an meiner Wahrnehmung.«

»Nein, das tu ich nicht.«

»Tust du doch! Was ich auch wahrnehme, du stellst es in Abrede.«

»Ich zweifle keinen Moment an deiner Wahrnehmung, es ist nur so, dass ich Mandel besser kenne als du.«

»Siehst du, schon wieder berichtigst du mich. Offenbar hältst du mich für unterbelichtet.«

»Vera, du weißt, dass ich das nicht tue.«

»Du hast dich für diese Raphaela entschieden, da kann ich nichts anderes tun, als das Feld zu räumen.«

»Was erzählst du da?! Niemals sollst du das Feld räumen, du bedeutest mir mehr als alles andere.«

»Auch als Raphaela?«

»Das – das ist etwas völlig anderes!«

»Ich frage dich: Bedeute ich dir mehr als Raphaela?«

»Was für eine Frage! Du bist die Liebe meines Lebens, Mandel ist meine Freundin.«

»Du beantwortest meine Frage nicht.«

»Weil es eine unmögliche Frage ist, man kann doch nicht Äpfel mit Fischstäbchen vergleichen.«

»Und ich bin wohl das Fischstäbchen!«

»Das war eine Metapher!«

»Wenn schon wäre ich lieber der Apfel, aber bestimmt ist Raphaela der Apfel. Wenn du dem Apfel eine Orchidee gegenübergestellt hättest, na gut, ich bin gern eine Orchidee. Aber ein Fischstäbchen? Nein danke!«

»Ich habe nicht an dich gedacht, als ich die Metapher brachte.«

»Natürlich nicht. Aber bestimmt an Raphaela.«

»Ich habe an Äpfel und Fischstäbchen gedacht als gutes Bild für eine Metapher, nicht mehr! Vera, warum bist du gekommen?«

»Um dir zu sagen, dass du dich entscheiden musst.«

»Bitte?«

»Zwischen mir und Raphaela.«

»Was?!«

»Die Vorstellung, dass du in meiner Abwesenheit Zeit mit dieser Person verbringst – nein! Sie will dich von mir weg treiben.«

»Im Moment ist wohl das Gegenteil wahr.«

»Immer hast du eine Ausrede. Du musst entscheiden, ob wir eine Zukunft zusammen haben oder nicht.«

»Das kannst du nicht von mir verlangen!«

»Wenn du mich genug lieben würdest, wäre das kein Problem.«

Ich bin im falschen Film, ich sitze im falschen Kinosaal, schaue den falschen Streifen, und außerdem habe ich nie eine Karte für diesen Film gelöst, irgendetwas ist vollkommen falsch gelaufen! Vera steht an den Herd gelehnt und beobachtet mich. Ich kann nicht mehr schlucken, geschweige denn etwas sagen.

Nachdem Vera eine Weile gewartet hat, greift sie nach der Tasche. »Keine Antwort ist auch eine Antwort. Ich sehe, dass ich hier nichts mehr verloren habe.«

Panisch packe ich sie am Arm. »Vera, nun warte doch! Können wir nicht vernünftig miteinander reden?«

»Habe ich etwa nicht vernünftig mit dir gesprochen? Auf eine einfache Frage kannst du nicht antworten, mein Anliegen willst du nicht erfüllen.«

»Es ist nur, Mandel –«

»Musst du sie Mandel nennen? Sie heißt Raphaela!« Veras Stimme bekommt eine hysterische Note.

»Es ist immer noch Mandels Entscheidung, wie sie genannt werden will, und das respektiere ich!«

»Ja, *das* respektierst du, aber meinen Wunsch nicht!«

»Weißt du, was du von mir verlangst?«

»Sie oder ich, das ist die einfache Formel. Es ist an dir.«

Sie schultert die Tasche und verlässt den Pausenraum.

Meine Kollegen blicken ihr hypnotisiert hinterher, erst als ich erscheine, wenden sie sich wieder ihrer Arbeit zu. Hölzern setze ich mich und verbiete mir, an das Gespräch von eben zu denken. Ich muss diese Übersetzung heute um sechs fertig haben. Es darf nur schwedische Sätze geben. Nichts anderes.

So etwas wie eine arische Lesbenrasse?

Zu meiner Erleichterung werde ich sieben Minuten vor sechs Uhr mit der Übersetzung fertig. Kaum habe ich sie meinem Auftraggeber zugemailt, überrollen mich Erinnerungen an die Begegnung mit Mandel und Vera wie Steinlawinen. Ausweichen zwecklos. Mein Blick fällt auf die Agenda, auf den Eintrag von heute, Montagabend: *Frauen-Brasserie*. Was könnte jetzt besser sein, als im Kreis guter Freundinnen zu sitzen und vielleicht Trost und Zuspruch zu erhalten? Mit meinen Steinlawinenschädigungen mache ich mich auf den Weg. Zu meiner Freude sitzen Frida, Bernadette, Viviane, Gina, Nikkie und Thea an unserem Stammtisch. Sie sind in ein anregendes Gespräch über ein unerwartetes Thema vertieft.

Nikkie: »Daran erkennt man schon im Kindesalter, ob jemand lesbisch ist oder nicht.«

Bernadette: »Sonst noch was? Ich war gut im Handarbeiten.«

Nikkie: »Du bist ja auch keine echte Lesbe, du hast zwei Kinder.«

Bernadette: »Was soll nun das wieder heißen?!«

Nikkie: »Lesben kriegen keine Kinder.«

Viviane: »Tun sie sehr wohl.«

Nikkie: »Aber nicht, weil sie geheiratet haben und mit einem Mann ins Bett gestiegen sind.«

Viviane: »Zählt eine natürliche Zeugung deiner Meinung nach weniger als eine Samenbank? Auch wenn Bernadette verheiratet gewesen ist und ihre Kinder auf natürlichem

Weg empfangen hat, ist sie heute trotzdem eine waschechte Lesbe.«

Nikkie: »Ja, aber zweiten Grades, im Unterschied zur Urlesbe.«

Viviane: »Und die ist wohl so etwas wie eine arische Lesbenrasse?«

Nikkie: »Das habe ich nicht gesagt!«

Viviane: »Bist du dir sicher?«

Nikkie: »Ich wollte sagen, dass es Unterschiede gibt.«

Viviane: »Auf deine Unterschiede haben wir gerade noch gewartet.«

Frida: »Nikkie, dass du so genau weißt, welche was ist und was sie tun muss, um die zu sein, die sie sein soll.«

Ich: »Wow, das hast du jetzt phantastisch ausgedrückt, Kompliment!«

Nikkie (starrt stur in ihr Bierglas): »Tatsache bleibt, dass die meisten Lesben Handarbeit hassen.«

Gina grinst. »O ja, dieser verflixte Kreuzstich! Ich habe den nie kapiert. Meine Banknachbarin Michaela hat im Versteckten alles für mich gestickt. Ich habe mich rettungslos in sie verliebt.«

Thea: »Einmal kam ich an der Nähmaschine so in Fahrt, dass ich meinen Jupe nicht nur links und rechts, sondern auch noch unten durchgenäht habe.«

Viviane: »Letztes Mal, als du das erzählt hast, war dein Jupe eine Bluse.«

Thea: »Was macht das für einen Unterschied? Unten durch ist unten durch. Stricken habe ich mit Oma gelernt. Wir saßen im Garten auf einer Bank. Ich strickte mit Müh und Not ein paar Reihen. Als Oma aufs Klo musste, fuhr ich allein fort. Ich kam zum Schluss, dass es einfacher ist, ohne diese Schnur-Fingerakrobatik die Maschen direkt von einer Nadel zur anderen zu schieben. Wie stolz ich war, diesen eleganten, überaus leichten Weg gefunden zu haben!«

Nikkie: »Unsere Handarbeitslehrerin trug Hosen aus

Vorhangstoff. Wenn du eine solche Scheußlichkeit gesehen hast, willst du nie mehr nähen.«

Frida: »Vorhangstoff? Du übertreibst!«

Nikkie: »Doch, es war gelb-beiger Vorhangstoff, und dazu trug sie eine violette Weste aus Filz. Außerdem hatte die Frau Glubschaugen. Ich habe mich in die meisten Lehrerinnen verliebt, aber nicht in die!«

Frida: »Ich habe mich nie in Lehrerinnen verliebt. Tina Turner war meine erste große Liebe.«

Gina: »Nein wirklich? Ach, typisch Frida, je unwirklicher, desto besser.«

Frida: »Wenigstens habe ich mit meiner Lebensart keine Scherereien.«

Gina: »Du weißt nicht, wie viel Spaß Scherereien machen.«

Alle grinsen außer Frida, die verzieht ihr Gesicht und wendet sich dann an mich: »Liv, hast du zu unserer Debatte auch was beizusteuern oder schwebst du zu sehr in deinem vollkommenen Liebesglück?«

Ich (lange überlegend und dann zu einer Lüge ansetzend): »Heute habe ich mit Pia, einer Freundin aus Zürich telefoniert. Sie hat in Corina die Liebe ihres Lebens gefunden. Das wäre schön und gut, wenn sich Corina und Pias beste Freundin Giovanna nicht spinnefeind wären. Diese Feindschaft ist so groß, dass Corina nun von Pia verlangt, sich für die eine oder andere zu entscheiden. Pia hat mich um Rat gefragt, und ich weiß einfach nicht, was ich ihr sagen soll. Vielleicht hat eine von euch eine zündende Idee?«

Die Frauen haben gespannt zugehört und stürzen sich voller Elan in die Diskussion.

Frida: »Sie soll sich für die Freundin entscheiden, Partnerschaften taugen nichts.«

Nikkie: »Ich würde die Forderung nach einer Entscheidung ignorieren und weiterleben wie zuvor. Wenn Corina Pias Freundschaft mit Giovanna nicht akzeptieren kann, soll *sie* die Konsequenzen ziehen.«

Bernadette: »Für die große Liebe muss man eine Freundin opfern können.«

Gina: »Für eine Partnerschaft opfert man niemals eine Freundschaft! Freundschaften sind für die Ewigkeit geschaffen, Partnerschaften lediglich für den Moment.«

Viviane: »Interessant wäre es zu wissen, ob Pia Corina einen Grund gibt, eifersüchtig auf Giovanna zu sein.«

Ich: »Es läuft nichts zwischen Pia und Giovanna, wenn du das meinst.«

Viviane: »Das meine ich nicht. Vielleicht sind sie seelisch-geistig zu eng miteinander verbunden.«

Ich (leicht erregt): »Unsinn, die Freundschaft ist ganz normal.«

Vivian: »Woher willst du das so genau wissen?«

Ich (verteidigend): »Das merkt man, wenn man mit ihnen zusammen ist.«

Ich (zu Thea): »Was denkst du?« Sie hat bisher noch nichts gesagt, die Meinung unserer Psychologin interessiert mich aber besonders.

Thea: »Verkehren Corina und Giovanna in denselben Kreisen?«

Ich schüttle den Kopf.

Thea: »In dem Fall soll sich Pia an die Sowohl-als-auch-Regel halten. Und sich bewusst werden, dass etwas verschweigen noch lange nicht lügen ist.«

Ich: »Ich verstehe nicht ganz.«

Thea: »Pia muss sich gar nicht entscheiden, sie soll einfach Corina vorgaukeln, dass sie sich entschieden hat. Für sie. Corina wird wohl kaum erfahren, dass Pia weiterhin Kontakt zu Giovanna pflegt. Ich finde es unmenschlich, von Pia eine Entscheidung zu verlangen. Dass sie Corina und Giovanna behalten will, ist hingegen menschlich und gerechtfertigt.«

Frida: »Aber unmoralisch, weil es auf Lügen gebaut ist.«

Thea: »Wie gesagt, lügen und etwas verschweigen sind zwei paar verschiedene Schuhe.«

Gina: »Am besten gehen Corina und Giovanna miteinander ins Bett. Das würde das Ganze aufmischen.« Sie schaut triumphierend in die Runde.

Bernadette (verdreht die Augen): »Dir kommt auch nie etwas anderes in den Sinn als Affären und Seitensprünge. Du langweilst echt, Gina.«

Gina: »Mag sein, aber bestimmt nicht ich mich selber. Dir würde eine Auffrischung des Sexuallebens bestimmt auch guttun.«

Bernadette (nun mit rotem Kopf): »Lass mich aus deinen dreckigen Gedanken!«

Gina grinst.

Bernadette: »Wenn du dereinst alt und vereinsamt bist, wirst du an meine Worte denken.«

Gina: »Für solche Situationen gibt's glücklicherweise immer noch die gute, alte Selbstbefriedigung!«

Ich bestelle ein weiteres Bier und langsam kann ich mich etwas entspannen. Die Diskussion dreht sich jetzt um Moral und Lebenslust. Gina und Bernadette sind die Hauptrednerinnen, innerhalb kürzester Zeit gehen die Wellen hoch. Mir ist das egal, ich genieße es, hier zu sitzen und vielleicht eine Patentlösung in der Tasche zu wissen. Ich klinke mich erst wieder ein, als es um Literaturtipps und Lieblingsbücher geht. Bernadette und Gina geraten sich von neuem in die Haare, weil Gina das Buch *Feuchtgebiete* geil findet und Bernadette hingegen frauenverachtend und widerlich (obschon sie es nicht gelesen hat). Auf einmal schaut Frida über unsere Köpfe, grinst und ruft: »Hier sind wir!«

Ich drehe mich um – Mandel ist zur Tür hereingekommen, das Geburtstagsfest ihrer Schwester hat nicht eben lang gedauert! Als Mandel mich sieht, verdüstert sich ihr Gesicht. Sie kommt an unseren Tisch und wirft einen allgemeinen Gruß in die Runde. Dann entschuldigt sie sich mit den Worten, dass sie Karin schon lange nicht mehr gesehen habe. Sie geht an einen Tisch im hinteren Bereich. Mich hat sie keines Blickes gewürdigt.

»Habt ihr Zoff?«, fragt Thea.

»Nur eine Meinungsverschiedenheit, nichts Ernstes.« Das war jetzt zweifellos eine Untertreibung. Mit meiner Gemütlichkeit ist es vorbei, ich bleibe jedoch, weil ich mit Mandel reden will. Die Runde löst sich auf, Gina und ich bleiben übrig. Als ich sehe, dass sich Mandel erhebt, entschuldige ich mich und gehe zu ihr hinüber. Sie ignoriert mich, aber ich ziehe sie kurzerhand zum nächsten leeren Tisch und setze sie auf einen Stuhl. Ihre Augen sind beinahe schwarz, so wütend ist sie.

»Mandel, ich ertrage es nicht, wenn wir zerstritten sind.«

»Soweit ich mich erinnere, hast *du* mich fortgeschickt, trübe Tasse.«

»Du hast mir beigepflichtet, als ich sagte, ich sei eine Vollidiotin!«

»Na und, Menschen sind immer mal wieder Vollidioten. Du nimmst solche Dinge normalerweise nicht eins zu eins.«

»Die Situation war alles andere als normalerweise.«

»Allerdings! Es war ein Narrenspiel.«

»Fragt sich, wer wen zum Narren gehalten hat.«

»Du bist Vera gefolgt.«

»Wenn du ich und Chléo Vera gewesen wären, hättest du genauso gehandelt.«

»Niemals, ich wäre hinter Chléo hergerannt, hätte sie zu dir geschleift, und dann wäre das Ganze ausdiskutiert worden.«

»Das kannst du so einfach sagen.«

»Ja, kann ich. Und du weißt, dass es so wäre.«

Sie hat ja recht, aber ich will es nicht zugeben, also schweige ich. Und sie schweigt. Sofort geraten die Geräusche der Kneipe, die Stimmen, das Gelächter, das Geklapper des Geschirrs und der hohe Klang der Gläser in den Vordergrund. Ich sehe erst jetzt, dass Mandel einen neuen Ring trägt. Ein wunderschöner oranger Stein, in Silber gefasst.

»Der Ring ist phantastisch. Was ist das für ein Stein?«

Mandel dreht an ihm herum. »Koralle.« Sie atmet tief

aus. »Er ist für dich bestimmt – damit du mich nicht ganz vergisst.«

»Mandel, wie könnte ich dich je vergessen?!«

Mandel zuckt mit den Schultern. Sie streift den Ring vom Finger und reicht ihn mir. Als ich den Mund öffne, um zu protestieren, sagt sie: »Nimm ihn einfach, bitte. Den Ring habe ich für dich gemacht, also musst du ihn auch tragen.«

Ich schlucke leer. »Der Ring ist wunderschön, hab tausend Dank.«

Ich streife ihn vorsichtig über den Mittelfinger, er passt.

»Mandel, ich würde es nicht ertragen, wenn wir uns entzweien würden!«

Mandel schaut auf, mit einem kleinen Lächeln und immer noch mit diesen dunklen Augen. Sie legt ihre Handfläche kurz an meine Wange. »Ich könnte es auch nicht ertragen.«

»Vera ist am Nachmittag zu mir gekommen und hat von mir verlangt, dass ich mich zwischen euch beiden entscheiden soll.«

Mandel zieht ihre Augenbrauen hoch.

»Aber darauf lasse ich mich nicht ein.«

»Und wenn sie darauf beharrt?«

»Ich werde es ihr austreiben, sie kann das nicht von mir verlangen.«

»Ich will nicht vor deinem Glück stehen.«

»Du machst einen Teil meines Glücks aus!«

»Vielleicht finden Vera und ich einen Weg.«

»Das halte ich für illusionär.«

Wir schweigen wieder. Musik läuft, Melissa Etheridge. Ich seufze. Nur weil Melissa eine lesbische Musikerin ist, muss man sie als Lesbe noch lange nicht mögen.

»Gehen wir?«, fragt Mandel, die meine Melissa-Abneigung kennt.

»Gehen wir.«

»Wenn du willst, fahre ich dich nach Hause.«

Die Nacht ist mild, ich willige ein.

Mag sein, dass ich mich auf der Fahrt fest an Mandel

drücke, mag sein, dass ich einen kurzen Moment lang glücklich bin, mag sein, dass ich noch viel weiter hätte fahren wollen. Schließlich steige ich einfach von der Vespa, zurre den Helm hinten auf der Maschine fest und winke Mandel zum Abschied.

Aber ich lasse sie ungern ziehen.

Auf uns!

Mild ist die Nacht, sie lädt auf die Dachterrasse ein. Toni, der Nachbar vom dritten Stock, ist mit seiner Freundin in einen intensiven Kuss vertieft. Ich gehe ans andere Ende der Terrasse und genieße das Lichtermeer. Nichts ist mit Vera geklärt, und trotzdem fühle ich mich froh und entspannt. Mandel und ich haben uns ausgesöhnt, ich habe Alkohol intus und die Lösung, wie ich Vera beschwichtigen kann, ohne Mandel aufgeben zu müssen. Ich sehne mich nach Vera. Mir scheint es Ewigkeiten her, seit wir das letzte Mal einträchtig zusammen gewesen sind. Ich möchte in ihren Armen liegen, sie küssen, sie überall berühren und von ihr genommen werden. Ich greife nach dem Handy und rufe sie an.

»Jaaa?«

»Ich bin's, Liv.«

»Das sehe ich auf dem Display.«

»Du hast *jaa* gesagt, als wüsstest du es nicht. Ich muss dir etwas sagen.«

»Na, dann rede!«

»Ich – ich habe eine Entscheidung getroffen. Für dich. Deine Liebe ist mir wichtiger.«

»Sag das noch einmal!«

Ich sage es noch einmal.

»Wo bist du?«

»Auf der Dachterrasse.«

»Dann flieg zu mir, schnell, flieg!«

Glückseligkeit sprudelt in mir hoch. »Ja, ich fliege, so schnell ich kann.«

»Das ist nicht schnell genug, meine Liebste, sei noch schneller!«

Ich rase die Holztreppe hinunter, suche in Windeseile meine Sachen zusammen, stürze die fünf Stockwerke hinunter. Im Auto dann halte ich kurz inne und überlege: Vera hat meine Liebe an eine Bedingung geknüpft. Ich habe so getan, als würde ich die Bedingung erfüllen. Nun ist Vera glücklich. Was bedeutet das?

Ich wische den Gedanken wieder weg. Vera kann es kaum erwarten, mich zu sehen, was zögere ich also? Ihre Wohnung ist wie immer hell erleuchtet. Außerdem brennen überall Kerzen. Vera kommt mir entgegen, sie trägt ihren japanischen Morgenmantel (Motiv: hübsche Japanerinnen auf schwarzem Grund), in der einen Hand eine Flasche Rotwein, in der anderen zwei Gläser. Liebevoll küsst sie mich.

»Lass uns anstoßen. Auf dass kein Schatten mehr auf uns fällt.«

Sie geleitet mich ins Wohnzimmer. Es läuft ein Klavierkonzert, ich weiß nicht von wem, Vera stellt die Flasche auf den Tisch und lässt unsere Gläser erklingen. »Auf uns!« Sie blickt mir tief in die Augen, ihr Blick elektrisiert mich wie beim ersten Mal. Liebe meines Lebens.

Es wird eine leidenschaftliche Nacht. Nur bin ich müde oder sonstwie nicht ganz bei der Sache – jedenfalls ziert sich mein Orgasmus. Vera hingegen ist Feuer und Flamme, und eigentlich genügt mir das vollauf. Sie schläft nach ihrem heftigen Höhepunkt ein, ihr Gesicht ist unter den Haaren verdeckt. Sie liegt an mich gekuschelt, nur kann ich das nicht genießen, vielleicht weil ich zu müde bin. Eine Müdigkeit, die mich wachhält, wie merkwürdig. Vera gibt sich hin, weil ich ihr gesagt habe, dass ich nicht mehr mit Mandel verkehre. Weshalb denkt sie, dass es uns ohne Mandel besser geht? Warum bin ich nicht wirklich gerührt und erfreut, dass mich Vera in dieser Ausschließlichkeit will?

Ich stehe auf und schleiche ins Wohnzimmer, stöpsle das

Kabel für die Kopfhörer ein und stehe vor dem CD-Gestell. Ein riesiges Angebot steht mir zur Verfügung, grandiose Musik, komplizierte Musik, anspruchsvolle. Nach einiger Zeit treffe ich meine Wahl.

Zum Glück hört Vera nicht, dass ich eine ABBA-Scheibe reinschiebe! *S.O.S.* trifft mich in meiner Not, *Mamma mia* in meinen Gefühlen, *Thank you for the music* macht mich traurig und dann: *The winner takes it all, the loser standing small, beside the victory, that's her destiny.* Nachdem ich dieses Lied zehn Mal gehört habe, weiß ich immer noch nicht, ob ich die Gewinnerin oder Verliererin bin.

Ach *Chiquitia*, I know, *love isn't easy.*

Waterloo – lova mej nöjet att älska dig.

Dum dum diddle, höchste Zeit zu schlafen.

Als würde mein rechter Fuß gebraten, gewalzt und flachgeklopft

»Wenn das so weitergeht, treffe ich mich mit dir nur noch zu Hause oder in einem geheimen Versteck. Sind wir zusammen, bist du ein Nervenwrack, das gurkt mich an!«

Mandel hat recht, es muss etwas geschehen. Wenn ich mit ihr unterwegs bin, benehme ich mich wie eine untergetauchte Terroristin oder eine Berühmtheit, die inkognito bleiben will. Ich rechne überall damit, dass Vera auftaucht und Mandel und mich miteinander ertappt. Die Vorstellung, wie Vera darauf reagieren würde, lässt mich Sonnenbrillen, Hüte und Kapuzen tragen. Bin ich mit Mandel verabredet, muss erst die eine, dann die andere eintreffen, damit Veras Überwachungsteam keinen Verdacht schöpft. Sitze ich mit Mandel in einem Restaurant, äuge ich unentwegt um mich, ob nicht irgendwo Vera ihres Weges kommt.

Um etwas von diesem Druck zu nehmen, hat Mandel vorgeschlagen, uns nach dem Opernplan des Stadttheaters zu orientieren. An den Abenden, an denen Vera singt, können wir uns stressfrei treffen, ich verabschiede mich dann meistens gegen elf Uhr und warte beim Personaleingang auf Vera. Wenn Vera herauskommt und sie mich anlächelt, weiß ich, dass mich das Überwachungsteam nicht erwischt hat, oder dass es schlicht kein Überwachungsteam gibt. Und falls Vera einmal auf uns stoßen würde, haben wir eine Liste gemacht mit Begründungen, warum das so ist (zufällig aufeinandergetroffen; rein zufällig getroffen; ungewollt gekreuzt; irgendwie zur gleichen Zeit am gleichen Ort gewesen; unbeabsichtigt begegnet) und wie wir uns am elegantesten aus der Situation herausreden können.

Es gibt aber etwas, dessentwegen ich mir den Kopf zerbreche: Mandel und meine Ferien. Die Fähre und der Flug zurück sind gebucht, Mandel hat eine Vertretung organisiert, was kein einfaches Unternehmen ist, kurzum: Ich gehe mit ihr in die Ferien. Wie soll ich das Vera sagen? Sie hat bisher nicht den Wunsch nach gemeinsamen Ferien geäußert, aber das könnte ja noch kommen.

Diesen Sonntag verbringe ich mit Vera, das haben wir schon lange so abgemacht. Ich bin dabei, Kaffee zuzubereiten, Rühreier zu machen und liebevoll den Tisch für uns zu decken. Vera liegt auf dem Sofa, den Tee für die Stimmbänder neben sich, und räkelt sich in der Sonne, dazu summt sie ein Lied. Nachdem ich die Semmeln und die Konfitüre aufgetragen habe, knie ich mich neben das Sofa. »Mitte Juni gehe ich drei Wochen nach Schweden, ich besuche die Verwandtschaft mütterlicherseits.«

Das ist nicht ganz gelogen, nur zur Hälfte. Vera schaut zu mir auf und blinzelt in der Sonne. »Wie schön für dich! Du musst mir ganz viele Postkarten schicken. Ich werde dich vermissen.«

Erleichtert und erstaunt, dass es so einfach ist, beuge ich mich zu ihr und küsse sie. Sie schlingt die Arme um meinen Hals, aber ich löse mich von ihr, die Küche wartet. Beim Frühstücken herrscht zwischen uns die vollkommene Idylle und Harmonie. Vera sieht mit ihrem verwuschelten Haar aus, als sei sie eine Elfe, die hier einen Zwischenhalt eingelegt hat. Die Hälften ihres Morgenmantels klaffen etwas auseinander und geben die Sicht auf ihren Busen frei. Ich weiß nicht, ob sie sich dessen bewusst ist, und beginne schon zweideutige Gedanken zu hegen, als Vera sagt: »Liebste, ich wäre froh, wenn ich heute noch etwas alleine sein könnte.«

Das Blut verlässt meine wichtigsten Körperteile und hinterlässt eine trübe, graue, lähmende Leere. »Ich verstehe nicht. Wir haben doch abgemacht, dass wir diesen Sonntag zusammen verbringen! Einen Spaziergang machen, auswärts essen und so.«

»Habe ich dir nicht gesagt, dass ich heute Abend für Hannah einspringen muss? Sie ist erkältet.«

»Nein, hast du nicht.«

Sie langt über den Tisch und greift nach meiner Hand, worauf der Morgenmantel noch tieferen Einblick gewährt. Dabei schaut sie mich gefühlvoll an. »Das tut mir leid! Wir machen nächsten Sonntag all das, was wir heute verpassen, versprochen.«

Mechanisch helfe ich ihr das Frühstück abzutragen und den Geschirrspüler zu füllen. In meinem Magen ein Knoten. Dass sie einspringen muss, ist das eine, aber warum schickt sie mich jetzt schon weg? Wir haben uns doch in vollkommener Harmonie befunden. Obwohl ein kantiger Schmerz sich in meinen Bauch stemmt, versuche ich so zu tun, als wäre ich in Ordnung. Vera begleitet mich zur Wohnungstür. Ich bin noch nicht außer Sichtweise, da schließt sie schon hinter mir.

Als könnte es nicht schnell genug gehen, dass ich weg bin.

Der Rest des Sonntags ist unter die Kategorie Untage abzubuchen. Man hätte die Zeit vorwärtsdrehen sollen können, weil es überflüssige Zeit ist, schlimmer als in jedem Wartezimmer (dort liegen wenigstens Magazine aus, die man durchblättern kann). Das Herz klopft weiter, aber deshalb zu sagen, dass man lebt, wäre maßlos übertrieben. Auf dem Heimweg begegne ich glücklichen Familien mit kreischenden Kindern. Fahrradfahrer radeln in bunten Anzügen an mir vorbei, und am Himmel schweben zwei Heißluftballone. Es ist schlicht unerträglich. Ich bin froh, als die Dämmerung einbricht. Die Vögel halten ihre ausschweifenden Frühlingskonzerte, ich frage mich, woher die ihre Fröhlichkeit beziehen. Als es schon fast Nacht ist, entschließe ich mich wieder mit Rauchen zu beginnen und radle zur

Tankstelle. Kaum habe ich das Fahrrad abgestellt, ruft mich jemand. Ein Mann, der sein Auto auftankt, winkt mir zu. Es ist Hans, der in der *Traviata* Alfredos Vater spielt. Ich gehe zu ihm und frage ihn erstaunt, ob er nicht schon längstens im Theater sein sollte.

»Hat dir das Vera nicht gesagt? Violetta zwei plus beide Alfredos sind ausgefallen, die Aufführung ist abgesagt worden.«

Ich könnte wetten, dass der Boden unter meinen Füßen leicht nachgibt. Tapfer gebe ich vor, mich daran erinnern zu können, Vera habe es mir erzählt. Der Benzinhahn klackt, der Zähler steht still.

»Alles in Ordnung, Liv?«, fragt Hans besorgt.

»Ja, natürlich, ich bin bloß unterzuckert, ich brauche etwas Süßes.« Ich gehe mit ihm in den Laden, und um meine Behauptung zu untermauern, kaufe ich eine Ladung Zuckerzeug. Ich wähle Dinge, von denen ich weiß, dass Mandel sie mag, ich selber stehe nicht auf Schleckereien. Als Hans weggefahren ist, stehe ich mit hängenden Schultern neben meinem Rad, unter dem gelben Licht der Shell-Tankstelle, in der Hand Süßigkeiten und keine Zigaretten.

Warum hat mich Vera angelogen?

Ich ziehe den Geruch von Abgasen und Benzin tief in mich ein. Straßenkinder fallen mir ein, die an Tanköffnungen schnüffeln, damit sie sich besser fühlen. Obwohl ich tief einatme, spüre ich nichts, außer dass mir schlecht wird.

Was macht Vera heute Abend?

Ich werfe die Einkaufstüte achtlos in den Korb meines Fahrrads und kann mich nicht entschließen aufzusitzen, denn wenn ich mich zu schnell bewege, könnte es sein, dass etwas in mir zum Überlaufen käme. Die Zentrifugalkraft, die den Inhalt meiner Gefühlssuppe zum Überschwappen bringen könnte. Hölzern schiebe ich die Sempacherstraße entlang, am Wankdorf-Stadion vorbei. Hier standen einst sechs riesige Pappeln, sie wurden für den Neubau gefällt.

Ich bin so gern an diesen hohen, schlanken Bäumen vor-
übergefahren, sie waren anders als alles um sie herum:
majestätisch, sanft und freundlich. Ich vermisse sie.

Vera verheimlicht etwas vor mir. Kann ich ihr das vor-
werfen? Ich verheimliche ihr ja auch, dass ich mich nach wie
vor mit Mandel treffe. Ein dunkles Gefühl sagt mir, dass sie
vor mir etwas anderes als die beste Freundin verbirgt. Als
ich die Tellstraße erreiche, steige ich aufs Rad und fahre
Richtung Guisan-Platz und von dort zum Rosengarten, über
den Obstberg zum Burgernziel ins Kirchenfeld.

Ich muss es wissen.

In Veras Wohnung brennt Licht. Um besser ins Wohnzimmer schauen zu können, klettere ich auf die Gartenmauer. So sehe ich durch das Fenster des Wohnzimmers die Ecke
eines Gemäldes, den kleinen Kronleuchter und eine Zim-
merpflanze. Ich warte und warte. Endlich schreitet Vera am
Fenster vorbei, sie lacht. Sie lacht! Ein Hinterkopf wird
sichtbar. Bitte, es sollen noch weitere Hinterköpfe auftau-
chen! Der Hinterkopf dreht sich um, ich kenne den Mann
nicht. Er folgt Vera, ebenfalls lachend. Nach einiger Zeit ist
Vera wieder zu sehen, ihr Gesichtsausdruck heiter, sie geht
vermutlich zur Musikanlage. Nach einer Minute oder zwei
taucht sie am rechten Fensterrand auf, sie streckt sich genüsslich und fährt sich durchs Haar. Wo sind die anderen
Gäste? Der Mann tritt hinter Vera. Ich rücke nach links, um
ihn besser sehen zu können. Noch etwas nach links, und
noch mehr. Der Kopf des Mannes nähert sich Veras. Meine
Güte! Noch etwas nach links, dann würde ich –

Ein Stein löst sich unter meinem Schuh, ich gerate aus
dem Gleichgewicht, rutsche aus und falle durch die Äste zu
Boden. Aua! Ein Fenster wird aufgerissen, Vera ruft, ob da
jemand sei. Glücklicherweise liege ich im Schatten der Mauer unter einem Baum. Glücklicherweise habe ich so viel
Disziplin, dass ich die Schmerzenslaute unterdrücken kann.
Vera schaut eine Weile in die Dunkelheit hinaus, dann legt
der Mann seinen Arm um ihre Schultern, nimmt sie zur

Seite, schließt das Fenster. Ich warte einen Moment, dann stehe ich mithilfe eines Steckens auf und humple vorsichtig zum Gartentor. Jeder Schritt fühlt sich an, als würde mein rechter Fuß gebraten, gewalzt und flachgeklopft! Ich weine, aber nicht nur wegen der Schmerzen.

Ich will Mandel anrufen und kann mich dann doch nicht überwinden. Ich denke an ein Taxi, aber auch von dieser Idee lasse ich ab. Schließlich stelle ich Vaters Nummer ein. Kaum höre ich seine Stimme, regrediere ich zu dem Mädchen, das ich früher war, und erzähle schluchzend und stockend, dass ich im Kirchenfeld stehe und mein Fuß kaputt sei. Vater fragt nach der genauen Adresse, dann befiehlt er mir mit besorgter Stimme, dort zu warten, und hängt auf.

Da ich nun schon am Weinen bin, bleibe ich dabei und tue es noch, als Vaters BMW vorfährt. Ich will nichts als nach Hause, aber Vater ist anderer Meinung, er fährt mich zu Notfallaufnahme am Bubenbergplatz.

»Was ist passiert?«, fragt er mich auf der Fahrt.

»Ich bin unglücklich vom Gehsteig gefallen.«

»Deshalb die Striemen im Gesicht?«

»Ja, ich bin in einen Strauch gefallen.«

»Der auf der Straße wuchs?«

»So ungefähr.«

»Liv, ich mag alt sein, aber dumm bin ich deshalb noch lange nicht!«

»Ich weiß. Ich kann im Moment nicht darüber reden. Es war ein Fauxpas, das umschreibt es ziemlich gut.«

Vater konzentriert sich schweigend auf den Verkehr.

Im Notfall sind wir nicht die einzigen. Ein jüngerer Mann sitzt mit schmerzverzerrtem Gesicht auf einem Stuhl und schnappt nach Luft. Ein Fußballfan hält seinen Arm, der vermutlich von einer Scherbe traktiert worden ist, in die Höhe. Da er betrunken ist, spürt er seine Schmerzen offenbar nicht, er singt jedenfalls Fußballlieder und muss von seinen zwei Kollegen daran gehindert werden, das Weite zu suchen. Ein älteres Ehepaar beobachtet eingeschüchtert das

Geschehen, es ist unklar, wer von beiden Hilfe braucht. Vater versucht mir mit einem Taschentuch Tränen und Dreck von den Wangen zu wischen, aber seine zittrige Hand macht mich nervös. Ich nehme ihm das Tuch aus der Hand und bedecke damit mein ganzes Gesicht.

Was macht der Mann bei Vera?!

Als eine Drogensüchtige hereinplatzt und unsere Runde wortreich aufmischt, habe ich genug. Ich stehe auf und verlasse die Notfallaufnahme. Vater stolpert hinter mir her, will mich am Gehen hindern. Ich schüttle den Kopf und erkläre ihm, dass mein Fuß auch morgen behandelt werden könne, da sei bestimmt nichts gebrochen.

Vera hat mich angelogen!

Vater will etwas einwenden, ich winke nur ab und bitte ihn, mich nach Hause zu fahren. Als mir bewusst wird, dass ich mich jetzt vielleicht in der gleichen Situation wie damals Vater mit *Moder* befinde, wird mir speiübel. Ich überzeuge ihn, dass ich die fünf Stockwerke alleine schaffen werde und verabschiede mich von ihm. Einbeinig hüpfe ich die Stufen hoch.

Was hat Vera mit diesem Mann zu tun?!

Tränen rinnen über meine Wangen, den Hals hinab und in den Ausschnitt. Im Schein der Küchenlampe begutachte ich den Fuß. Das Gelenk ist stark geschwollen. Das Blut pocht dort, wo der Schmerz entsteht. Im Badezimmer suche ich nach Baldriantropfen und gebe etwa hundert Tropfen in ein Glas Wasser. Ich finde ein *Ponstan 500* und schütte alles zusammen runter. Schiebe ein zweites *Ponstan* nach. Das Ganze runde ich mit einem gut gefüllten Glas Whisky ab. Der Cocktail fährt bald ein, ich schaffe es noch, in den Pyjama zu schlüpfen, dann falle ich ins Bett.

Ihr wollt einen Roboter!

Es sei nichts gebrochen, versichert mir meine Hausärztin, nachdem sie gründlich Fuß und Knöchel untersucht hat. Es ist sehr wohl etwas gebrochen, möchte ich ihr am liebsten erwidern. Mein Herz ist gebrochen, machen Sie nur mal ein Röntgen von ihm, dann sehen Sie den Bruch. Ich sage das natürlich nicht, nehme stumm ihre Ratschläge und das Medikamentenrezept entgegen, kriege Krücken und gehe in eine Welt hinaus, die mir heute kein bisschen gehört.

Gegen elf komme ich im Büro an und muss erst mal erklären, was mit meinem Fuß ist. Ich erzähle ihnen, dass ich auf dem Spazierweg auf einer Steinmauer balanciert habe und runtergefallen sei. Jean, der Französisch-Übersetzer, bemerkt, ich würde nun sogar schrittmäßig zu Vera passen. Ich werfe ihm einen Blick zu, der ihn zum Schweigen bringt. Nachdem sich die Schaulustigen wieder verzogen haben, kommen Johann und Marla auf mich zu und fragen mich, ob ich Zeit für ein Gespräch habe. Erstaunt folge ich ihnen humpelnd in den Pausenraum. Schon wieder dieser Pausenraum!

Johann beginnt: Seit Wochen, wenn nicht gar Monaten sei ich nicht bei der Sache. Man könnte den Eindruck bekommen, dass mir nicht mehr viel am Büro liege. Auch seien ein paar Reklamationen von Auftraggebern gekommen, die ich aber offenbar nicht sehr ernst genommen habe. Marla und er seien darauf angewiesen, dass ich als Mitgründerin und Co-Leiterin meinen Aufgaben angemessen nachkomme. Er frage sich, ob ich Probleme habe, ob es mit der Beziehung zu Vera zusammenhänge. Sie möchten, dass ich mir überlege, in welcher Weise ich in diesem Büro weiterwirken wolle.

Ich bewahre meine Haltung. Eine gute Zehntelsekunde lang. Dann fuchtle und tobe ich los. Seit wann das Private relevant für das Geschäftliche sei. Bestimmt gehe es nur darum, dass ich eine Beziehung mit einer Frau pflege. Solch rassistisches Verhalten hätte ich von ihnen nie erwartet. Und seit wann sie sich in meine Arbeit mischen und eine Liste von meinen Fehlern machen, sie sollen einfach ehrlich sein und mir direkt sagen, dass sie mich nicht mehr im Leitungsteam wollen. Ich könne mich außerdem nicht erinnern, einen Vertrag unterschrieben zu haben, in dem steht, wie viel ich arbeiten müsse. Sie seien nur neidisch auf mein Glück, vor allem Johann, der diese fürchterlich eifersüchtige Frau habe. Und außerdem sei ich keine Maschine, und wenn mein Herz gebrochen sei, dann sei es gebrochen. Aber wenn sie das so wollten, könne ich mich hier und jetzt aus der Leitung zurückziehen, ich ließe mich jedoch nicht zwingen, die Beziehung zu Vera zu beenden, abgesehen davon sei sie vermutlich schon beendet und – und ich heule und schluchze, der Fuß tue so verdammt weh, und ob die Sitzung endlich zu Ende sei.

Johann und Marla haben mich während meines Auftritts mit mitfühlenden Gesichtern angeschaut, jetzt macht sich Marla an der Kaffeemaschine zu schaffen und hält mir eine Tasse plus Taschentücher entgegen. Ich nehme beides dankbar entgegen.

»Liv, wir wollen dich im Team nicht missen! Ich glaube, wir reden darüber, wenn du in einer besseren Verfassung bist. Wir möchten dich einfach zurück als präzise, zuverlässig und kreative Mitarbeiterin.«

»Ihr wollt einen Roboter, ich bin kein Roboter mehr!«

Marla schüttelt den Kopf. »Was redest du da, du warst doch nie ein Roboter. Aber vielleicht mehr im Lot, glücklicher, entspannter.«

»Ich bin noch nie so glücklich und lebendig gewesen wie jetzt!«, fauche ich.

»Das mag für dich so sein, auf uns wirkt es anders.«

»Ich werde wohl am besten wissen, wie's mir geht!« – Tue ich das?

Johann seufzt. »Wie gesagt, lass uns zu einem anderen Zeitpunkt darüber reden, und falls was ist, sind wir für dich da.«

»Verdammt, mit mir ist nichts!«

Die beiden nicken nur und verlassen den Pausenraum. Dieser dumme Pausenraum, nichts als Ärger habe ich mit dem! Als ich wieder an meinem Arbeitsplatz sitze und alle so tun, als wäre nichts gewesen, läutet das Telefon. Es ist Mandel. »Liv, kommst du mit mir Mittag essen?«

»Ist was los, du tönst bedrückt?«

»Ich möchte etwas bereden.«

»Und das wäre?«

»Das sage ich dir im *Gaumentanz.*«

»Wir müssen in meiner Nähe abmachen, ich habe den Fuß verstaucht.«

»Nein aber auch, erzähle!«

»Das sage ich dir im *Obolle*, um zwölf dreißig?«

Sie macht ein zustimmendes Geräusch und hängt auf.

Auf dem Weg zum Restaurant ziehe ich die Basketball-Kappe über und setze die Sonnbrille auf, was vermutlich auffällig ist, denn der Himmel ist wolkenverhangen. Zu meinem Erstaunen sitzt Mandel schon an einem der Tische. Habe ich das jemals zuvor erlebt?

Ich gebe ihr einen Kuss auf die linke Wange. »Du bist schon da, was ist in dich gefahren? Bist du krank?«

Mandel lächelt müde und winkt ab. »Unterschätze nie einen Menschen, er ist zu Unerwartetem fähig.«

»Gehen wir in die hintere Ecke? Dort ist noch ein Tisch frei.«

Mandel schüttelt den Kopf. »Genau deswegen will ich mit dir reden. Setzt dich erst mal.«

Ich ziehe Jacke, Kappe und Brille ab und weiß nicht, ob ich mich setzen will. Mandels Gesichtsausdruck ist düster.

»Ist jemand gestorben?«, frage ich ängstlich.

Sie schüttelt den Kopf.

»Dann rede endlich, du machst mich ganz nervös!«

»Seit Wochen machen wir auf Undercover. Du bist immer auf dem Sprung, auch wenn du sicher sein könntest, dass du Vera nicht begegnen wirst. Du bist auf der Lauer, in Alarmbereitschaft und nur entspannt, wenn du bei mir zu Hause bist oder wenn wir im verdunkelten Kino sitzen. In letzterem Fall habe ich nichts von dir, und ich möchte dich nicht nur bei mir treffen. Ich will wieder so mit dir zusammen sein wie früher, ohne deinen Verfolgungswahn! Und was ich jetzt sage, fällt mir schwer, aber ich sehe einfach keinen anderen Weg: Entweder wir können uns wieder normal treffen oder wir lassen es bleiben. Wenn ich dich schon verliere, dann richtig, ohne diese Charade.« Sie schaut gequält auf, eine Qual, die ich nicht sehen will, mir reicht schon meine eigene. Mandel kann mir das nicht antun, nicht heute, nicht morgen, nie.

Eine jähe Verzweiflung erfasst mich, die sich gleich in Angriffslust verwandelt. »Ja, früher war alles so viel besser – ich ein gut funktionierender Roboter, den man herzeigen, mit dem man sich unterhalten konnte, ein umgänglicher Roboter, alles in Ordnung, nur innerlich nicht. Das interessierte ja niemanden, dass ich vielleicht auch eine Beziehung, Nähe und Vertrautheit möchte, dass ich nicht immer über den Dingen stehen wollte, distanziert, aber freundlich. Und jetzt, wo ich Liebe gefunden habe, rebelliert meine Umwelt. Was wollt ihr von mir? Ihr setzt mich unter Druck, ihr wollt mich anders haben, als ich bin. Ich bin das so leid!«

Mandel beobachtet mich mit schräggelegtem Kopf, hebt die Augenbrauen, kratzt sich nachdenklich im Haar, trommelt auf den Tisch.

»Musst du auf den Tisch trommeln? Lern doch endlich Schlagzeug spielen!«

»Liv, so sehr du auch aufbegehrst und Unsinn erzählst, ich bleibe dabei: Ich will unsere Freundschaft so nicht weiterführen, es macht mich fertig.«

»Dann lass es sein, lasst es doch alle bleiben, lasst mich in Ruhe, ja, lasst mir meinen Frieden!« Bebend vor Zorn und Unglück stehe ich auf und greife nach meinen Krücken. Ohne Mandel auch nur noch einmal anzusehen, humple ich hinaus. Wutanfälle habe ich nicht oft, daher komme ich nur selten in den Genuss einer ordentlichen Adrenalinausschüttung wie dieser hier. Das ist schade, denn Adrenalin trägt einen über sich hinaus, macht selbstbewusster, angriffslustiger und durchsetzungsfähiger. Und so entschließe ich mich in diesem aufgebrachten Zustand, Vera unangemeldet aufzusuchen.

Das Adrenalin pflügt ungehemmt durchs Blut

Ich humple zur Tramstation. In der Straßenbahn empfinde ich das überwältigende Bedürfnis, mit meinem Krückstock Kopfnüsse zu verteilen: Jeder Grießkopf kriegt eine Kopfnuss, jeder Knallkopf am Handy: zwei Kopfnüsse; jeder, der fröhlich oder vergnügt ist: drei Kopfnüsse und jedes glückliche Paar: ein Bombardement. Ich will nicht darüber nachdenken, was mich bei Vera erwarten könnte. Ich will mir nicht ausmalen, was ich tun würde, wenn ein Mann bei ihr wäre. Lieber imaginierte Kopfnüsse verteilen. Das Blut schäumt in mir, vielleicht bringe ich Vera um. Mit den Krücken. Mit Kopfnüssen. Oder ich hänge sie an ihrem seidenen Morgenmantel auf. Beim Helvetiaplatz steige ich aus und humple zu Veras Haus, werfe der Gartenmauer einen bösen Blick zu, aber der ist es offensichtlich egal, dass sie mich gestern abgeworfen und zum Hinkebein gemacht hat. Das Adrenalin pflügt ungehemmt durchs Blut. Entschlossen betätige ich den Klingelknopf und halte ihn gedrückt, bis das Knistern der Gegensprechanlage zu hören ist und Vera, die verärgert fragt, wer da ist.

»Ich.«

»Und wer ist *ich*?«

»Du erkennst meine Stimme nicht? Na bravo!«

»Oh, Liv, du!«, sagt sie furchtbar süßlich, der Türöffner summt.

Ich steige langsam die Treppen hoch, oben geht die Tür auf. Veras Kopf erscheint über dem Geländer. Als sie meine

Krücken sieht, gibt sie einen kleinen Schrei von sich (so etwas kann sie als Opernsängerin ja bestens!) und fragt voller Mitgefühl, was geschehen ist.

Ich halte auf dem Treppenabsatz inne, schaue zu ihr hoch. »Ich bin über meine eigene Dummheit gestolpert, ja, das bin ich!«

Vera mustert mich verwirrt. Sie ist weder im Negligé noch im Morgenmantel noch sieht sie unfrisiert aus. Ohne mich zu küssen (sie hat meinen Gesichtsausdruck richtig gedeutet), führt sie mich ins Wohnzimmer und bietet mir einen Stuhl an. Ich folge ihr aber nicht, sondern durchforsche ihre Wohnung. Zuerst das Schlafzimmer – das Bett ist gemacht, nichts deutet auf eine ekstatische Nacht hin. Nacheinander reiße ich die Schranktüren auf. Kein nackter Mann. Ich schaue in die Küche, ins Gästezimmer und werfe sogar einen Blick ins Abstellräumchen und ins Badezimmer. Dann komme ich zurück und setze mich. Vera, die schweigend im Korridor gewartet hat, setzt sich mir gegenüber. Sie will etwas sagen, aber ich fahre ihr über den Mund, indem ich sarkastisch frage: »Na, wie war die Vorstellung gestern Abend?«

Vera blinzelt und klimpert mit den Wimpern. »Es gab keine Vorstellung. Neben Hannah sind auch die beiden Alfredo-Darsteller Heiner und Laurent ausgefallen. Eine schlimme Grippe grassiert.«

»Ist dir was ins Auge gekommen oder blinzelst du aus anderen Gründen?«

Veras Gesichtszüge geraten ins Rutschen wie Schnee auf einem Zweig. »Was ist denn mit dir los? Erst erscheinst du unangekündigt, dann spielst du dich als Kommissarin auf!«

»Ich darf also nicht spontan vorbeischauen?« Ich mache eine kunstvolle Pause und frage dann spitzig: »Könnte ich dich vielleicht bei irgendetwas ertappen?«

Veras Augen weiten sich, ihre Stirn knittert. »Bitte?«

»Wir hätten gestern Abend zusammen verbringen können, es war unser Sonntag.«

»Ja, wenn nicht mein Bruder angerufen hätte. Er befand

sich in der Nähe. Ich sehe ihn so selten, da ist es nichts als logisch, dass ich ihn treffen wollte.«

»Du hast einen Bruder? Ich dachte zwei Schwestern!«

»Es ist ein Halbbruder, entstanden aus Vaters Seitensprung. Wir haben uns vor noch nicht allzu langer Zeit kennengelernt. Er wuchs in Zermatt auf, ich in Brig.«

»Ein Halbbruder? Welch ein Alibi!«

Vera blickt mich verstört an. Das Adrenalin aber trägt mich weiter. »Warum hast du mich gestern schon am Nachmittag fortgeschickt?«

»Hörst du endlich mit diesem dummen Verhör auf!«

»Erst beantwortest du mir meine Frage: Weshalb hast du mich fortgeschickt?«

»Es gibt Momente, da will ich allein sein.«

»Aber nicht an *unserem* Sonntag.«

»Na, ich bin doch nicht dein Besitztum, ich kann machen, was ich will! Oder erwartest du, dass ich auch dann mit dir zusammen bin, wenn ich es nicht wirklich will? Lass mich frei atmen, ich ersticke sonst.«

»Wir waren gestern glücklich!«

»So etwas ändert sich mitunter rasch.«

»Kannst du mir versichern, dass ich in deiner Wohnung keinen gebrauchten Pariser finde?«

Vera blickt mich fassungslos an. »Du unterstellst mir, mit meinem Bruder im Bett gewesen zu sein? Du bist doch völlig durchgedreht!«

»Wer sagt mir, dass es dein Bruder war, der dich besucht hat?«

Vera schüttelt langsam den Kopf und blickt mich an, als wäre ich Schimmelpilz auf der Konfitüre. »Du misstraust mir! Ich bin maßlos enttäuscht!«

»Ich würde lieber nicht.«

»Dann hör auf. Ich habe nichts mit Parisern zu tun.«

»Umso schlimmer – du verhütest nicht mal!«

»Liv, ich habe damit sagen wollen – ach, du weißt, was ich damit sagen wollte.«

»Tu ich nicht. Ich kenne dich so wenig, wie soll ich dir da vertrauen?«

Vera steht brüsk von ihrem Stuhl auf und deutet zur Tür, ihr Blick lässt Stein und Bein gefrieren. »Geh! So etwas muss ich mir nicht bieten lassen!«

»Ich bin draußen, sobald du mir gesagt hast, was gestern war.«

Vera geht ein paar Mal hastig auf und ab. Dann setzt sie sich wieder. »Dann sollst du es erfahren: Gestern war, was auch vorgestern war und heute immer noch ist: Du bist krankhaft eifersüchtig, du lässt mich nicht leben. Es kommt noch so weit, dass du mich wie ein Stalker verfolgst.«

Ich lache verächtlich auf, aber sage nichts, denn ich bin manchmal tatsächlich einer. Wie hat es Thea ausgedrückt: Schweigen ist noch lange nicht lügen.

»Da gibt es weiß Gott nichts zu lachen. Du bist krankhaft eifersüchtig, streitlustig und anmaßend.«

»Und du entziehst dich mir aus unerfindlichen Gründen. Du lässt dir nicht in die Karten schauen. Ist es da nicht logisch, dass ich mir das Hirn zergrüble, was in diesen Karten zu sehen wäre? Und du knüpfst deine Liebe zu mir an Bedingungen.«

»Das wäre mir neu.«

»Ach ja, und wie ist das mit Mandel? *Du musst dich zwischen mir und Raphaela entscheiden*, hast du gesagt. War das keine Bedingung?« Ich überlege einen Moment. – »Nein, stimmt, es war keine Bedingung, sondern eine Drohung. Du hast mich dadurch in eine unerträgliche Situation gebracht!«

»Na, wusste ich es doch: Deine heißgeliebte Raphaela, wichtiger als alles andere!«

»Du weißt, dass das nicht stimmt.«

»Offensichtlich kann sie dir etwas geben, was ich dir nicht geben kann.«

»Das ist doch immer so. Menschen sind nicht austauschbar.«

Ich richte mich auf und stelle endlich die Frage, die ich von Anfang an habe stellen wollen: »Vera, bist du fremdgegangen?«

Sie fährt sich ruhig durchs Haar, als wäre sie an einem Spiegel vorbeigekommen und wollte ihre Frisur ordnen. Dann taxiert sie mich kurz mit einem eisigen Blick, steht erneut auf und geht ziellos durch das Wohnzimmer, bis sie sich an den Klavierflügel setzt und mit der Hand über die Tasten streicht, als wolle sie sie entstauben. Sie tut es so vorsichtig, dass keine Taste angeschlagen wird. Schließlich dreht sie sich auf dem Hocker zu mir um. »Danke für dein Vertrauen«, speit sie.

»Sag mir einfach, ob du hast oder nicht.«

Es kommt mir vor, als würde ich wie gestern auf der Gartenmauer stehen und als würde ich mich selber als Passantin beobachten und denken: Das kann nicht Liv sein, so beharrlich und verwegen, wie sie im Moment ist.

Vera verschwindet wortlos in der Küche. Ich folge ihr. Sie hantiert an der Kaffeemaschine. Ich hüpfe neben sie (die Krücken habe ich im Wohnzimmer gelassen) und drehe sie an der Schulter um, so dass ich ihr in die Augen sehen kann. Es ist, als würde man in einen stürmischen Himmel schauen. »Aus irgendeinem Grund hast du mich gestern fortgeschickt. Ich möchte wissen, warum. Ist das zuviel verlangt?«

Die Kaffeemaschine mahlt ratternd und knirschend Kaffeebohnen. Vera will sich abwenden, aber ich halte sie fest (unter anderem auch, damit ich mein Gleichgewicht nicht verliere). »Vera, ist das wirklich zuviel verlangt?«

Die Maschine zischt, Kaffee blubbert heraus. Vera hat vergessen, eine Tasse drunter zu stellen. Sie reißt sich von mir los. »Ich habe noch nie einen Menschen so geliebt wie dich«, schmettert sie mir entgegen. »Und wenn du mir das nicht glaubst, dann glaubst du es eben nicht. Geh jetzt!«

Ich halte mich an der Küchenkombination fest, glücklich über das, was sie gesagt hat und gleichzeitig verzweifelt. »Wie kannst du sagen, dass du mich liebst, und zugleich verbietest du mir den Kontakt mit einem Menschen, der mir viel bedeutet?«

»Gerade weil ich dich so liebe, ertrage ich es nicht, dass dir jemand anderer wichtig sein könnte«, faucht sie.

»Ich hatte gedacht, je mehr man liebt, desto mehr Platz hat man für die Liebe.«

»So? Wie würdest du dich wohl verhalten, wenn ich dauernd von meiner besten Freundin Agnes erzählen würde? Agnes hier, Agnes da – ich bin mit Agnes – ich war bei Agnes – das habe ich von Agnes, und so weiter. Wenn dir Mandel so wichtig ist, dann führ doch mit ihr eine Partnerschaft! Ich will nun mal die Hauptperson in deinem Leben sein, nicht eine von vielen.«

»Vera, du bist die Hauptperson, wie kannst du daran zweifeln? Ach, unser Gespräch führt nirgends hin, es ist wirklich besser, ich gehe.« Ich hüpfe zu meinen Krücken und humple zur Wohnungstür.

Vera folgt mir. Auf Höhe der Schwelle berührt sie mich am Arm und sagt mit leiser Stimme: »Liv, verlass mich nicht.«

Zögernd drehe ich mich um. In ihren Augen schwimmt eine Verzweiflung, die ich in diesem Ausmaß bei ihr noch nie gesehen habe. Es ist schwierig, nicht weich zu werden. »Du hast mich eben darum gebeten!«

»Verlass mich nicht, ich brauche dich.« Sie sagt es kaum hörbar.

Das Adrenalin, das sowieso am Erlahmen war, zieht sich ganz aus meinen Blutbahnen. Ich bin Veras Gesichtsausdruck gegenüber schutzlos. Das eben geführte Gespräch löst sich im Nebel auf. Ich kann mich nicht erinnern, was ich hier stehend tue, wo ich doch neben Vera sitzen oder gar liegen könnte. Ich humple zum Sofa, da ist Vera schon bei mir, umschlingt und küsst mich mit einer Intensität, die mir auf der Haut brennt. Bevor ich's mich versehe, teilt sie meine Bluse, hat den BH schon weggeschoben und bedeckt mich mit heißen Küssen, die als kleine Vulkane auf meiner

Haut weitersimmern. Wir gleiten auf den Teppich, und von der Sonne beschienen, geben wir uns zurück, was wir uns vorher genommen haben. Sex nach einem Streit birgt eine besondere Intensität. Ich weiß nur nicht, ob mir die gefällt.

Ich bleibe. Taumelnd. Glückselig. Sie liebt mich, singt es in mir, sie liebt mich wirklich, es war nur ihr Bruder! Bevor Vera sich zum Theater aufmacht, bereite ich uns einen Kaffee zu, den wir einträchtig am Küchentisch trinken. Ich nehme vorsichtig ihre Hand in meine Hände und beginne ebenso vorsichtig mit dem, was ich noch geklärt haben muss. »Es gibt etwas, das ich mit dir zu Ende besprechen möchte.« Ich schaue sie zärtlich an. »Vera, du bist meine große Liebe, meine Hauptperson, und dieser Tatsache kann niemand etwas anhaben, auch keine Mandel. Aber trotzdem tut sie mir und meinem Leben gut, und das kann doch nur in deinem Sinn sein, oder nicht?«

Abwehr und Aufbegehren gleiten wie Wolken über Veras Gesicht, dann aber legt sich erstaunlicherweise Ruhe darüber. Sie nickt bloß, und jetzt bin ich noch glücklicher.

Bei der Station *Zytglogge* steige ich auf die andere Tram um. Ich winke Vera zum Abschied, obschon ich sie hinter den sich spiegelnden Fenstern nicht sehen kann. Die Straßenbahn biegt in die Marktgasse, sie sieht wie ein roter Lindwurm aus, der seinen Schwanz langsam um die Kurve zieht. Ich greife nach dem Handy.

Mandel meldet sich mit einem »Was ich gesagt habe, ist nicht verhandelbar.«

»Wäre es verhandelbar, wenn Vera ihren dummen Wunsch, dich aus meinem Leben zu bugsieren, aufgegeben hätte? Keine Undercover-Aktionen mehr? Einfach so wie früher?«

Mandel schweigt einen Moment. »Woher soll ich wissen, dass du nicht Stuss redest?«

»Ich gebe dir Veras Handynummer, frag sie doch selber.« Ich diktiere die Nummer.

»Und jetzt gehe ich nach Hause, lagere meinen Fuß hoch,

bestelle asiatisches Essen und ziehe mir eine DVD rein. Ihr könnt mich mal alle.«

Ich humple zur Tramstation, halte mein Gesicht der Sonne entgegen, und wirklich, so ist es: Alle können mich mal.

Und jetzt ziehen Sie fünf Karten

Glück kann man nicht horten, man kann es nicht lagern oder für magere Zeiten dörren. Es fliegt einem leicht wie ein Schmetterling auf die Schulter und flattert bei der geringsten Bewegung, beim leisesten Windstoß, ebenso leicht wieder davon. Manchmal hat man ein Netz zur Hand und fängt das zarte Wesen ein, aber ein Schmetterling im Netz ist nicht das gleiche wie einer, der sich freiwillig auf der Schulter ausruht, seine Flügel langsam auf- und zufaltet und dabei seine wunderschöne Zeichnung präsentiert.

Ich bin glückselig nach Hause gefahren, die fünf Stockwerke hochgehumpelt, habe Asiatisches bestellt, den Fuß hochgelagert und mir den Thriller *Déjà vu – Wettlauf gegen die Zeit* angesehen. Denzel Washington stolpert in der Zeit herum und rettet unter Stress Leben. Alles ist in schönster Minne. Dann fällt mein Blick auf den ungeöffneten Brief der Steuerverwaltung, in dem sich bestimmt eine weitere Rechnung befindet; ich schaue in den Kühlschrank und denke mit Grauen daran, dass ich einkaufen gehen muss. Tante Luise hat auf den AB gesprochen oder vielmehr gespuckt, sie wolle wissen, ob ich noch existiere und wann ich endlich die Freundlichkeit hätte, sie zu besuchen, es gäbe Kaffee und Streuselkuchen, auch wenn ich mir das ü-ber-haupt nicht verdient habe. Johanns und Marlas Vorwürfe von heute Morgen nagen an mir, und der Fuß pocht unangenehm. Ich bin immer noch glücklich, aber das Glück ist schon ein paar Schattierungen matter.

Liebe zu Vera hin oder her, ich muss und will mich wieder vermehrt auf die Arbeit konzentrieren, erstens weil ich die Arbeit mag und zweitens, weil ich ja von etwas leben muss. Einen Moment lang gelingt es mir, mich an den Sex von heute Nachmittag zu erinnern, an seine Intensität, dann jedoch wird mir bewusst, dass Vera meine Frage, ob sie fremd gegangen ist, nicht beantwortet hat.

Heißt ihr Liebesgeständnis mir gegenüber automatisch, dass der Mann am Fenster ihr Bruder gewesen ist? Ich starre auf das Etikett meines chinesischen Biers – lese immer und immer wieder seinen Namen, *Tsing Tao*, betrachte auf dem Etikett die Zeichnung eines chinesischen Hauses. Es liegt direkt an einem Fluss oder See. Sehr ruhig und idyllisch.

Warum habe ich trotz aller Liebe, Leidenschaft und Intensität das Gefühl, dass die Beziehung zu Vera keinen richtigen Boden hat, dass mir etwas entgleitet und ich nicht weiß, was es ist? Vera ist mir eine Unbekannte geblieben, ihre Erzählungen über sich und ihre Vergangenheit sind vage und widersprüchlich. Und obwohl sie beteuert hat, wie sehr sie mich liebt, habe ich das Empfinden, dass sie sich nicht wirklich einlässt.

Der Schmetterling flattert von meiner Schulter.

Noch immer glaube ich daran, dass sie es können wird, irgendwann. Sie lässt sich ein, wenn ich entspannter und lockerer werde, eigenständiger und unabhängiger. Wenn ich das Wort mehr ergreife und nicht nur Vera erzählen lasse, wenn ich ein cooleres Auftreten habe und meinen Freundeskreis ausbaue. In die Frauenbrass kommt Vera ja nie, aber wenn ich interessante Menschen – Musiker, Literaten, Künstler – kennen würde, dann möchte sie meine Freunde bestimmt kennenlernen. Ich muss nur weltgewandt und gebildet sein. Ich imaginiere Vera und mich als strahlendes Paar, das spannende Menschen kennt; das in einem verwunschenen Haus lebt, mit Konzertflügel, Katze und Staffelei, einem wild-romantischen Garten und viel Gelächter; ich sehe, wie Vera eine weltberühmte Opernsängerin wird und ich an ihrer Seite um die Welt reise.

Wie ich mir das alles vorgestellt habe, hebt sich meine Laune, und ich bin überzeugt, dass Vera und ich alle Ungereimtheiten beseitigen und einer strahlenden Zukunft entgegengehen werden.

Das Telefon klingelt. Es ist Mandel, die wissen will, ob wir Gina zum Dreißigsten etwas gemeinsam schenken wollen. Zum Beispiel ein anzügliches Gedicht dichten und einen Dildo in Madonnaform schenken, ganz in Ginas Sinn.

Ich finde Mandels Idee genial und verpflichte sie nebenbei zu einer Einkaufstour. Mandel erwähnt nicht, ob sie Vera angerufen hat oder nicht, ich frage sie auch nicht danach. Nachdem ich aufgehängt habe, denke ich, dass Vera nie so anzügliche Geschenke machen würde, sondern etwas Ausgefallenes und Exquisites, einfach etwas Wichtiges, Gehaltvolles. Mandel bevorzugt Dinge, die Spaß machen und zu der jeweiligen Person oder Situation passen. Was sehr schön ist, aber halt nicht so nobel.

Als ich am nächsten Tag Marla im Büro treffe, entscheide ich mich spontan dazu, sie nach der Telefonnummer ihrer Kartenleserin zu fragen. Marla hat mir schon oft empfohlen, mit meinen Beziehungsfragen zu der Frau zu gehen, das würde mir weiterhelfen. Zuvor treffe ich mich mit ihr und Johann, um meine Situation im Büro zu besprechen. Ich demonstriere Selbsteinsicht, gebe ihnen bezüglich ihrer Vorwürfe weitgehend recht und bitte sie, mir eine Chance zu geben, das wieder in Ordnung zu bringen. Sie willigen gern ein.

Zwei Tage später bekomme ich einen Termin bei der Kartenleserin. So weit bin ich also gesunken, dass ich derartige Hilfe annehme! Die Kartenleserin, Frau Schmid, wohnt etwas außerhalb von Bern in einer Siebziger-Jahre–Überbauung mit Sichtbeton und Plastikrutschbahn. Nach dem Klingeln knistert Frau Schmids Stimme durch die Gegensprechanlage, die Haustür surrt, ich trete ein. Aus der Waschküche weht mir der Duft von Weichspüler entgegen, der braune Teppich im Treppenhaus verschluckt meine

Schritte. Ich hätte von einer Kartenleserin erwartet, dass sie in einem alten Haus wohnt, in einem Hexenhaus eben. Frau Schmid trägt einen rosa Homedress, ist gedrungen, etwas rundlich, Typ Kassenfrau. Ihre Hände sind klein, aber kräftig und warm. Sie bittet mich in den Beratungsraum. Auf einem Gestell stehen Kerzenständer in Delfinform, Schalen mit aufgemalten Delfinen, und ein farbiges Bild, auf dem Delfine aus einem türkisblauen See in einen azurblauen Himmel springen, von der Decke hängt ein Klangmobile mit glänzenden Delfinen. Eine goldene Buddhafigur sitzt in meditativer Haltung und mit geschlossenen Augen daneben, ein beruhigender Anblick. Frau Schmid verschwindet in die Küche und kommt mit zwei Gläsern und einer Karaffe zurück. Das Wasser sei energetisch aufbereitet, erklärt sie, sie empfehle mir, während der Sitzung genügend davon zu trinken, damit mein Organismus aufnahmebereit sei.

Nun denn.

Frau Schmid nimmt ein Kartenset aus der Schublade hervor. Ich erkenne es: Mandel hat vor einiger Zeit ein Schaufenster mit solchen Tarotkarten gestaltet. Frau Schmid mischt gekonnt die Karten und fächert sie auf dem Tischtuch aus. »Denken Sie an die Frage, die sie beschäftigt«, fordert sie mich auf.

Ich denke an Vera und mich. *Wie geht es mit unserer Beziehung weiter?*

»Und jetzt ziehen Sie fünf Karten, mit Ihrer Frage im Herzen.«

Ich ziehe nach dem Zufallsprinzip fünf Karten. Frau Schmid dreht sie um und legt sie nebeneinander auf den Tisch.

»Was immer Sie gefragt haben, es ist vorbei. Seien Sie froh, dass es vorbei ist.«

»Es ist überhaupt nicht vorbei, es hat gewissermaßen noch gar nicht richtig begonnen«, werfe ich ein.

»Es war von Anfang an vorbei. Seien Sie froh, es konnte nichts Gutes daraus entstehen.«

»Also bitte, es geht um die Frau meines Lebens!«

Frau Schmid schiebt die Karten zusammen, mischt sie und fächert sie erneut auf. »Die Liebe Ihres Lebens? Wollen wir doch mal sehen, ziehen Sie wieder fünf Karten.«

Ich ziehe die Karten in einer Mischung von Spannung und Ablehnung. Frau Schmid deckt sie auf und beginnt leicht zu lächeln. »Sie haben die Frau Ihres Lebens schon gefunden.«

»Natürlich!«

»Sie müssen das nur noch erkennen und sich darauf einlassen. Es ist eine große Liebe, voller Farben und Möglichkeiten.«

»Ich möchte mich ja so gerne darauf einlassen, aber sie verweigert sich.«

»Die Karten sagen ganz deutlich, dass sich die Frau auf Sie einlassen möchte. Sie sind es, die sich verweigert!«

Ich verstehe die Welt nicht mehr – Vera will sich auf mich einlassen, und ich soll mich verweigern? Wusste ich doch, dass Tarot Humbug ist.

»Sie ist ein echtes Juwel, tragen Sie Sorge dazu. Und öffnen Sie endlich Ihre Augen!«

»Ich könnte meine Augen nicht offener haben!«

Frau Schmid schüttelt energisch den Kopf. »Das haben Sie nicht. Wachen Sie auf, dann eröffnet sich in der Liebe eine wunderbare Zukunft.«

Als ich später die hässliche Überbauung verlasse, bin ich benommen vor Glück, obschon ich der Kartenleserin kein Wort glaube. Es kommt gut mit Vera, wir führen eine wunderbare Beziehung, das Glück steht vor der Tür! Ich bin seit langem wieder einmal zuversichtlich.

Ich betätige die Zentralverriegelung

Ginas dreißigster Geburtstag. Etwa hundert Gäste, vornehmlich Frauen, Freundinnen und Ex-Affären sind eingeladen. Gina bringt es zustande, mit ihren Ex-Bettgefährtinnen freundschaftlich verbunden zu sein. Ihre Eltern stehen verängstigt an der Bar und verlassen nach einer Höflichkeitsstunde das Fest. Ich hätte Vera gerne mitgenommen, aber erstens singt sie heute Abend und zweitens wäre sie vermutlich so oder so nicht mitgekommen. Sie ist noch immer nicht darauf erpicht, meine Freundinnen kennenzulernen. Sie habe schon genug Freundinnen und Freunde, hat sie erklärt.

Es gibt Häppchen und Tanzmusik, Lärm und Rauch. Als Gina das Geschenk von Mandel und mir auspackt, stehen wir am Ende der Bar, hinter den Boxen, so dass wir uns sogar unterhalten können. Wie vermutet, freut sich Gina über unsere Madonna und verspricht uns, sie wenn möglich noch heute Abend auszuprobieren. So genau wollten wir es eigentlich nicht wissen.

Gina schaut den Vibrations- und Drehbewegungen der Madonna fasziniert zu. »Ich hatte vorgestern einen tollen Abend, verrückt, ganz nach meinem Sinn«, beginnt sie freudestrahlend, »ich hatte Abendschicht. Eine Gruppe war angemeldet, *Freunde der Kultur*. Meine Aufgabe war es, die Gruppe zu begleiten und zu leiten, das Übliche halt. Eine Bombenfrau war darunter, sehr weiblich, mit ausdruckstarkem Gesicht und einer kräftigen Portion Selbstvertrauen. Wir warfen uns Blicke zu, und die wurden im Verlauf des Abends immer feuriger, bis ich nicht mehr wusste, wo mir der Kopf stand. Sie kam schließlich auf mich zu und fragte mich, wo sich die Damentoiletten befinden. Ich erklärte ihr, dass ich sie zu ihnen führen könne oder auch darüber hinaus.«

Mandel lacht. »Gina, du hast einen Vogel!«

Gina wirft uns einen triumphierenden Blick zu. »Sie folgte mir, ich führte sie in den ersten Stock, an den Hotelzimmern vorbei zur Toilette. Unten hätte es natürlich auch eine gegeben, aber hier waren wir allein. Ich lehnte an der Wand, als sie wieder herauskam. Da stellte sie sich einfach vor mich hin und küsste mich. Und wie sie küsste! Ich zog sie ins Zimmer Nummer sechs, von dem ich wusste, dass es frei war. Ich sage euch, die Post ging ab!«

»Wer ist sie? Erzähl!« Manchmal beneide ich Gina um ihre verrückten Erlebnisse.

»Sie heißt Natascha, ihrem Dialekt zu urteilen, kommt sie aus der Innerschweiz oder so.«

»Aber die Gruppe, vermisste sie dich nicht?«

»Wir sind schnell zur Sache gekommen, wir waren von der Flirterei ja schon sehr aufgeheizt.« Sie lacht auf.

»Und? Siehst du sie wieder?«, fragt Mandel gespannt.

»Sie hat meine Telefonnummer verlangt, sie werde sich melden – vielleicht.« Sie stellt die Madonna ab und wieder an. »Ich würde sie gern wiedertreffen, schon allein ihr Gang bringt mich in andere Sphären. Sie schwenkt die Hüfte, weil sie das eine Bein nachzieht.«

Mir weicht das Blut aus dem Kopf. »Sie hinkt?«

»Ja, sie hat sich beim Wandern das Knie ganz hässlich aufgeschlagen.«

»Sie hat nicht zufällig Walliserdeutsch gesprochen?«

»Ich weiß es nicht, ich kann Dialekte nicht gut auseinanderhalten. Warum fragst du?«

Bevor ich etwas sagen kann, erwidert Mandel: »Weil sie mit dir nett konversieren will, schließlich ist heute dein Geburtstag.«

Gina umarmt uns lachend, gelähmt liege ich in ihren Armen. Dann verschwindet sie in der Menge. Mandel umschlingt meine Taille, als möchte sie mich stützen. »Sie hat sich das Knie beim Wandern verletzt. Es hat nichts mit Vera zu tun.«

»Aber – aber der Dialekt?«

»Steigere dich jetzt nicht in etwas hinein, das war nicht Vera.«

»Und wenn doch?«

»Traust du ihr das wirklich zu?«

Ich zucke mit den Schultern und starre wie gebannt den obersten Knopf von Mandels Bluse an.

»Liv, ich bestelle dir einen Campari oder was auch immer, das wird dich entspannen.«

Ich nicke nur matt. Während Mandel auf die Bardame wartet, weiß ich nicht, wie mir geschieht. Die Musik tönt von weit her, die anderen Gäste stehen hinter einer Glasscheibe. Ich habe Mandels Arm mit beiden Händen gepackt und klammere mich daran.

»Wenn Natascha Vera ist?«

»Hältst du das ernsthaft für möglich?« Mandel stellt die Getränke vor uns hin.

»Das Schlimme ist, ich weiß es nicht. Ist es nicht bedenklich, dass ich nicht mit Sicherheit sagen kann: Diese Frau ist eine andere? Ich muss Gina ein Foto von Vera zeigen. – Oh nein, ich zeige ihr besser keines! – Aber dann bleibe ich im Ungewissen. – Ich konfrontiere Vera.«

»Beim letzten Mal ist nicht viel dabei herausgekommen.«

»Mir ist hundeelend.«

»Du steigerst dich in etwas hinein.«

»Bist du dir ganz sicher?«

»Ziemlich.«

»Ich möchte gehen, aber es ist Ginas Fest, ich muss da bleiben.«

»Okay, Gina wird unsere Abwesenheit kaum bemerken.«

»Unsere?«

»Irgendwer muss dich ja nach Hause bringen.«

Mandel grinst unbeholfen, vom Tanzen hat sie immer noch wirre Haare. Sie lotst mich durch die Tanzenden, lädt mich auf ihre Vespa und brettert über das Kopfsteinpflaster, sie hat wohl vergessen, dass ich ein verstauchtes Fußgelenk habe. Bei mir zu Hause frage ich Mandel, ob sie nicht bei mir übernachten und mich so lange als möglich von meinen schwarzen Gedanken ablenken könne.

Sie nickt zögernd.

Ich mache uns einen Tee, mit den dampfenden Tassen steigen wir auf die Dachterrasse.

»Es ist so schön hier«, bemerkt Mandel, als sie ans Geländer tritt.

»Sag das mal Vera, sie war nur einmal hier oben, nur einmal! Aber sie hat ja Wichtigeres zu tun, als mich besuchen zu kommen.«

»Du weißt nicht, ob sie es wirklich war.«

»Welche Lesbe humpelt schon, außer Vera und ich im Moment?«

»Solange du keine Beweise hast, solltest du dich nicht in etwas hineinsteigern.«

»Das ist einfach gesagt!«

»Ich weiß. Ist Vera jetzt schon mit ihrer Vorstellung fertig?«

»Falls sie denn eine hatte, ja.«

»Ruf sie an, und frag sie, was sie vorgestern gemacht hat.«

»Mit welcher Begründung?«

»Dass du gemeint hast, sie an einem ungewöhnlichen Ort von der Tram aus gesehen zu haben.«

»Also gut.« Widerwillig nicke ich.

Ich humple zum anderen Ende der Terrasse und wähle Veras Nummer. Sie scheint sich über meinen Anruf zu freuen und fragt, wie das Fest sei, sie höre ja gar keinen Lärm.

Ich schwindele ihr vor, dass ich hinausgegangen bin und sage ihr wahrheitsgemäß, dass ich mich nach ihr sehne. Sie lacht erfreut auf. Ich frage sie, was sie vorgestern gemacht hat. Es sei mir so vorgekommen, als hätte ich sie von der Tram aus gesehen.

Sie sei in Zürich gewesen, das habe sie mir doch gesagt, im Opernhaus, in einer Vorstellung.

»Ach ja, mit Martha, ich erinnere mich.« Ich atme auf. »Wenn wir schon dabei sind, kannst du mir ihre Nummer geben? Eben habe ich einer Frau erzählt, dass Martha ein Haus im Tessin vermietet.«

Vera diktiert mir die Nummer, wir tauschen ein paar Nichtigkeiten aus, bevor wir aufhängen. Ich rufe Martha an, entschuldige mich, dass ich mich so spät melde und erkläre ihr, dass eine Freundin an ihrem Haus im Tessin interessiert sei. Danach frage ich sie nebenbei, wie es in der Oper war.

»Ach, es war wunderbar, aber bestimmt hat dir Vera schon vorgeschwärmt.«

Vera war in Zürich, Gott sei Dank!

Martha fährt fort: »Morgen gehe ich in die Premiere. Nimmt mich Wunder, was sie an der Inszenierung noch verändert haben.«

»Ich verstehe nicht ganz.«

»Wir waren ja nur in der Generalprobe. Ich hätte mich gern noch mit Vera darüber unterhalten, aber leider musste sie gleich wieder nach Bern, wegen eines Treffens, aber das weißt du ja.«

Ich brumme zustimmend. Nach dem Gespräch lehne ich mich ans Geländer. Mandel kommt mit fragendem Gesichtsausdruck zu mir.

»Sie war in Zürich.«

»Na also!«

»Aber nicht am Abend. Am Abend hatte sie ein Treffen in Bern.«

Mandel zieht die Brauen hoch. »Aber du weißt nicht, ob es das im *Bellevue* war.«

»Warum nimmst du Vera in Schutz? Du magst sie doch gar nicht!«

»Weil man kein Urteil fällt, bevor man alle Fakten kennt.«

»Also muss man die Fakten kennenlernen«, sage ich und humple zum Ausgang.

»Was soll das nun wieder heißen?«

»Dass ich Vera aufwarten will. Und du gehst wieder zurück zur Party, es reicht, dass Vera mir den Abend verdorben hat.«

Mandel ist mit meinem Plan nicht einverstanden, aber sie weiß, dass ich mich nicht davon abhalten lasse, und schweigt. Ich nehme das Auto. Jedes Mal, wenn ich den rechten Fuß aufs Pedal drücke, fährt ein Schmerz durch meinen Körper. Mandel hat mich beim Abschied gemustert, mich kurz umarmt und ins Ohr geflüstert, dass ich achtgeben solle. Ich habe bloß eine wegwerfende Bewegung gemacht.

Ich finde einen Parkplatz direkt vor Veras Haus und warte. Schon wieder bin ich hier, denke ich, schon wieder aufgebracht, verletzt und vorwurfsvoll. Ich laufe im Kreis. Ich warte und warte, höre Radio. Es wird Mitternacht, ein Uhr, halb zwei Uhr, dann bin ich wohl eingeschlafen, denn ich schrecke hoch, weil jemand an die Scheibe klopft. Vera schaut grinsend herein. Es ist Viertel nach zwei. Vera öffnet die Tür.

»Meine Süße, hast du auf mich gewartet? Wie süß von dir!«

Sie ist etwas beschwipst.

»Ja. Ich muss mit dir reden.«

»Huch, schon wieder, das wird noch zur Gewohnheit. Wir könnten auch etwas anderes machen.« Sie blickt mich vielsagend an.

»Komm ins Auto.«

Sie geht tatsächlich ums Auto herum und setzt sich auf den Beifahrersitz.

»Du warst vorgestern im Opernhaus, stimmt's?«

Vera nickt zustimmend.

»Am Abend dann bei einer Versammlung im *Bellevue*.«

»Wie ich dir erzählt habe.«

»Hast du nicht, aber egal. Und dort hattest du heißen Sex mit einer Bellevue-Angestellten im Zimmer Nummer sechs.«

Vera hebt den Kopf. Ich könnte wetten, dass ein Moment lang Panik über ihr Gesicht huscht, bei diesem Licht ist es aber nicht klar ersichtlich.

»Sie heißt Gina, ist eine Freundin von mir und feiert heute ihren dreißigsten Geburtstag. Du bist auch eingeladen gewesen.«

»Ich bin müde und beschwipst. Reden wir ein anderes Mal darüber.«

Ich betätige die Zentralverriegelung. »Du gehst nirgends hin. Hattest du Sex mit Gina?«

Vera seufzt, während sie mehrmals den Türöffner erfolglos betätigt. Dann blickt sie zu mir. »Liv, was mache ich nur mit dir?«

»Hier stellt sich wohl eher die Frage, was ich mit dir tue!«

»Ich hatte keinen Sex mit Gina, Ehrenwort.«

Sie zieht mehrmals am Sicherheitsgurt, zieht und lässt ihn zurückschnellen. »Aber als ich aus der Toilette kam, stand sie dort, packte und küsste mich. Ich war so überrumpelt, dass ich mich auf den Kuss einließ. Sie wollte mehr, da habe ich sie weggestoßen. Ich stehe nicht auf schnellen Sex. Mit dir bin ich zusammen, mit dir!«

Endlich lässt sie den Gurt los. »Liv verzeih, ich wollte das nicht. Außerdem küsst diese Gina nicht eben überwältigend.«

Ich lege meinen Kopf aufs Steuerrad. »Ich weiß nicht, wem ich glauben soll. Steig bitte aus, ich will nach Hause, ich brauche Schlaf.«

»Nein, bleib bei mir. Ich brauche dich«, sagt Vera leise. »Ich will Nähe zu dir, ich will dir zeigen, wie viel du mir bedeutest.«

Ich kann ihrer leisen Stimme nicht widerstehen, auch heute Nacht nicht, obwohl ich sollte.

»Bitte, Liv, komm mit mir.«

Ich hätte vielleicht auch zurückgeküsst, überlege ich, in dieser Situation.

»Ich habe mich den ganzen Abend nach dir gesehnt.«

Sie ist ehrlich zu mir gewesen, das muss man ihr hoch anrechnen. Ich öffne die Zentralverriegelung, Vera steigt aus und kommt auf meine Seite. »Süße, du bist ja todmüde! Komm, du brauchst Schlaf, und pass auf deinen Fuß auf.«

Sie nimmt die Krücken vom Hintersitz und stellt sie vor mich hin.

»Du hast Gina gesagt, dass du dein Knie beim Wandern zerschmettert hast.«

»Ja, ich fand, sie musste nicht den wahren Grund kennen. Wer gibt schon gern zu, dass Schwester Angela in der Nonnenschule mit einem Stock dem Knie irreparable Schäden zugefügt hat.«

»Ich dachte, dass –«

»Schscht, du bist müde, lass uns reingehen.«

Und so steige ich aus dem Auto. Vera erzählt mir von ihrem Tag und tut es noch, als wir im Bett liegen. Sie kuschelt sich in meine Arme, und ich frage mich, warum ich kaum jemals in ihren liege. Als sie mir den Rücken zukehrt und ich mich an ihn lege, frage ich mich weiter, warum sich Vera nicht an meinem Rücken legt. Veras Glieder zucken und werden schwer, ihr Atem tief. Eine Stunde liege ich an ihrem Rücken, finde aber keinen Schlaf. Ich stehle mich aus dem Bett und mache mir einen Tee. Die Worte der Kartenleserin kommen mir in den Sinn – dass Vera für eine Beziehung offen sei, aber ich nicht. Ist das wirklich so? Will ich nicht mit jeder Faser meiner Existenz, dass unsere Liebe gedeiht? Oder mache ich mit meinem Misstrauen und meiner Eifersucht alles kaputt?

Als ich den Tee ausgetrunken habe, schreibe ich Vera einen Zettel, dass ich nicht schlafen könne und nach Hause gegangen sei.

Leise ziehe ich die Wohnungstür hinter mir zu.

Die Hoffnung ist eine hinterlistige Gesellin

Gleichgültig, was man tut oder lässt, was man erlebt oder ausspart, egal, ob man glücklich ist oder verzweifelt – die Zeit läuft immerzu weiter. Sie wickelt Stunde um Stunde ab, Tage werden zu Wochen, Wochen zu Monaten und Monate zu Jahren, völlig unabhängig davon, womit wir die Stunden, Tage, Wochen und Jahre füllen. Mag die Seele auf dem Zahnfleisch gehen, mag das Leben aus Fragezeichen beste-hen, mag man beim besten Willen nicht mehr über den Rand des eigenen Suppentellers hinaussehen: Die Erde dreht sich um die Sonne und steuert uns durch die Jahreszeiten. Aus der Perspektive der ewig rotierenden Himmelskörper wirkt Liebeskummer lächerlich und kindisch. Nur derjenige, der daran leidet, weiß, wie schrecklich er ist. Dass er dem Weltuntergang verteufelt ähnlich sieht.

Als ich Veras Wohnung verlasse, schlittere ich in tiefste Weltuntergangsstimmung. Obschon Vera beteuert hat, wie sehr sie mich liebe, fühle ich mich geprellt.

Es ist nämlich so, dass ich Vera nicht glaube.

Ich drehe die Musik im Auto voll auf und fahre mit schmerzendem und pochendem Knöchel nach Hause. Es ist halb vier Uhr in der Frühe. Ich bin leer wie das Münster an einem Vormittag. Vielleicht fallen ein paar Sonnenstrahlen durch die hohen, farbigen Fenster, vielleicht geht der Sigrist geschäftig vorbei. Die Bänke knarren, wenn man darauf sitzt; dieses Knarren verliert sich in der Stille, die fast so greifbar und sichtbar ist wie Wasser. Die Gedanken und

Gefühle sind gebeten worden, vor dem Tor zu warten – es gibt nur die Stille, die Leere und mich.

Und die Einsicht, dass es so nicht weitergehen kann.

Die Straßen sind um diese Nachtzeit wie leergefegt, das Licht der Straßenlampen weicht den schlafenden Schatten, um sie gleich wieder wegzujagen. Ich liebe das Gefühl der Einsamkeit auf leeren Straßen, und auf einmal empfinde ich das Bedürfnis, weiterzufahren, in die Nacht hinaus, immer weiter. An der Wankdorfkreuzung biege ich kurzerhand ab und nehme die Autobahn Richtung Lausanne. Ich beschleunige und schalte hoch. Ich beschleunige weiter, Berns Lichter bleiben zurück, die Nacht erhält ihr dunkles und verschwiegenes Gesicht zurück.

Dahinrollend denke ich über die letzten Wochen und Monate nach. Wie aufregend, erregend, anstrengend und unruhig sie gewesen sind! Ich habe mit Vera die ganze Spannbreite der Gefühle durchlebt, von maßloser Glückseligkeit bis ebenso maßloser Verzweiflung. Die Begegnung mit ihr hat uralten Staub aufgewirbelt. Nun stehe ich in dieser aufgewirbelten Luft, und das Atmen fällt mir schwer. Mag sein, dass ich in den letzten sieben Jahren meine Liebesideale zu sehr hochgeschraubt habe, mag sein, dass sich meine Erwartungen an Beziehungen gar ins Unermessliche gesteigert haben. Trotzdem, kann ich von der Liebe nicht ein Mindestmaß an Zufriedenheit, Erfüllung und Glück erwarten?

Auf der Höhe von Flamatt denke ich über die Zeit mit Antonia nach. Darüber, wie wir immer und immer wieder das gleiche Spiel wiederholten: Sie wollte mich, wenn ich mich zurückzog, und stieß mich von sich, wenn ich ihr nahe kam. Ein erschöpfendes Komm-her-geh-weg-Spiel, das mich mit der niederschmetternden Überzeugung zurückließ, dass man mich wohl nicht lieben kann. Ich hatte gemeint, dass es mit Vera anders sei, am Anfang. Heute muss ich eingestehen, dass sie mir manchmal sogar noch dann entgleitet, wenn sie in meinen Armen liegt.

Außerdem deutet vieles darauf hin, dass sie auch in andern Armen liegt.

Tiefste Gefühle und große Not hat Vera in mir entfacht, sie hat mich daran glauben lassen, dass es *den* Menschen fürs ganze Leben gibt. Zugleich bringt sie es spielend leicht zustande, diese Illusion zu zerstören. Längst müsste ich die Hoffnung aufgeben, dass Vera und ich eine gemeinsame Zukunft haben. Aber die Hoffnung ist eine hinterlistige Gesellin: Sie gibt einem die Kraft fortzufahren, obschon man schon lange ablassen sollte. Sie tut es, indem sie den Blick auf die Wirklichkeit verschleiert, indem sie einem zuflüstert, dass sich alles bestimmt noch in die gewünschte Richtung entwickelt, nur Geduld.

Im Niemandsland zwischen Bern und dem Genfersee erkenne ich einen kostbaren Moment lang, dass ich beenden muss, was nie richtig begonnen hat.

Als ich bei St. Denis vorbeifahre und die Autobahn nun steil zum See hinunterführt, sehe ich, dass der Himmel über den Walliser Berge heller wird. Der Gedanke ans Wallis, an Vera, die von dort stammt, erschüttert meinen eben erlangten Gleichmut wieder. In Vevey nehme ich die Hauptstraße den See entlang. Autofahrend warte ich darauf, dass ein Café öffnet. Allmählich erwacht das Leben, Lastwagen fahren vorbei, Fenster leuchten auf, der See wird als graue Masse erkennbar. Ich fahre am mondänen Montreux vorbei, weiter bis nach Villeneuve, wo ich wieder die Autobahn zurück nach Vevey nehme. Die Autobahn führt oberhalb der Dörfer durch die Weinberge, der Blick auf den See ist von hier aus überwältigend. Er ist ein dunkles Graublau, ein tiefes Graublau, ein blasses Blau. Der Himmel erhellt sich bis nach Genf. In Vevey fahre ich zum Marktplatz, der direkt am See liegt. Ich parke, ziehe mir die Jacke über und nehme die Krücken aus dem Auto. Erst einmal humple ich zum See und schaue eine Weile den kleinen Wellenbewegungen zu, dann mache ich mich auf die Suche nach einem Bistro, das so früh schon geöffnet hat. Ich finde keines, aber vor einer Bar steht ein älterer Mann, der mich scheinbar beobachtet hat. Er kommt auf mich zu, fragt, ob ich Lust auf einen Kaffee habe. Ich bejahe, bin erfreut, Französisch reden zu können, das ich recht gut beherrsche, aber viel zu wenig anwenden kann. Der Mann lädt mich in seine Bar ein, ein Angebot, das ich glücklich annehme.

Er hilft mir mit den Krücken und fragt mich nach meinem Unfall. Der Espresso, den er mir vorsetzt, ist exzellent. Wir kommen ins Gespräch. Er erzählt mir von seiner Frau, die vor kurzem gestorben ist, und davon, dass er jetzt alles mit anderen Augen sehe. Es sei nicht immer einfach mit ihr gewesen, aber mit ihm wohl auch nicht, und doch hätten sie es gut miteinander gehabt. Wenn er nochmals von vorne anfangen könnte, würde er einiges anders machen. Er würde nicht ständig anderen Frauen hinterherschauen und sich überlegen, wie es mit denen wäre – falls ich wisse, was er meine. Er würde früher nach Hause gehen und die Zeit mit seiner Frau voll auskosten. Aber jetzt sei es zu spät dafür.

Ich nicke verständnisvoll, weiß aber nicht, was ich dazu sagen soll. Der Tag wischt die Menschen aus den Häusern, das geschäftige Leben nimmt sich seinen Platz. Der Mann öffnet die Bar, ältere Männer kommen herein, trinken ihren Espresso und unterhalten sich angeregt, während eine Zigarette in ihrem Mundwinkel hängt und Asche verstreut. Mandel würde es hier gut gefallen, das weiß ich. Ihr Französisch ist zwar grottenschlecht, aber sie würde sich trotzdem mit den Männern unterhalten. In diesem Moment geht mein Handy. Ich verwette meine Krücken darauf, dass es Mandel ist. Es kommt vor, dass sie sich genau dann meldet, wenn ich an sie denke.

Ihre SMS ist kurz und bündig: **– Alles paletti?**

Ich rufe sie an und erzähle ihr, wie der gestrige Abend ausgegangen ist und dass ich jetzt in Vevey sitze und guten Kaffee trinke. »Was meinst du, wer hat die Wahrheit gesagt, Gina oder Vera?«, frage ich.

»Woher soll ich das wissen können? Am besten du fragst Gina.«

»Aber was ist deine persönliche Meinung?«

»Das spielt keine Rolle.«

»Doch, du bist meine beste Freundin.«

»Deswegen weiß ich noch lange nicht, was zwischen den beiden abgelaufen ist.«

»Du könntest ein bisschen so tun, als wüsstest du es.«

»Liv!«

»Ich sehe von hier aus die Walliser Berge. Ich könnte nach Brig fahren und Veras Familie ausfindig machen.«

»Und wofür?«

»Um etwas über Vera zu erfahren. Um sie besser zu verstehen.«

»Na ja.«

»Eine Schnapsidee, ich weiß.«

Mandel brummt zustimmend. »Heute sind es drei Monate her, dass Chléo mich verlassen hat.«

»Tut es noch sehr weh?«

»Mehr die Tatsache, dass schon wieder eine Beziehung Schiffbruch erlitten hat. Ich mache etwas falsch.«

»Ach was. Ich würde dich sofort heiraten.«

»Wenn was?«

»Was?«

»Wenn was wäre, würdest du mich sofort heiraten?«

»Wenn du nicht meine beste Freundin wärest.«

»Und wenn ich nicht deine beste Freundin wäre?«

»Dann würden wir heiraten. Aber da wir nun mal die besten Freundinnen sind, muss jemand anderer den Kopf hinhalten. Mandel, worüber genau reden wir?«

»Frag mich nicht.«

Humpelnd entferne ich mich vom Hinkebein

Als wir an der Reling stehen, hält mich Mandel fest. Ich sage ihr, dass das nicht nötig sei, aber sie insistiert. Mit meinem Fliegengewicht könnte mich der kleinste Wind über Bord wehen, erklärt sie. Ich habe tatsächlich schon mehr Fleisch an den Knochen gehabt als zurzeit. Wenn man abnehmen will, gibt es kein probateres Mittel als Liebeskummer. Nur wollte ich gar nicht abnehmen, und Liebeskummer haben erst recht nicht.

Je weiter wir vorankommen, desto mehr weicht die Nacht zurück. Schweden kennt um diese Jahreszeit bekanntlich nur die Dämmerung und weiter im Norden nichts mehr, was an Nacht erinnern würde. Wir befinden uns seit Stunden auf offener See, trotz Hochsommer ist es etwas kühl, am Himmel spielen Wolken *Fang mich*. Wir sind mit dem Nachtzug nach Kiel gefahren. Davor stand ich in Bern am Bahnhof und habe weinend verkündet, dass ich nicht mitkäme, ich könne einfach nicht. Mandel hat mich und die Rucksäcke gepackt und im Waggon verstaut, Widerstand zwecklos. Wir hatten Liegeplätze gebucht, ich lag auf meinem Bett und weinte lautlos zum Rattern des Zuges. Ich war am Ende, der Kummer schmirgelte unentwegt über mein Herz.

In jener Nacht, als Vera zugab, Gina geküsst zu haben, geriet unsere Beziehung endgültig in eine Schieflage. Ich habe nicht gewagt, Gina zu fragen, was an diesem Abend wirklich geschehen ist. Ich hätte es nicht ertragen, wenn sie auf ihrer Version beharrt hätte. Ich ließ es auf sich beruhen, und weil Vera in der folgenden Zeit geradezu ein Engel war, begann ich wieder Vertrauen zu fassen.

Ein paar Wochen später saß ich im *Obolle* vor einer wohlverdienten Tasse Kaffee, als sich zwei Männer an den Nebentisch setzten. Ich realisierte das erst, als ich von meiner Zeitung aufschaute, um nach meiner Tasse zu greifen. Mein Blick streifte den Mann, der mir schräg gegenüber saß. Ich kannte ihn von irgendwoher, woher wusste ich nicht. Wenn ich ein Gesicht kenne, es aber nicht zuordnen kann, muss ich so lange überlegen und gucken, bis es mir in den Sinn kommt. Auch diesmal. In mir existierte nur noch die Frage: Woher, woher, woher kenne ich den? Situationen, Begegnungen ratterten vor meinem inneren Auge vorüber – bis, ja, bis ich die Antwort fand. In meinem Magen wurde es siedend heiß: Der Mann war ohne jeden Zweifel Veras Bruder, den ich von der Mauer aus gesehen hatte!

Ich wollte ihn schon spontan ansprechen und ihm sagen, dass ich seine Schwester kenne, als mir etwas Merkwürdiges auffiel: Der Mann sprach Berndeutsch. Er sollte aber wie Vera Walliserdeutsch sprechen, er war ja angeblich in Zermatt aufgewachsen. Ich senkte den Blick auf meine Zeitung und lauschte. Sie sprachen über Beleuchtungssysteme. Im Verlauf des Gesprächs kristallisierte sich heraus, dass die Männer Beleuchtungen und Tonanlagen vermieteten – unter anderem auch an das Stadttheater! Mir wurde übel. Veras Bruder aus dem Wallis war ein Berner, den sein Job sporadisch an Veras Arbeitsort führt. Vera hatte mich angelogen.

Als ich sie mit meiner neuen Erkenntnis konfrontierte, rastete sie aus. Ob ich vom FBI sei oder sonst einen Schaden hätte? Ich würde sie einengen und kontrollieren, so ginge das nicht mehr weiter.

»Zur Abwechslung könntest du mir ja mal die Wahrheit sagen«, erwiderte ich. »Hattest oder hast du noch immer etwas mit diesem Mann?«

»Wenn du kein Vertrauen in mich hast, dann trenn dich

doch von mir! Du bist ein Kontrollfreak, du erstickst mich! So etwas macht jede Liebe kaputt. Es wird immer schlimmer, und bei aller Liebe, das mache ich nicht mehr mit.«

Da flippte auch ich aus. »Sag mir endlich, ob du fremd gegangen bist oder nicht! Ich muss das wissen, ich muss wissen, ob ich meinen Wahrnehmungen trauen kann. Wenn du dich trennen willst, so tu das in Gottes Namen, aber sag mir die Wahrheit!«

Vera verschränkte ihre Arme und schwieg.

»Tu mir das nicht an! Das habe ich nicht verdient, du bist mir eine ehrliche Antwort schuldig. «

Aber sie schwieg beharrlich. Mit versteinertem Gesicht sah sie zu, wie ich meine Habseligkeiten zusammenpackte und ging. Sie hielt mich nicht zurück.

Ich versank in Trübsal und Apathie. Stürzte mich in die Übersetzungsarbeit, zu Hause zog ich die Decke über den Kopf. Es hätte mich nicht verwundert, wenn mein Herz nicht nur im übertragenen Sinn, sondern tatsächlich geblutet hätte. Zwei Wochen später stand Vera vor meiner Wohnungstür und eröffnete mir, dass sie ohne mich nicht leben könne. Es war eine phantastische und mitreißende Vorstellung. Ich glaubte ihr. Kippte alle meine Befürchtungen und jeden Menschenverstand über Bord und warf mich ihr an die Brust.

Wieder zwei Wochen später besuchte ich die Frauenbrass, wie immer ohne Vera. Es war ein schöner Abend, wir saßen im Garten. Stolz führte ich meinen Freundinnen vor, wie ich wieder normal gehen konnte. Nicht, dass das eine interessiert hätte. Im Verlauf des Abends erzählte Gina aufgeregt, dass sie die geheimnisvolle Frau vom Bellevue wiedergetroffen habe, und dass die Post voll abgegangen sei.

Ich sagte mit jener Ruhe, die vor dem Sturm kommt, wenn die Vögel verstummen, die Blätter an den Bäumen wie Blei von den Ästen hängen und das Windrad erschlafft – mit jener Ruhe sagte ich, bei der Frau sei doch etwas mit dem Knie gewesen, aber ich wisse nicht mehr was. Gina erzählte, dass sie beim Schlittschuhlaufen mit vollem Karacho in eine gestürzte Kollegin gefahren sei, Knie voran in die Eisen. Ich fragte weiter, warum sie immer noch hinke. Gina zuckte mit den Schultern.

Ich trank den Rotwein, legte zwei Scheine auf den Tisch und sagte: »Gina, du hast es mit Vera getrieben. Mit meiner Vera.«

Ich stand auf, nickte einer entsetzten Gina und meinen erschrockenen Freundinnen zu und ging. Bevor ich die Brasserie verließ, fragte ich an der Theke nach einer Plastiktüte. Sie hatten nur eine riesengroße, aber das war mir gerade recht. Als ich mich aufs Fahrrad schwang, fühlte ich mich vollkommen kühl und leer. Beim Stadttheater sagte mir ein Schauspielerkollege, dass Vera in den *Falken* gegangen sei. Mechanisch stieß ich mein Rad dorthin. Die Kollegen an Veras Tisch grüßten mich herzlich, auch Vera tat fürchterlich erfreut, ich nickte nur und bedeutete ihr, mit mir zu kommen. Widerstrebend folgte sie mir nach draußen. »Liv, was ist los?«

Ich wedelte mit der riesigen Plastiktüte vor ihrem Gesicht. »Hier hast du all deine Sachen zurück, die du während deinen *zahl-rei-chen* Besuchen bei mir deponiert hast. In der Tüte befinden sich auch alle deine Seitensprünge und Lügengeschichten. Ich hoffe, es hat im *Bellevue* Spaß gemacht. Wahrscheinlich schon, Gina ist bestimmt eine hervorragende Liebhaberin.«

Ich drückte Vera die Tüte in die Hand, sie nahm sie verstört entgegen und guckte doch tatsächlich hinein. Als sie zu mir aufschaute, hatten sich ihre Gesichtszüge zu einer raffinierten Mischung aus Entsetzen, Schuldbewusstsein, Herzschmerz und Um-Verzeihung-heischen vermischt. »Liv, Liebe, es ist nicht so wie –«

»Oh, bitte erspar mir den dümmsten aller dummen Sätze, den man in jedem zweiten Liebesfilm serviert bekommt!«

Ich kickte kräftig in den Sandstein der Arkade, was wieder einmal beweist, dass Liebeskummer dumm macht, ich kickte nämlich mit dem Fuß, den ich eben noch als vollständig geheilt vorgeführt hatte. Der Schmerz trieb mir Tränen in die Augen. »Und weißt du was: Ich habe keine Ahnung, was wirklich mit deinem Knie ist, immer erzählst du eine andere Geschichte! Zum Abschied könntest du mir ja noch die richtige verraten.«

Vera schaute mich verstört an, sie atmete tief ein. »Du willst es wissen? Du willst immer alles wissen, damit du die Kontrolle über mich hast! Also gut: Mein Vater ist jähzornig und gewalttätig, mehr brauche ich dir wohl nicht zu sagen! Außer dass man Holzscheite für verschiedene Dinge benützen kann.«

Ich nickte bedächtig, so wie man es tut, wenn das Gegenüber nicht alle Tassen im Schrank hat. »Ist das der gleiche Vater, den du in einer anderen Version als sanftmütig und großzügig beschrieben hast? Vera, das mit uns ist Geschichte. Ich bin fertig mit dir.«

Ich drehte mich um und humpelte davon. *Humpelnd entferne ich mich vom Hinkebein,* denke ich und beginne über diesen absurden Satz zu kichern. Prustend packte ich mein Fahrrad. Ich hörte Vera hinter mir leise und sehr leidvoll »Liv, bitte!« rufen, worauf ich nun richtig loslachte, mich aufs Rad schwang und dabei fast in einen Passanten fuhr, der sich darüber aufregte, aber nichts sagte.

Auf dem Heimweg kreiste die Verzweiflung wie ein ausgehungerter Aasgeier über mir. Sie würde früher oder später auf mich stürzen und mir die Augen aushacken. Sollte sie doch. Mein Herz war stumpf geworden von dem ewigen Auf und Ab und Hin und Her mit Vera. Irgendwie saß ich gleichzeitig hinten auf dem Fahrrad und wunderte mich, dass ich weder schwach geworden war noch weinte. Dass ich stattdessen alle zukünftigen Treffen mit Vera in meiner inneren Agenda durchstrich, dass ich alle Opernbesuche stornierte, die ich in der Zukunft hätte gemacht haben können.

Zum verflixt hundertsten Mal fand ich mich auf der Dachterrasse wieder und versuchte meine Situation gedanklich zu ordnen. Das wohl Bemerkenswerteste an dieser Geschichte war die Tatsache, dass ich Vera erblickt hatte und in diesem Augenblick überzeugt gewesen war: Sie ist meine Frau fürs Leben. Die Liebe, oder was ich dafür gehalten hatte, schlug wie ein Blitz in mein Herz ein. Endlich war ich verliebt, endlich erhielt mein Leben Bedeutung und Sinn, endlich übernahm die Liebe das Zepter. Von wegen. Lug und Betrug machten sich breit. Ich stand in einem Spiegelkabinett und sah überall Vera, aber nirgends fand ich sie, ich ließ mich von Spiegelbildern umgaukeln, manchmal war es nur mein eigenes.

Während ich am Geländer stand und hinunterspuckte, überlegte ich mir, worüber ich enttäuschter war – über Veras Betrug oder darüber, dass ich sie falsch eingeschätzt hatte. Ich entschied mich für letzteres, denn mit einem solch lausigen Urteilsvermögen würde ich Menschen nie trauen können. Wie sollte ich mich auf eine Beziehung einlassen können, wenn ich zwischen Verblendung und Klarsicht nicht unterscheiden konnte?

Diese Frage beunruhigte mich mehr als alle anderen.

Veras Reaktion ließ nicht lange auf sich warten. Sie sprach Monologe auf Mailbox und Anrufbeantworter. Sie stritt ihre Seitensprünge irgendwie ab und auch wieder nicht, sie schmeichelte, heuchelte, bettelte, tobte, klagte mich an, machte sich über meine Paranoia lustig oder schluchzte herzerweichend. Sie stieg ein drittes Mal die fünf Stockwerke zu meiner Wohnung hoch und klingelte Sturm. Als ich öffnete, zog sie gekonnt alle Register ihrer Verführungskünste. Mandel, die bei mir zu Besuch war, trat hinter mich. Vera ließ ihre Show wie einen stinkenden Fisch fallen. Hasserfüllt musterte sie Mandel und zischte: »Ich wusste doch, du bist dieser Raphaela hörig!« und stürmte die Treppen hinunter.

Danach ließ sie nichts mehr von sich hören, was ich fast

noch schwerer ertragen konnte. Es war die Hölle, und ich fühlte mich etwa so standhaft wie Zittergras. Ich hatte nicht aufgehört, Vera zu lieben, aber die Verletzung hatte aus dieser Liebe eine Farce gemacht. Ich erkannte, dass man nie ein hundertprozentiges Nein für einen Menschen spürt, den man geliebt hat. Bei Vera sprachen fünfundsechzig Prozent gegen und fünfunddreißig für sie. Wenn man in der Liebe mit Prozentrechnungen beginnt, ist wohl alles verloren.

Eine Zickzacklinie zog sich nun durch diese Liebe, die so fulminant begonnen hatte. Vielleicht war sie sogar ganz zerbrochen – Scherben, auf die ich trat und die mir blutige Füße bescherten.

Ein Teil von mir ging zur Arbeit, ein anderer bedankte sich bei Mandel oder Vater, wenn sie für mich einkauften, ein weiterer Teil stellte sich unter die Dusche, putzte sich die Zähne, wusch die Wäsche, und noch einer tauschte freundliche Worte mit den Nachbarn aus. Ich war noch nie so gut im Billard, mit schlafwandlerischer Sicherheit lochte ich ein, Mandel kam aus dem Staunen nicht heraus. Aber wenn Lorenz, der Billardmann, mich in seine Arme nahm, an seine tätowierte Brust drückte, in sein Aftershave hüllte und mir das Versprechen entlockte, wieder mehr zu essen, liefen Tränen über meine Wangen. Wie ein Bach stürzten sie herunter, mein Herz tat weh, zugleich fühlte sich das Weinen gut und befreiend an. Auf seltsame Art war es ein köstlicher Augenblick, voller Schönheit und Erhabenheit.

Mandel packte mich unter den Arm, setzte mich auf die Vespa und fuhr mit mir durch den jungen Sommer. Sie machte das in letzter Zeit oft, meistens landeten wir auf einem Aussichtspunkt, denn sie wusste, wie gern ich in die Weite schaue, erhaben über alle Sorgen, welche die kleinen Menschlein in den kleinen Häuschen beschäftigen. Sie entführte mich auf die Moosegg, auf das Stockhorn, auf den Niesen, den Beatenberg, das Guggishörnli und einmal sogar aufs Jungfraujoch – der Kanton Bern ist ja vollgestopft mit Hügeln und Bergen. Wenn wir genug in die Ferne geschaut hatten, zog Mandel ein Buch aus der Tasche und las mir vor. Ich weiß weder den Titel noch den Autor noch die Handlung des Romans, aber die Worte und Sätze woben einen Teppich unter mir, auf dem ich mich etwas ausruhen konnte.

Der Tag unserer Abreise nach Schweden nahte. Ich hätte mich gern mit Mandel gefreut, aber Freude befand sich nicht im Repertoire meiner verfügbaren Gefühlsregungen. Während ich wie ein Sack Kartoffeln im Sofa saß, suchte Mandel meine Sachen für die Reise zusammen. Folgender Dialog entwickelte sich zwischen uns:

»Wie viele Slips soll ich dir einpacken?«

»Ist egal. Genug.«

»Willst du den grünen oder braunen Pullover mitnehmen?«

»Ja.«

»Das ist keine Antwort.«

»Nimm den grünen – oder sonst halt den braunen.«

Stöhnen aus dem Schlafzimmer, aber kein wollüstiges. »Wo ist dein Badeanzug?«

»Ich will nicht baden, in Schweden kann man nicht baden, das Wasser ist eisig.«

»Ah, ich hab ihn gefunden.«

»Den Laptop musst du auch einpacken«, sagte ich.

»Vergiss es, in den Ferien wird nicht gearbeitet!«

»Was sollen wir denn sonst tun?«

»Wandern, spazieren, baden, auskundschaften, lesen, spielen, sonnenbaden, Verwandte besuchen, fotografieren …«

»Ich will keine Verwandten sehen. Ich will eine rauchen.«

»Das ist ja mal was Neues!«

»Rauchen passt zu jemandem, der am Leben zerbrochen ist.«

Mandel steckte den Kopf ins Wohnzimmer und verdrehte die Augen.

»Wusste ich es, nicht mal meine beste Freundin versteht mich«, sagte ich.

Mandel packte mich an den Händen und zog mich hoch. »Deine beste Freundin sagt dir jetzt: Reiß dich am Riemen und pack dein Zeug selber ein, ich bin es müde, deine Handlangerin zu spielen.«

In Kiel stiegen wir auf die Fähre, die uns nach Göteborg bringen würde. Wir bezogen unsere Kabine, warfen die Rucksäcke achtlos auf die Betten und machten uns auf Entdeckungsreise. Wir erforschten die Decks, steckten unsere Nasen in die Läden und Restaurants. Mandel immer etwas voraus, plappernd und gestikulierend. Wie es ihre Art ist, kam sie mit den unterschiedlichsten Menschen ins Gespräch, versuchte sich mit Deutsch, Englisch und Französisch. Dann endlich standen wir an der Reling. Mandel hielt mich an der Jacke fest, weil wie gesagt das Klappergestell sonst vom Schiff geweht worden wäre. Der Fahrtwind blies mir Mandels Locken ins Gesicht, so dass ich ihr Lavendelshampoo riechen konnte. Ich schubste sie von mir weg, aber weil sie mich festhielt, wurde ich mitgezogen. Mandel lachte auf, da kniff ich sie in die Seite.

Ich muss ihr recht geben, auf einem Schiff zu reisen ist entspannend und schön, das sind schon Ferien. Wir gehen einen Kaffee trinken, danach verliert Mandel an einem einarmigen Bandit eine Handvoll Euros. Wir verspeisen das Mitgebrachte auf dem Bett sitzend, trinken dazu einen Rotwein, den wir im Hafen von Kiel gekauft haben. Im Fernsehen entdecken wir einen Sender, der nur dazu da ist, aufzuzeigen, wo genau wir uns auf dem Weg nach Göteborg befinden.

Als wir nach elf Uhr aufs Deck zurückkehren, ist es immer noch hell, was Mandel in Erstaunen versetzt, obwohl sie gewusst hat, dass es so sein würde. Ich bringe sie fast nicht mehr vom Deck, so fasziniert ist sie von dieser weißen Nacht. Später im Bett liege ich auf dem Rücken und starre die Decke an. Wie soll ich bei dieser Helligkeit einschlafen? Gedanken an Vera bestürmen mich. Ich versuche sie abzuwehren. Wie wehrt man sich gegen einen Mückenschwarm?

Alles Fuchteln nützt nichts, wegrennen müsste man, aber vermutlich rennt man nur im Kreis und gerät wieder in den Schwarm.

Ich höre Mandels tiefem Atem zu. Es sind unsere ersten gemeinsamen Ferien – wie das wohl sein wird? Es wäre nicht das erste Mal, dass eine Freundschaft während einer Reise in die Brüche geht. Ich schaue zu ihr hinüber, sie liegt auf der Seite, ist weitgehend abgedeckt, die Füße ragen über den Bettrand hinaus. Sie zeigt einen gewissen Eifer beim Schlafen, zwischendurch hebt und senkt sie ihre Augenbrauen, wohl im Takt zu ihrem Traum. Sie sieht verletzbar und schutzlos aus. Ein schönes Gesicht. Und während ich sie betrachte, frage ich mich, wie es kommt, dass dieser wunderbare Mensch einen Liebesschiffbruch nach dem anderen erleidet. Sie hätte vom Aussehen bis zum Charakter (von ihren nervigen Seiten mal abgesehen) alle Voraussetzungen für eine schöne Beziehung. Und ich bin doch auch kein Monster, oder?! Vielleicht werden Lesben mit verkorksten Beziehungen bestraft, weil sie eine abartige Neigung haben. So jedenfalls könnten Fundamentalisten argumentieren. Ich schüttle den Kopf, als könnte ich dadurch meine elenden Gedanken loswerden. Aber Gedanken sind keine Wassertropfen, die sich einfach aus dem Haar schütteln lassen, Gedanken sind eher wie Pech, das in den Gehirnwindungen kleben bleibt und Gestank verbreitet.

Die Vorstellung von Hirnwäsche ist in solchen Momenten gar nicht so uninteressant.

Okay, dann hiss die Segel!

Meine Cousine Anja bereitet uns einen schönen Empfang. Ich habe als Kind während der Sommerferien viele Wochen in Schweden verbracht, meistens bei der Familie meiner Tante. Anja und ich haben jeden nur möglichen Streich gespielt (angeregt durch Lindgrens *Michel von Lönneberga*), wir waren Wikinger, die neues Land entdeckten, und tuschelten stundenlang unter der Bettdecke. Ich habe Anja seit Jahren nicht mehr gesehen, dabei haben wir uns immer so gut verstanden. Anja hat alle, die über irgendwelche Ecken mit mir verwandt sind, zu einem Fest in ihren Garten eingeladen. Ich bin überwältigt und gerührt, werde von einer Person zur anderen weitergereicht. Es gibt so viel zu erzählen. Mandel schaut den ganzen Abend über ungläubig auf die Uhr. Nach Mitternacht akzeptiert sie endlich, dass es dunkler als dämmerig nicht werden wird, und spricht mit allen über das Phänomen, das für die Schweden natürlich keines ist. Sie kommt aufgeregt zu mir und sagt: »Das ist verrückt! Wie kann man bei dieser Helligkeit schlafen! Muss man überhaupt noch schlafen? Ich glaube, ich bleibe die ganzen Ferien über wach.«

Als wir zu später Stunde ins Bett sinken, dauert es etwa drei Sekunden, und Mandel schläft tief und fest. So viel zum Wachbleiben. Ich hingegen schaue in das fahle Licht hinaus und denke zum hunderttausendsten Mal an Vera, obwohl ich mir gerade das strengstens verboten hatte. Jeder Gedanke an sie ist wie ein Nadelstich. Der blanke Masochismus. Ich verwechsle mich offensichtlich mit einem Nadelkissen.

Am Morgen sitzt Mandel frisch und ausgeruht am Frühstückstisch. Sie sagt kein Wort, so sehr ist sie mit Zuhören beschäftigt. Für sie ist Schwedisch eine erotische Sprache, und offensichtlich befindet sie sich im siebten erotischen Himmel, während sie unseren Gesprächen zuhört.

Anja übergibt uns ihren Zweitwagen und zeigt auf der Landkarte, wo wir ihr Ferienhaus finden. Wir brauchen zwei Stunden bis zum Dorf und dann noch eine Stunde, bis wir die richtige Hütte am See finden. Bei seinem Anblick werde ich – soweit es mir möglich ist – glücklich, und Mandel sehe ich an, dass es ihr ebenso ergeht. Wir erkunden das rostrote Haus mit seinen weißen Fensterrahmen, streifen durch die Umgebung, freuen uns über den idyllischen See und zerren alles hervor: Federballspiel, Darts, Paddel, Fahrräder, Liegestühle, Grill, Handrasenmäher, Fußball und Gartenmöbel. Wir gehen auf den Steg hinaus und lassen die Beine baumeln, um die Temperatur des Wassers zu testen. Mandel findet, mit etwas Selbstdisziplin könnte das Baden möglich sein.

Das erste Mal seit langer Zeit verspüre ich Hunger. Wir fahren ins Dorf und decken uns mit Lebensmitteln ein. Während ich mit der Verkäuferin rede, hängt mir Mandel an den Lippen. Das werde ich ihr abgewöhnen müssen. Auf der Rückfahrt nehme ich das Handy hervor, um zu schauen, ob ich vielleicht eine SMS erhalten habe – es könnte ja sein, dass Vera ... Nicht dass ich eine SMS erwarte oder ersehne, aber ...

Wir kochen, wir essen. Zufrieden schaut Mandel auf meinen fast leeren Teller. Später steigen wir ins Ruderboot. Mandel besteht darauf, allein zu rudern, mit dem Resultat, dass wir uns tendenziell im Kreis bewegen. Es braucht einige Überredungskunst, bis sie mir ein Ruder übergibt. Mitten im See lassen wir uns treiben, mal von der Sonne beschienen, mal dem Reiten der Wolken zuschauend. Das Boot knarrt leise, träge plätschern kleine Wellen ans Holz.

»Da sind wir nun«, sagt Mandel träge.

»Hmmm ...«

»Single und frei, fröhlich und zuversichtlich.«

»Hmmm ...«

»Das ganze Leben noch vor uns, aller Ramsch hinter uns.«

»Hmmm ...?«

»Zwei Frauen, spritzig, witzig, ungewöhnlich und liebenswert, mit dem seltsamen Schicksal, immer an die Falsche zu geraten.«

»Hmmm ...!«

»Aber jetzt wird alles anders, die Mitternachtssonne brennt uns die Hypotheken von der Seele. Nach diesen Ferien wird nichts mehr sein wie davor.«

»Mandel, das einzige, was die Mitternachtssonne im Moment wegbrennt, ist dein Hirn.«

Sie steht lachend auf und beschattet mit der Hand ihre Augen. »Was sehe ich da? Land, Land, wir haben ein neues Land entdeckt! Und sieh, eine primitive Hütte, gebaut von den Eingeborenen. Was wir herausfinden müssen, bevor wir ankern: Essen sie Menschenfleisch oder nicht? Maat, steh auf und inspiziere die Lage!«

»Ich kann nicht, ich habe zu viel Rum getrunken.«

»Na denn, Matrose, Matrose, ersetz den Maat, steh auf!«

»Ich kann nicht, der Maat hat mich im Suff k.o. geschlagen.«

»Was ist das für ein Sauladen? Schiffskoch, komm aus der Kombüse, ich brauche deine Hilfe.«

»Oh, Kapitän, ich käme gerne, aber ich leide an einer Fischvergiftung.«

»Wo ist der Schiffsjunge? Schiffsjunge!«

»Es gibt keinen Schiffsjungen. Aber eine gefangene Piratentochter, für die wir ein hohes Lösegeld fordern werden.«

»Piratentochter, so zeige dich.«

Stille.

»Was ist? Zeige dich, tu nicht beleidigt, nur weil wir dir eine Brust abgeschnitten haben.«

»Ich bin verblutet.«

»Ach was, jetzt komm schon raus! Wow, abgesehen von der abgeschnittenen Brust siehst du liebreizend aus. Falls die Eingeborenen wirklich Menschenfleisch essen, bist du der ideale Köder. Derweil raube ich die Goldschätze und mach mich aus dem Staub.«

Ich schlüpfe in die Erzählfigur: »Die Brauttochter sieht den Kapitän ruhig an. Aus unerfindlichen Gründen ist sie in reiner Liebe zu ihm entflammt. Sie würde sich noch so gern für ihn opfern, welch größeres Glück gibt es auf dieser Erde?«

Mandel: »Der Kapitän ist sprachlos ob dieser Aufopferungsfreude, und obwohl die Piratentochter nur eine Brust hat, entflammt auch er in Liebe zu ihr. Er sagt: Das kann ich nicht annehmen und überdies wisse, dass ich eine Kapitänin bin. Ich habe mich verkleidet. Nun habe ich wohl deine Liebe verloren.«

»Weshalb sollte meine Liebe sterben, sie vertausendfacht sich, oh holde Kapitänin!«

»Welch ein Glück! Wie ist dein Name?«

»Pipi Langstrumpf.«

»Nein, das geht nicht, der Name ist schon vergeben.«

»Pipi war die Tochter eines Piraten.«

»Ja, aber sie war ein Mädchen.«

»Mittlerweile ist sie längst erwachsen.«

»Trotzdem, das geht nicht.«

»Wie soll sie denn heißen?«

»Smyrilla.«

»Smyrilla? Das tönt nach Feentochter. Nein, sie heißt Xandra.«

»Na ja, aber fahren wir fort. Die Kapitänin –«

»Wie heißt die denn?«

»Senta.«

Ich beginne zu kichern. »Wenn möglich noch Senta Berger? Nein, sie heißt Haudegena.«

»Okay, das sind zwei ähnlich blöde Namen. Haudegena

sagt: Xandra ist dein Name? O welch schöner Name! Komm, wir müssen flüchten, bevor die Eingeborenen unserer habhaft werden. Verstehst du was vom Segeln?«

»Ich bitte dich, ich bin Tochter eines Piraten!«

»Okay, dann hiss die Segel.«

»Aye aye, Kapitänin, aber was ist mit dem Gold, wollen wir uns das nicht schnappen?«

»Wir haben einander, das reicht.«

»Aye aye, Haudegena, wir haben uns.«

»Küss mich.«

»Das geht nicht, mir ist nicht nur die linke Brust weggeschnitten worden, sondern auch die linke Lippe.«

»Seit wann gibt es im Gesicht rechte und linke Lippen? Lass schauen – ui, das sieht wirklich nicht schön aus.«

»Ich wusste, du würdest mich deswegen verschmähen. Ich bin verzweifelt, ich stürze mich in die Fluten!«

Entschlossen springe ich aus dem Boot, der Atem stockt mir beim Eintauchen. Als ich wieder an der Wasseroberfläche bin, stoße ich einen fröhlichen Schrei aus. »Komm auch, es ist wunderbar!«

Die Kapitänin schaut skeptisch.

»Komm jetzt!«

»Ich habe das Badekleid nicht bei mir.«

»Schmock.«

»*Ich* darf das Wort sagen, nicht du!«

»Schmooockkk!«

Die Kapitänin macht einen entschlossenen Gesichtsausdruck, hält die Nase zu und springt. Japsend taucht sie auf. »Scheiße – es ist arschkalt!«

Ich grinse nur, während ich zum Boot schwimme. Mandel folgt mir. Wir klettern hinein, legen uns auf den Rücken und schauen in den Himmel.

Mandel sagt: »Meinst du, das wäre was geworden?«

»Womit?«

»Das mit Xandra und Haudegena.«

»Es ist noch alles offen, wart ab.«

»Mir ist kalt.«

» Mir auch, lass uns zu den Eingeborenen rudern.«

An Land stellen wir fest, dass nicht fünf oder sechs Uhr am Abend ist, sondern neun, es ist verwirrend. Aufs Licht ist hier kein Verlass.

Nachdem Mandel die Kleider gewechselt hat, verschwindet sie in der Küche, um das Nachtessen zuzubereiten. Ich setze mich später an den Küchentisch und will einen Blick aufs Handy werfen. Doch so sehr ich es auch suche, ich finde es nicht. Entnervt durchstöbere ich das ganze Haus – nichts. Ich klage Mandel mein Leid. Die tut geschäftig, aber ich sehe das Lächeln, das in ihren Mundwinkeln hängt.

»Mandel!«

»Ja?«

»Wo ist mein Handy?«

»Gut aufgehoben.«

»Bitte?!«

»Wenn du mit mir in den Ferien bist, dann sei es auch. Dein ewiges Nachprüfen, ob nicht etwas von Vera gekommen ist, geht mir auf den Geist. Du hast dich von ihr getrennt, vergessen?«

»Das ist eine schlimme Grenzüberschreitung! Ich rede nie mehr mit dir!« Ich renne aus der Küche, hinaus, in den Wald. Ich hasse Mandel, ich reise morgen ab, ich will sie nie mehr wiedersehen! Bei einem Baum knie ich mich nieder und weine Rotz und Wasser. Die Bäume schauen mitfühlend auf mich herunter, also erzähle ich ihnen mein ganzes Leid. Schwedisch ist die Sprache meiner Kindheit und meiner *Moder*, mir fällt es einfacher, in dieser Sprache meine Gefühle auszudrücken. Und so erzähle ich den Bäumen alles, was auf meiner Seele lastet, jede Enttäuschung, jede Verletzung, jeden Kuss und alle Hoffnung. Die Bäume bewegen ihre Äste leicht im Wind, sie fahren mir über die Stirn und reden mir gut zu.

Bis Mandel erscheint und munter ruft: »Essen!«

Wenn ich erhängt an einem Baum baumeln würde, würde

sie bloß sagen: »Ach, da oben bist du. Warte, ich zerschneide das Seil, pass auf, wo du hinfällst.«

Ignorantin.

Ich stehe auf und trödle auf dem Weg zurück. Diese blöden Juden, denke ich. Ich weiß zwar nicht, was unsere Auseinandersetzung mit Religionen zu tun hat, aber egal, mir tut es wohl, diesen bösen Gedanken zu denken. Blöde jüdische Mandelstam. Die hat den Tisch vor dem Haus hübsch gedeckt und wartet auf mich. Es riecht nach Ratatouille.

»Liv, das mit dem Handy habe ich nicht aus Boshaftigkeit getan. Glaub mir, es ist besser für dich. Und angenehmer für mich. Ich händige es dir jeden Abend aus, damit du dich updaten kannst, aber dann verstecke ich es wieder. Du machst dich mit dem Ding sonst irre. Okay?«

Sie hat ja recht, aber ich behalte meine finstere Miene bei und rede an diesem Abend nur noch das Nötigste mit ihr.

Einfallswinkel gleich Ausfallswinkel

Die Ferien mit Mandel sind anders, als ich es mir vorgestellt habe. Nicht, dass ich mir etwas Konkretes vorgestellt hätte, aber man hegt wohl erst dann keine Vorstellungen mehr, wenn man tot ist. Die Ferien sind um ein Vielfaches schöner als erwartet, sie sind bezaubernd und aufregend, und sie sind um ein Mehrfaches nerviger und anstrengender. Wir sind ein Herz und eine Seele, und ebenso oft sind wir Katz und Maus. Wir missverstehen uns, um uns im größten Unverständnis wiederzufinden. Wenn es besonders gemütlich ist, zettelt die eine einen Streit an, und die andere lässt sich darauf ein, als habe sie nur darauf gewartet.

Zum Beispiel beklagt sich Mandel, dass ich nachts schnarche, ich entgegne, dass sie von ihrem eigenen Schnarchen gestört werde; im Gegenzug werfe ich ihr vor, dass sie mir die Bettdecke wegziehe, sie behauptet, dass ich sie *von mir* stoßen würde. Als wir in einer Nacht draußen schlafen und von einem lauten Rascheln geweckt werden, flieht Mandel ins Haus. Am nächsten Tag behauptet sie allen Ernstes, sie sei bloß mir gefolgt!

Morgens, wenn ich schläfrig im Bett liege, rumort Mandel schon in der Küche, und das laut. Es hört sich an, als würde sie mit Geschirr und Besteck um sich werfen. Das Radio plärrt und quasselt, Mandel spricht schwedische Wörter und Sätze nach, aber ihr Schwedisch tönt eher nach einer Mischung aus Budapester Hochungarisch und Küchenrätoromanisch. Spätestens wenn mir der Kaffeeduft in die Nase steigt, setze ich mich auf. Das Bett riecht nach

Mandel, manchmal nehme ich ihr Kissen in die Hand und schnuppere genießerisch daran. Ich gehe hinunter, Mandel winkt geschäftig aus der Küche und wir beginnen unseren Tag in trauter Zweisamkeit. Bis eine von uns einen unsinnigen Streit vom Stapel lässt, zum Beispiel, wer das Auto lenken darf – Mandel wirft mir vor, dass ich gefährlich rechts fahren würde, und ich entgegne, dass das immer noch besser sei, als beim Lenken dauernd zur Mitfahrerin zu schauen, wie sie das tue.

Vielleicht ertragen wir die paradiesischen Zustände nicht, die wir mit leichter Hand heraufbeschwören, wenn wir einträchtig, in sieben Sprachen schweigend im Ruderboot liegen und Figuren in den vorbeiziehenden Wolken entdecken. In solchen Momenten ist es, als würde uns zum Glück nichts fehlen.

Denn gleichgültig, ob wir aneinander geraten oder selig nebeneinander liegen, ob wir uns gegenseitig dumme Vorwürfe machen oder keine zur anderen ins Auto steigen will, eines ist gewährleistet: Die Langeweile bleibt unserem Haus fern. Das war schon immer so, aber ich wusste nicht, ob es auch der Fall sein würde, wenn wir vierundzwanzig Stunden am Tag zusammen sind.

Ich lese Mandel aus Kurt Tucholskys *Schloss Gripsholm* vor, während sie mir Schmuck aus Fundgegenständen bastelt. Wir erforschen die Gegend, streifen durch Göteborg und bleiben in einem gemütlichen Café hängen, wo sich Mandel krumm lacht, als sie erfährt, dass *Vill du fika?* eine Einladung zum Kaffeetrinken bedeutet und nichts anderes. Wir spielen *Schiffe versenken*, bis ich nach acht Tassen Kaffee am ganzen Körper schlottere. (Es ist gefährlich, wenn man Kaffee kostenlos nachgefüllt bekommt!) Zur ausgleichenden Gerechtigkeit wird es Mandel schlecht. Sie hat eine *Kanelbullar* (Zimtschnecke), eine Waldbeerentorte, eine *Äppelkaka* und einen halben Safrankuchen mit Preiselbeeren vertilgt.

Abends, wenn Mandel mir mein Handy aushändigt, fällt

meine Laune vorübergehend in den Keller – erstens weil ich es entwürdigend finde, dass Mandel über mein Handy verfügt, zweitens weil Vera keine SMS schickt, und drittens weil Mandel sagt, ich sei selber schuld, *ich* hätte sie ja verlassen. Mandel ahnt nicht, wie wankend ich bin. Veras Schweigen höhlt mich aus. Ich weiß längst nicht mehr, ob es gut war, Schluss gemacht zu haben. Die Sehnsucht rüttelt an meiner Entscheidung wie der Sturm an einer losen Fensterlade.

Doch abgesehen von dieser allabendlichen Krise fühle ich mich lebendig. Mandel und ich sind unter Strom, wir sind wie auf Nadeln – die Ferien knistern, wie Kerzen knistern, wenn ein Tropf Wasser ins heiße Wachs fällt; wie Tannenzweige knistern, wenn man sie über die Kerze hält oder eine Lampe knistert, wenn sie einen Wackelkontakt hat. Mir fallen die Ungereimtheiten unseres Zusammenseins erst mit der Zeit auf. Wir schweigen uns darüber aus in der Hoffnung, dass unser Schweigen alles von selber löst. Und mit jedem Tag, an dem wir nonchalant ignorieren, dass Feuer im Dach ist, rückt Vera mehr und mehr von mir ab. Mein Herz ist wund, aber diesen Schmerz empfindet plötzlich ein anderer Mensch – vermutlich Liv aus Bern, aber bestimmt nicht die schwedische Liv. Die genießt die Ferien, das Auf-Nadeln-Sein, das Knistern, den Wackelkontakt, das Schweigen und alle restlichen Ungereimtheiten, und Närrin, die sie ist, meint sie, ungeschoren davonzukommen.

Auf einer Erkundungstour durch die nähere Umgebung stoßen wir zu unserer Freude auf eine Bar mit drei Billardtischen. Mandel reibt sich glücklich die Hände. »Wollen wir doch sehen, ob du so treffsicher bist wie vor den Ferien. Ich glaube nicht, deine Glückssträhne ist vorbei.«

»Hättest du gern!«

Wir holen Getränke und Utensilien an der Bar, und schon bald reibe ich die Pomeranze des Queues mit Kreide ein. Mandels Augen blitzen kampfeslüstern. Sie hat die Bälle in die Startposition gerollt, richtet den Queue sorgfältig aus und stößt zu. Die Kugeln rollen auseinander, manche an die Bande, eine fällt ins Loch. Mandel schaut grinsend zu mir auf. Während sie um den Tisch geht und die Platzierung der Kugeln studiert, streicht sie sich selbstvergessen die Haare auf die linke Seite. Fasziniert schaue ich zu, wie die Außenwelt von ihr abfällt – da sind nur noch die Bälle, der Queue und ihr Haar, das sie bändigen muss. Und da sind ihre schlanken, sehnigen Hände, die auf den Rand des Tisches trommeln, dann entschlossen den Queue ergreifen, ihn vor- und zurückschwingend ausrichten. Mandels gebeugte Haltung, ihr konzentrierter Blick, die linke Hand, die dem Queue die richtige Laufrichtung gibt, die rechte, die den Spielstock hinter dem Rücken locker hält – das alles verbindet sich zu einer eleganten Einheit. Sie versenkt die zweite Kugel mit einem sanften Stoß und klackt zufrieden mit der Zunge. Wo andere übers Ziel hinausschießen, gibt sie der Kugel nur die Andeutung einer Berührung, haucht sie sozusagen ins Loch. Die nächste Kugel taumelt am Rand des Tascheneinlaufes entlang, fällt aber nicht hinein. Ich greife grinsend nach meinem Queue und schubse Mandel zur Seite.

»Ich zeige dir jetzt, was Schwedinnen so drauf haben.« Begleitet von Anastacias aufputschendem Gesang umkreise ich den Tisch und verschaffe mir einen Überblick über die Position meiner Bälle.

Mandel lehnt sich an einen Pfosten und trinkt Bier. »Na denn, Greta Garbo, leg los!«

Einfallswinkel gleich Ausfallswinkel, summt es in mir. Die Kugeln glänzen im Licht, geduldig warten sie darauf, gestoßen und eingelocht zu werden. Ihnen bleibt ja nichts anderes übrig. Ich vermassle den Stoß.

»Frau Garbo, das war nicht gerade göttlich!«

Wir haben das erste Bier schon fast ausgetrunken, als ich nach einem harten Kampf doch noch siegreich meine letzte Kugel einloche. Das zweite Spiel beendet Mandel beinahe im Alleingang. Sie grinst, ihr Gesicht ist offen, die Lippen weich und rot. Sie bewegt sich nicht emsig, wie sie das sonst tut, sondern geschmeidig. Als sie auch das nächste Spiel gewinnt, nistet sich ein Dauergrinsen in ihrem Gesicht ein.

Einfallswinkel gleich Ausfallswinkel. Ich versuche mich zu konzentrieren, doch Mandel macht witzige Bemerkungen, fordert mich zu einem Queuekampf heraus oder frotzelt: »Liebe Garbo, du besiegst Wilhelmine Tell nie und nimmer.«

Manchmal, wenn sie sich vorüberneigt, sehe ich in den Ausschnitt ihrer Bluse, erhasche einen Blick auf die Wölbungen ihrer Brüste. Sie trägt einen schwarzen Rüschen-BH. Einfallswinkel gleich Ausfallswinkel: Wenn ich die Wölbungen sehen kann, dann können die Wölbungen auch mich sehen. Eine irritierende Vorstellung. Ich gehe mit den leeren Flaschen zur Bar. Der Barmann fragt, wie es so laufe, und ich erwidere, er solle lieber nicht fragen. Er stellt die Flaschen vor mich und sagt, dass er diese Runde spendiere, und ich solle gefälligst gewinnen.

Selbstvergessen bearbeitet Mandel die Pomeranze. Die geschickte Art, wie sie die Kreide in der Hand hält, verrät, dass sie es gewohnt ist, mit kleinen Dingen umzugehen. Ich schaue kurz auf den Korallenring, den ich von ihr erhalten habe. Mandel hat die Kugeln im Dreieck angeordnet, ich setze den Eröffnungsstoß, kurz und kräftig. Die Kugeln klacken sich gegenseitig schubsend auseinander und nehmen den Tisch ein. Ein voller Ball fällt in ein Loch. Ich blicke triumphierend zu Mandel. Ihr Blick ruht auf mir, und obwohl sie schräg lächelt, ist ihr Blick seltsam – seltsam, ja, ich weiß nicht wie, seltsam eben. Leicht irritiert wende ich mich wieder dem Spiel zu und versenke in der Folge zwei Kugeln.

Nach dem fünften Bier und dem zwölften Spiel ist der Einfallswinkel nicht mehr ganz der Ausfallswinkel, aber wir machen weiter, umkreisen den Tisch, umkreisen einander, zwei beduselte, aber entschlossene Gegnerinnen. Wir lauern uns auf, wir belauern das Spiel, haben aufgehört zu reden, werfen uns Blicke zu: forschende, vergnügliche, spöttische und andere. Mit der Zeit sind es vor allem andere. Was ergibt Einfallswinkel minus Ausfallswinkel – einen toten Winkel? Einen toten Winkel im Handeln und Tun, einen toten Winkel im Zeitverlauf, in dem unerwartete Dinge möglich sind?

Nach dem sechzehnten Spiel setzen wir uns an die Theke und trinken Espresso. Mandel wippt mit dem Fuß zum Rhythmus der Musik. Wir stecken die Köpfe zusammen, damit wir uns bei dem Lärm unterhalten können. Sie gibt mir ein Streichholz-Knobelrätsel auf, aber so sehr ich auch experimentiere, ich finde die Lösung nicht. Als ich alle Streichhölzer zerbrochen oder fallen gelassen habe, gebe ich auf. Mandel ist so niederträchtig, mir die Lösung nicht zu verraten.

»Fürstin, wie wär's, wenn wir nach Hause gingen?«, fragt sie stattdessen.

»Sie haben recht, meine Edelfrau. Rufen wir unseren Chauffeur Charly.«

»Geht nicht, er ist in der Zimmerstunde.«

»Dann halt die Amme.«

»Auch in der Zimmerstunde – mit Charly wohlgemerkt.«

»Nein aber auch! Dann rufen Sie den Stallburschen.«

»Liegt im Stroh.«

»Ja, und?«

»Mit dem Sattlermeister.«

»Dem Sattlermeister – wofür haben wir den?«

»Fürs Satteln eben.«

»Der wird entlassen. Die Köchin hat auch einen Fahrausweis, oder?«

»Ja, aber die bereitet soeben das Dessert zu, einen exquisiten Fruchtsalat.«

»Mon Dieu, und was ist mit der Gouvernante?«

»Hilft der Köchin im Vorratsraum, mit den Feigen und so.«

»Seit wann haben die etwas miteinander, die kennen sich doch schon ewig!«

»Hatten wohl eine lange Leitung.«

»Nach all den Jahren der Freundschaft können die nicht etwas miteinander anfangen!«

»Die Köchin hegte schon länger Interesse an der Gouvernante.«

»Was Sie nicht sagen!«

»Sie hat's mir vor Jahren gebeichtet.«

»Und Sie haben mir das verschwiegen! Die beiden ... – nein, das geht nicht.«

»Die eine kann kochen, die andere erziehen. Das ist doch schon was.«

»Eine muss entlassen werden. Sofort, fristlos!«

»Bei allem Respekt, wie können Sie so herzlos sein! Die beiden lieben sich.«

»Das endet in einer Katastrophe!«

»Betrachten Sie Liebe auf den ersten Blick als besseren Garanten für eine gelingende Beziehung?«

»Beileibe nicht! Aber sie kennen sich *zu* gut, Verliebtheit basiert auf Spannung, erzeugt durch Fremdheit.«

»Es bestand immer eine schöne Spannung zwischen den beiden.«

»Trotzdem.«

»Geben Sie ihnen eine Chance!«

»Ich schlafe darüber, aber reden wir jetzt von angenehmeren Dingen, es echauffiert mich zu sehr. Edeldame, verraten Sie mir die Lösung des Streichholzrätsels.«

»Manche Dinge muss auch der Hochadel selber herausfinden, o meine Fürstin.«

»Habe ich Ihnen schon mal gesagt, dass ich Sie verabscheue?«

»Haben Sie. Da das ganze Personal ausgefallen ist, müssen Sie fahren, ich habe aufgrund des Prozentigen nur noch Klöppchen und Stickereien vor den Augen.«

»Jetzt verabscheue ich Sie noch einen Zacken mehr.«

»Passen Sie nur auf, dass er Ihnen nicht aus der Krone fällt.«

Mandel macht breit grinsend eine ehrgebietende Geste. Als wir ins Zwielicht der schwedischen Sommernacht hinaustreten, kommen uns die Worte abhanden. Schweigend steigen wir ins Auto, still fahren wir los. Mandel stellt einen Musiksender ein. Von Zeit zu Zeit werfe ich einen kurzen Blick zu ihr hinüber, sie schaut meist versunken zum Fenster hinaus. Einmal treffen sich unsere Blicke, sie lächelt leicht, ich drehe rasch den Kopf.

Als wir nach einer halben Stunde über den Schotterweg zum Haus holpern, stoße ich einen Seufzer der Erleichterung aus – leicht alkoholisiert und unter Spannung zu fahren, ist unglaublich anstrengend. Ich habe den Motor noch nicht abgestellt, da springt Mandel aus dem Auto. Der Zündschlüssel steckt wieder mal fest, ich brauche viel Fingerspitzengefühl, um ihn herauszubringen. Mandel öffnet die Türe und hilft mir galant aus dem Auto. »Fürstin, ich geleite Sie zum Eingang.«

»Ich fühle mich geehrt, Edelfrau.«

Mandel umschlingt meine Hüfte und zieht mich zu sich. Ihre Hand hinterlässt Wärme auf meiner Hüfte. Seit Jahren kennen wir uns, und es ist das erste Mal, dass wir so nebeneinander gehen. Das Haus leuchtet uns rostrot entgegen. Das Türschloss ist ebenso anspruchsvoll wie dasjenige des Wagens. Man muss den Schlüssel behutsam hineinstecken, aber nicht bis zum Anschlag, und mit einem herzhaften Ruck herumdrehen. Ist man nicht präzise genug, lässt er sich nicht bewegen. Konzentriert mache ich mich ans Werk. »Vermaledeit«, murmle ich.

Und dann geschieht das, was geschehen muss, denn seit Tagen haben wir nichts anderes getan, als uns in diese Richtung zu bewegen, zaghaft und schüchtern zwar, aber gleichwohl entschlossen. Es führt kein Weg daran vorbei, mehr noch: Ich will nicht, dass einer vorbeiführt. Und so bin ich überraschenderweise wenig überrascht, als Mandel von hinten die Arme um mich schlingt und mir in den Nacken beißt.

»Oh, vermaledeit«, sage ich noch einmal, während ein Schauer wie Sand durch meinen Körper rieselt. »Sie sind mir keine Hilfe, Edelfrau, so bringe ich die Türe nie und nimmer auf.«

Mandel lacht auf, sie langt an mir vorbei und dreht den Schlüssel. »Bitte.«

»Wie haben Sie das gemacht?«

»Meine Sterne stehen gut.«

Sie beißt wieder in meinen Nacken. Gänsehaut überall. Habe ich ihr erzählt, dass der Nacken meine erotische A-chillesferse ist?

»Edelfrau, was machen Sie da?«, frage ich etwas außer Atem.

»Ich lasse mich von unserem Personal inspirieren.«

Sie zieht mich näher an sich und schnuppert an meinem Hals.

»Edelfrau, Sie –?!«

»Schscht, liebste Fürstin.«

Sie küsst meine Wange. Mir wird heiß. Ich stütze mich mit einer Hand an der rostroten Türe ab. Mandel schnuppert in meinem Haar. »Meine Fürstin«, flüstert sie, »ich möchte«, sie schluckt leer, »ich möchte Sie küssen, auf den Mund und überall hin, ich möchte Ihren süßen Mund erforschen, Ihren Ausschnitt erkunden, Ihre Tiefen ausloten. Ich bin nicht nur Edelfrau, ich bin auch Goldschmiedin, ich möchte die Perle in Ihrer Auster finden und daraus ein Schmuckstück machen. Ich möchte Sie atmen, keuchen, wimmern und betteln hören, ich möchte mich an Ihren Schreien erquicken, ich möchte das Meer auf Ihrer Haut auflecken.«

Sie hat in meine Haare gegriffen und meinen Kopf sanft nach hinten gezogen. Mit zwei Fingern fährt sie über meine Wange, streift den Mundwinkel, streichelt übers Kinn und über meinen Hals, über den Kehlkopf, bis er in der Mulde zwischen den Schlüsselbeinen zu liegen kommt, dort, wo es ein Leichtes wäre, hineinzustoßen und meinen Atem zu rauben.

Das Haus leuchtet im trüben Licht wie Blut, vor mir diese Farbe und ein leicht blassblauer Himmel. Ich möchte mich umdrehen und Mandel ansehen, mich vergewissern, dass der See dahinter noch daliegt, aber ich kann nicht, die Edelfrau hält mich wie eine Bassgeige. Ich lege den Kopf ergeben auf ihre Schulter und schließe die Augen. Ihre Finger setzen den eingeschlagenen Weg fort, hinab zwischen meine Brüste. Meine Hand rutscht über die raue Oberfläche der Tür, erfühlt die Maserung des Holzes, und vor meinen geschlossenen Augen ist es nicht mehr schwarz, sondern rostrot, und als Mandels Hand unter meinen BH gleitet, mir über die linke Brust streicht, die Brustwarze umkreist, nur streift und sich zurückzieht, um das Gleiche der rechten zuzumuten, verdichtet sich das Rostrot zu einer unbeschreiblichen Farbe. War ich vorher eine Bassgeige, so bin ich nun Wachs in ihren Händen. Irritiert stelle ich fest, dass sie alles mit mir tun könnte, und mehr noch möchte ich, dass sie alles mit mir tut, aber genau das unterlässt sie.

»Edelfrau, was soll das werden?«

»Das Angemessene, meine Fürstin.«

»Wenn Sie so weiterfahren, verliere ich die Contenance.«

»Wusste ich doch, dass ich auf dem richtigen Weg bin.«

Dann küsst sie mich. Die Lippen, die ich seit Jahren gesehen habe und schier in jeder ihrer Bewegungen kenne, deren Weichheit und Lockerheit mir schon immer gefallen haben, diese Lippen berühren die meinen. Endlich, denke ich, endlich erfahre ich, wie sich das anfühlt. Sie zu küssen, von ihr geküsst werden, ist einer der seltsamsten und erstaunlichsten Momente meines Lebens. Eine mir bekannte Mandel vereinigt sich mit einer mir fremden. In unsere tiefe Vertrautheit schlägt ein Blitz jäher Verliebtheit. Ich lasse die Tür los, ziehe Mandels Kopf zu mir und erwidere ihren Kuss mit meinem ganzen Heißhunger und einer großen Sehnsucht. Sie streichelt über meinen Körper, dann endlich dreht sie mich um und wir fallen mit der gleichen Verwegenheit, Lust und Freude in die Umarmung, wie wir in den

See gesprungen sind. Auch jetzt stockt uns der Atem, aber nicht, weil es kühl wäre, sondern jetzt ist es heiß; glühend wie vor der Hauswand, wenn die Sonne den ganzen Tag darauf gebrannt hat, flimmernd wie die Mückenschwärme, die abends über den See schwirren.

Ich kriege die Klinke zu fassen und schiebe die Türe auf, ohne von Mandels Mund zu lassen. Wir stolpern hinein, Mandel wirft die Tür mit dem Fuß zu. Küssend steigen wir hoch, die Treppe knarrt unter unseren ungeduldigen Füßen und bringt uns beinahe zu Fall. Wir schwanken zwischen Geländer und Wand hin und her, ein gerahmtes Foto fällt zu Boden, andere wackeln und schwingen.

»Meine Fürstin, wir bringen noch Ihre Ahnengalerie zu Fall.«

»Ihre Aufgabe ist es zu küssen, nicht zu reden!«

»Ihr Befehl sei mir Wunsch!«

Oben rutschen wir über den gebohnerten Riemenboden dem Schlafzimmer entgegen, stolpern über die Schwelle und fallen ins ungemachte Bett.

»Ist das Zimmermädchen auch mit anderem beschäftigt?«, keuche ich.

»O Fürstin, habe ich es Ihnen nicht gesagt? Sie ist mit der Anstandsdame ... – Aber was zupfen und reißen Sie an meiner Bluse, wissen Sie nicht, wie man sie öffnet? Und wenn Sie weiter so an meinem Gurt zerren, ersticke ich, etwas weniger Schwung täte es auch.«

»Werte Edelfrau, ich möchte Sie darauf aufmerksam machen, dass Sie mir eben den Büstenhalter beschädigt haben. – Und ich möchte Sie auffordern, weniger zu plaudern und stattdessen an den Hosenbeinen zu ziehen – das sollte doch nicht so schwierig sein.«

Endlich liegen wir nackt auf dem Laken. Das Bett ächzt bei jeder Bewegung, es scheint zufrieden damit zu sein.

Sowohl die Fürstin als auch die Edelfrau verfügen über mannigfaltige Erfahrungen im Liebesspiel, und sie wissen, dass es mit jeder Gespielin anders ist. Die Fürstin ist der

Ansicht, dass es nicht besseren und schlechteren Sex gibt, sondern einfach unterschiedlichen. Aber als die beiden sich aufeinander stürzen, ineinander tauchen, dem Mund der anderen vielfältige Laute entlocken, einander in erregender Weise quälen, einfordern und erobern, einander austrinken, auslecken, beißen und erstürmen, kommt es der Fürstin vor, als wäre das, was sie hier mit ihrer geliebten Edelfrau Mandelstam erlebt, doch von einzigartiger Schönheit. Das rostrote Haus steht einstweilen ruhig im Zwielicht und ist längst nicht nur an der Fassade rot, sondern auch innen errötet und umhüllt mit sanfter Hand die zwei Entflammten. Währenddessen schwimmen zwei Tauchenten schnatternd nebeneinander auf dem See und schießen in die Tiefe, auf der Suche nach Leckerbissen.

Als Edelfrau und Fürstin voneinander lassen, steht die Sonne hoch am Himmel. Sie fallen in einen komatösen Schlaf. Kurz davor versucht sich die Fürstin erfolglos zu fragen, was um Himmels Willen geschehen und ob das eine gute Idee gewesen ist. Von Kopf bis Fuß befriedigt, bettet sie ihren Kopf auf der Edelfrau Schulter und fühlt, dass sie in dieser weißen Nacht etwas nahe gekommen ist, für das sie keine Worte kennt.

Außerdem stellt sie fest, dass erst jetzt der Gedanke an Vera sie streift. Kurz nur.

Und küsse ihren Konfitürenmund

Die weiße Nacht hat einem blauen Morgen mit Eierschalenwolken die Bühne überlassen. Ein Morgen, der ein Mittag ist. Vögel, deren Namen ich nicht kenne, zirpen, fiepen, zwitschern, trillern, in weiter Ferne brummt ein Auto. Als ich mich halb aufrichte und zu Mandel schaue, ächzt das Bett unter mir verträumt. Mandel schläft mir zugewandt, ihr Ausatmen hört sich an, als würde sie es in einen tiefen Brunnen runterlassen, um es dann gemächlich wieder hochzukurbeln. Ich streiche ihr das Haar auf Stirn und Wange und lasse mir Zeit, sie zu betrachten.

Das Schlitzohr sieht unschuldig wie ein Rehkitz aus, hingegeben wie ein warmer, aufgegangener Teig, versunken wie ein Mädchen, das in eine Bastelei vertieft ist. Und wüsste ich nicht, was ich jetzt weiß, so würde ich nicht ahnen, wie leidenschaftlich, phantasievoll und überraschend sie im Liebesspiel ist.

Ich habe gemeint, alle Lautäußerungen von Mandel zu kennen. Ihr ärgerliches Ächzen, wenn sie von einem gemütlichen Sofa aufstehen muss; ihr Japsen, wenn sie etwas Aufregendes mitteilen will; ihr Zungenklacken, wenn sie eine Kugel einlocht; ihr schreckliches Räuspern, das sich anhört, als würden Teile ihrer Stimmbänder abgerissen; das laute klirrende Lachen, wenn sie sich in einer Gruppe hervortun will; das leise Auflachen, wenn mir ein Missgeschick passiert; das stakkatoartige, wenn sie betrunken ist; das hemmungslose, ausgelöst durch dumme Witze; das pubertäre, wenn sie sich verliebt hat und ihr volltönendes, warmes

Lachen, wenn sie mit sich und der Welt eins ist. Ich kenne ihr Murren, wenn sie klein beigeben muss; ihr Fluchen, das meist in einem Schwall erfundener Wörter und skurriler Töne endet; ihr anzügliches Schnalzen, wenn sie eine attraktive Frau sieht; ihr Husten, das einen befürchten lässt, dass sie demnächst ihre Lungen auf den Tisch kotzt. Ich weiß, dass sie beim Eiscreme-Schlecken genüsslich schmatzt, dass sie in der Wut mehr zischt als redet, und dass sich ihr Gähnen im Abgang fröhlich anhört.

Ich hatte jedoch noch nie den luftdurchtränkten Klang gehört, der entsteht, wenn sie meine Haut küsst, den ich als Wärme auf der Haut spüre, und der sich anhört, als wäre Mandel vollkommen hingerissen, ganz und gar hingegeben – als würde sie in diesem flüchtigen Hauch ein mehrstrophiges Liebeslied fassen. Ich habe sie noch nie so so zärtlich flüstern hören, als bis sie sich mit meinen Brüsten unterhielt, so dass ich doch tatsächlich auf meinen Busen eifersüchtig wurde.

Im Verlauf unserer Freundschaft habe ich Mandel unzählige Male meinen Namen sagen hören, und dies in allen Tonlagen von fragend bis wütend, von fordernd bis spöttisch, von liebevoll bis tröstlich, aber noch nie habe ich dieses Raunen gehört, nah an meinem Ohr, dieses leise, geschmolzene »Oh Liv!« – zärtlich, sehnsüchtig und begehrend.

Später, als wir von Schweiß und Säften schlüpfrig waren, als Mandel mit geschlossenen Augen über meinen Körper streichelte und mittendrin »meine Liebe« sagte, einfach so, mit samtiger Stimme, wahrhaft und flammend, begriff ich, dass ich Mandel kannte, aber von Mandel keine Ahnung hatte. Und ich stellte staunend fest, dass ich ihr erliege, einfach so, ohne Rückendeckung, ohne Fluchtplan, ohne versteckten Dolch im Haar.

Ich frage mich, warum ich über die Liebesnacht mit meiner besten Freundin nicht entsetzt bin. Warum ich weder aus dem Bett flüchte noch mir Sätze zurechtlege, mit denen ich Mandel erkläre, warum das, was geschehen ist, nicht stattgefunden hat und sich nie wiederholen würde. Ich weiß nicht, warum ich neben ihr liegen bleibe, und ehrlich gesagt ist es mir auch egal. Ich wollte, dass sie mich küsste und biss, an mir saugte und leckte, und ich will es wieder; ich öffnete mich ihr, ich sehnte mich danach, sie tief in mir zu haben, darauf vertrauend, dass meine Hingabe in den genau richtigen Händen liegt.

Ich küsse sie leicht auf die Wange und schleiche aus dem Bett, ziehe T-Shirt und Shorts über und gehe hinunter. Ich fülle die Espressomaschine, erwärme Milch, füttere den Toaster mit Brot, lege Butter, Konfitüre und Käse aufs Tablett, Teller und Besteck. Der See liegt wie ein träges Nilpferd da. Wie schön wäre es, auf seinem Rücken zu ruhen. Das bringt mich auf eine Idee. Als ich das Frühstück vorbereitet habe, trage ich die zwei beladenen Tabletts zum Steg, renne ins Schlafzimmer und küsse Mandel wach. »Komm, zieh dir was an, es gibt Frühstück«, flüstere ich ihr ins Ohr, und bevor sie realisiert, was geschieht, steht sie halb schlafend neben mir auf dem Steg.

Es braucht einiges Fingerspitzengefühl und noch mehr Gleichgewichtssinn, bis wir die Tabletts und uns ins Boot verladen haben. Ich stoße das Boot vom Steg ab, gebe ihm ein paar Ruderschläge, dann überlasse ich es sich selber. Mandel und ich sitzen einander gegenüber, zwischen uns die Tabletts. Als Mandel in ihren Toast beißt, schaut sie mich verschmitzt, aber auch unsicher an. Ich neige mich über den Frühstückstisch und küsse ihren Konfitürenmund. »Ihr Mund schmeckt vorzüglich, liebste Edelfrau.«

»Nun, oh meine Fürstin, er tut das, weil er in der Nacht von Köstlichkeiten genascht hat.«

»Was Sie nicht sagen!«

»Ja genau, das sage ich Ihnen, ich habe mich fürstlich unterhalten.«

»Welch schöner Zufall, auch ich habe von edlen Speisen und Getränken gekostet.«

»Was wohl Kapitänin Haudegena und Prinzessin Xandra mit der halben Lippe so tun?«

Ich schenke uns Kaffee aus der Thermoskanne nach. »Mir ist zu Ohren gekommen, dass sie von den Eingeborenen gefangen genommen und in einen großen Suppentopf gesteckt wurden, in der eine exquisite Kürbissuppe köchelte. Sich liebend sind sie untergegangen und verliehen der Suppe die perfekte Note. Die Eingeborenen reden nur noch von diesem Gaumenschmaus.«

»Fürwahr, ein köstlicher Tod, finden Sie nicht, Fürstin?«

»Fürwahr, fürwahr, nur möchte ich nicht als Suppenkraut dienen. Lieber will ich Ihnen zum Verzehr aufgetragen werden.«

Zu meinem Entzücken errötet Mandel.

Nachdem wir gefrühstückt haben, legen wir die Tabletts zur Seite und uns auf den Rücken. Zeit, Wolken zu betrachten.

»Sieh dort, eine liegende Frau.« Mandel deutet auf eine dicke Wolke.

»Ja, eine Barockfrau. Links davon das Profil von Marie Antoinette.«

»Ich hätte eher gedacht, der Hintern von Maria Stuart.«

»Schau dort, drei Frauen, aufeinanderliegend.«

»Und rechts davon eine Hexe, links – wer ist denn das?«

»Ich finde, die hat was von der Gina.«

»Was soll das mit Gina zu tun haben?«

»Das ist doch ihre Tasche.«

»Jetzt, wo du es sagst, natürlich!«

Die Wolken können sich aufbauschen, wie sie wollen, wir entdecken in ihnen immer nur Frauen. Als wir fertig geschaut haben, streckt sich Mandel wohlig. »Und jetzt, was steht an?« Sie schaut mich an. »Still, ich weiß, was ansteht.« Sie neigt sich zu mir und küsst mich.

Sechs Jahre Küsse mit Mandel verpasst. Ich Idiotin!

Drei Tage bleiben uns noch bis zum Abflug. Wir hatten dies und das unternehmen wollen, aber Landkarten und

Reiseführer rutschen hinter dem Küchentisch zu Boden, der Automotor bleibt bis auf eine Ausnahme (einkaufen) kühl, das benützte Geschirr trocknet in der Spüle, mein Handy verstaubt in Mandels Versteck, während ich ihre anderen Verstecke erforsche und sie mich zu Schmuck verarbeitet. Ich bin ihr Bernstein, ihre Koralle, ihr Achat, ihr Smaragd – ich wusste ja, dass ihre Hände geschickt sind, aber ihre Meisterschaft macht mich doch sprachlos.

Wir nehmen schweren Herzens Abschied von unserem Haus und später von Anja und ihrer Familie und schließlich von allem Schwedischen. Was sein würde, zu Hause, das entzieht sich meiner Einschätzung. Dann sitzen wir im Flugzeug, erreichen die Flughöhe. Wir öffnen unsere Gurte und warten auf die ärmliche Verpflegung. Mandel sucht in der Tasche nach ihrem Buch. Unvermutet hält sie mir mein Handy vor die Nase. »Das haben wir ganz vergessen«, sagt sie, während sie es mir reicht.

»Ja, irgendwie hatten wir anderes zu tun.«

Mandel streichelt meine Wange und öffnet errötet ihr Buch. Lächelnd schalte ich das Handy ein und warte auf die eingetroffenen Mitteilungen. Ich habe es seit vier Tagen nicht mehr in der Hand gehalten. Freundinnen haben geschrieben, mein Vater, schon wieder Tante Luise (… **wemm das so weiterget, ladd ich diah nie mehr zu Kaffed und Kuchem ein!** – Sie besitzt neuerdings ein Handy und beherrscht die Tastatur noch nicht so gut).

Vier SMS stammen von Vera.

Das erste hat sie in der Nacht geschrieben, als sich Fürstin und Edelfrau näher gekommen sind. Als hätte sie es gerochen, als hätte sie es gespürt! Der Inhalt der vier Mitteilungen sind in etwa gleich: Sie verkündet, dass sie mich immer noch liebe und zurückhaben wolle. Es tue ihr leid, was sie mir angetan habe, sie habe erkannt, dass ich für sie wichtiger alles andere sei. Ein Leben ohne mich sei ihr unvorstellbar.

Ich starre auf die Rückseite des Sessels vor mir. Mandel

schaut mich fragend an, ich reiche ihr das Handy. Bald steht die Flugbegleiterin neben uns und fordert uns auf, das Handy abzustellen, es dürfe im Flugzeug nicht benützt werden, wie allgemein bekannt sei. Sie ist ziemlich sauer. Mandel stellt es ab und reicht es mir.

»Und jetzt?«, fragt sie tonlos.

»Was soll schon sein? Es ist doch typisch Vera. Kaum verliert sie die Kontrolle über mich, will sie mich wieder. So ist sie.«

»Das sagst du so cool? Das ist nicht dein Ernst!« Mandel ist bleich geworden.

»Und ob es das ist! Können wir von etwas anderem reden, das Thema nervt.«

Unsere Leichtigkeit ist verflogen. Mandel versteckt sich hinter ihrem Buch, und ich tue so, als würde ich in meiner Zeitschrift lesen. Von Zeit zu Zeit blättere ich um.

Ich weiß nicht, wie mir geschieht.

Vera kollidiert mit Mandel. Ich werde von Gefühlen und Erinnerungen überschwemmt, und Vera nimmt sofort und ungebeten die Hauptrolle ein. Die glanzvollen Momente mit ihr ziehen sich wie Perlen auf einem Faden auf. Auf einmal sehne ich mich nach ihr. Ich verstehe nichts mehr.

Die restliche Reise wird zur Qual und dauert drei Ewigkeiten. Als wir in Bern ankommen, verabschiedet sich Mandel rasch, sie gibt mir bloß einen Kuss auf die linke Wange. Bevor ich hätte reagieren können, verschwindet sie mit einem »Melde dich erst wieder, wenn du weißt, was du willst« in der Menge.

Limette, Salz, ex und hopp

Vor meiner Wohnungstür liegt ein riesiger Blumenstrauß mit einer kleinen Karte, auf der in schwungvoller Schrift steht: *Ich kann dich kaum erwarten, in Liebe V.* Benommen packe ich den Strauß und gehe hinein. Drinnen empfängt mich eine missmutige Einsamkeit, am liebsten hätte ich rechtsum kehrt gemacht. Während ich die Blumen aus der Folie wickele, höre ich den Anrufbeantworter ab. Muss ich es erwähnen: Mit wenigen Ausnahmen hat Vera darauf gesprochen. Sie schmeichelt, lockt, drückt Sehnsucht und heiße Liebe aus. Ihre Stimme, wohltönend und erotisch, liebkost mein Trommelfell.

Verflucht!

Nach Hause zu kommen bedeutet nicht nur räumlich, die Distanz zu Vera zu verlieren. Schon habe ich den Alltagsmantel übergestreift, zurück sind die Gefühle und Bilder, die ich hier gelassen hatte. Die schwedische Liv ist im Norden geblieben, die aus Bern steht im Korridor, mit zitternden Knien. Es ist ein heißer Juliabend. Es ist eine Riesenmisere. Ich möchte meine beste Freundin anrufen, aber erstens hat sie bestimmt das Telefon abgestellt – da möchte ich meine nicht existierenden Goldbarren drauf verwetten – und zweitens ist es falsch, mit Mandel über das zu sprechen, was uns beide durcheinanderbringt.

Die Synapsen in meinem Hirn und die Hormone kollidieren wie in einem phänomenalen Autocrash. Wer Jacques Tatis Film *Traffic* gesehen hat, weiß was ich meine: Während fünf Minuten rasen Autos auf phantasievolle und skurrile Weise ineinander. Zurück bleibt ein riesiger Schrotthaufen. Wo ist Schweden geblieben und meine damit verbundenen Empfindungen und Gefühle? Warum ist mir, als befände sich Mandel auf Neuseeland oder gar in einem anderen Sonnensystem? Als die Nacht hereinbricht, bin ich irritiert – es ist die erste richtige Dunkelheit seit drei Wochen. Ich gehe auf die Terrasse, ich brauche Überblick. Wie oft bin ich hier gestanden und habe über Vera nachgedacht? Wie oft befand ich mich wegen ihr in einem miserablen Zustand, wie oft schwebte ich im siebten Himmel? Während ich an das Geländer gelehnt die Lichter Berns betrachte, spiele ich mit Mandels Ring.

Mandel.

Ich meine ihren Duft in der Nase zu haben, ihre Lippen, ihre Hände zu spüren. Doch so unvermittelt wie diese Sinneseindrücke gekommen sind, entgleiten sie mir wieder. Ich muss etwas trinken. Ich entscheide mich, ins *Im Juli* zu gehen. Im Garten finde ich einen freien Tisch und bestelle einen Rotwein. Einem Impuls folgend, ziehe ich ein Päckchen braune Kents. Seit der ersten Begegnung mit Vera habe ich Lust auf Rauchen verspürt. Na denn. Ich schnappe mir an der Theke ein Briefchen Streichhölzer. Der Garten ist mit Fackeln erleuchtet und erinnert mich daran, was der Reiz einer dunklen Nacht ausmacht. Zögernd öffne ich die Schachtel, reiße das Silberpapier heraus und betrachte die korrekt angeordneten Filter. Ich rieche daran, ich finde den Duft einer frisch geöffneten Zigarettenschachtel immer noch vielversprechend. Die Aufschrift weniger: *Rauchen fügt Ihnen und den Menschen in Ihrer Umgebung erheblichen Schaden zu.* Aufklärung muss sein, aber deplatziert finde ich die Aufschrift dennoch: Es ist doch angenehmer, mit gutem als mit schlechtem Gewissen an Lungenkrebs zu erkranken.

Ich stecke mir eine Zigarette zwischen die Lippen und zünde sie an. Nach über sieben Jahren das erste Mal. Ziehe den Rauch in die Lungen und – ja, und beginne zu husten! Der junge, rotgelockte Mann vom Nebentisch hat mir offensichtlich zugeschaut, denn er grinst amüsiert. Ich verstecke mich verschämt hinter einem Schluck Wein, dann rauche ich weiter. Nach fünf Zügen drücke ich enttäuscht – aber auch erleichtert – die Zigarette aus, was der Tischnachbar ebenfalls grinsend registriert. Der Mythos Zigarette ist tatsächlich nur noch ein Mythos! Ich versuche den schlechten Geschmack im Mund mit Wein wegzuspülen. Als mein Blick auf das Briefchen Streichhölzer fällt, kommt mir Mandels Knobelaufgabe in den Sinn. Ich breche ein paar Hölzer heraus, und bevor ich die Ausgangsposition gelegt habe, sehe ich schon die Lösung.

Wenn man auf die richtige Weise schaut, ist es manchmal kinderleicht.

Mit einem Mal ist mir klar: Wenn ich diese Nacht ruhig schlafen und mit gutem Gefühl erwachen will, muss ich mit Vera gesprochen haben. Beim Verlassen des Lokals lege ich meinem Nachbarn die Zigaretten auf den Tisch. Ich radle ins Kirchenfeldquartier. Die Luft ist so mild, wie sie in Schweden nie war. Der Tag ist lang gewesen, das Reisen anstrengend, die Mitteilungen von Vera noch anstrengender und Mandels abwehrende Reaktion am anstrengendsten. Ich wüsste gerne, was Mandel jetzt gerade macht, es ist verwirrend, sie nicht hier zu haben.

Beim Rosengarten steigt meine Spannung, beim Burgernziel wird sie quälend, und als ich in Veras Straße einbiege, gerate ich an den berühmten Rand eines Nervenzusammenbruchs. Ich habe keine Ahnung, was ich besprechen und was ich verschweigen will. Erst recht weiß ich nicht, was genau ich überhaupt will – ob alles oder nichts. Mit fahrigen Händen schließe ich das Rad ab und beobachte eine Zeit lang den hell erleuchteten ersten Stock. Vera müsste im Sommer im Norden wohnen, überlege ich mir, dann wäre sie ihre Angst vor der Dunkelheit los.

Alle Gefühle, die ich je vor diesem Hauseingang empfunden habe, scheinen auf mich gewartet zu haben, sie springen an mir hoch wie verspielte junge Hunde: Die Glückseligkeit, als ich das erste Mal mit Vera hier stand; die Aufregung, als sie mich zu einem Kaffee einlud; die Verzweiflung, als ich später an diesem Abend das Haus wieder verließ; der Liebestaumel, der mich kaum erwarten ließ, über sie herzufallen; die Verlorenheit, als sie mich an unserem Sonntag wegschickte (um dann fremdzugehen); das dumpfe Warten im Auto, als ich sie wegen Gina konfrontieren wollte. So unterschiedlich die Gefühle auch sein mochten, eines hatten sie gemeinsam: Sie waren von aufregender Intensität.

Vor dem Gartentor bleibe ich stehen. Soll ich hineingehen? Was dann? Vera würde mich hereinlassen, sie würde über das Geländer gebeugt herunterschauen. Ihr Gesicht würde leuchten, sie würde mir entgegenkommen, bestimmt wäre sie elegant gekleidet, bestimmt wäre sie schön und von einer Aura des Geheimnisvollen umgeben. Ich wäre von ihren grauen Augen, die mit Liebe gefüllt wären, magnetisch angezogen. Wir fielen uns in die Arme, gingen eng umschlungen in die Wohnung, sie böte mir ein Getränk an, doch wenn sie damit zurückkäme, würde sie es auf die nächstmögliche Ablage stellen und mich küssen.

Andere Küsse kommen mir in den Sinn.

Aus einem Impuls heraus klettere ich auf die Mauer. (Mein Fußgelenk ist nicht glücklich darüber.) Vielleicht kann ich einen Blick von Vera erhaschen, und das würde mir weiterhelfen. Vorsichtig setze ich einen Fuß vor den anderen und spähe in die Wohnung.

»He, Sie da oben, was machen Sie da?!«

Ein älterer Mann mit schütterem grauen Haar schaut zu mir herauf, die Arme in die Seite gestemmt. Die Sorte Mensch, die sich für die Sicherheit ihres Quartiers verantwortlich fühlen und notfalls den Scheibenwischer eines Falschparkers verbiegen.

»Wissen Sie, ich bin dabei, die wichtigste Entscheidung meines bisherigen Lebens zu fällen.«

»Und das müssen Sie auf dieser Mauer tun?«

Ich deute zu Veras Wohnung hinauf. »Dort lebt die Frau,

die ich liebe oder zu lieben glaube, aber es könnte sein, dass ich eine andere noch viel mehr liebe. Ich will herausfinden, welche die richtige ist. Es wäre doch fatal, sich für die falsche zu entscheiden, nicht?«

Der Mann schüttelt brummend den Kopf, voller Verachtung für Menschen wie mich, und geht weiter. Ich drehe mich wieder um – und sehe Vera! Sie durchquert das Wohnzimmer, beugt sich vermutlich zum Sofa hinunter, richtet sich wieder auf, das Handy in der Hand. Sie sieht wie immer auf ihre aparte Art umwerfend aus, auch wenn sie nicht besonders glücklich wirkt. Vera wählt eine Nummer. Weiter drüben, so ungefähr aus der Richtung meines Fahrrads, beginnt Freddie Mercury *We are the Champions* zu singen. Die Situation ist absurd, ich bete, dass Vera mein Handy nicht hört, und kauere mich nieder. Vera geht auf und ab, dann wirft sie das Telefon vermutlich aufs Sofa. Freddie Mercury hört auf zu singen. Vera beißt sich auf die Lippen.

Ein Teil von mir will zur Haustüre rennen und klingeln, ein anderer will zum Handy stürzen und sie zurückrufen, ein dritter möchte einfach nur schreien und ein vierter diesen Schauplatz so schnell als möglich verlassen. Ich habe schon mal auf dieser Mauer gestanden, um ein anderes Leben auszuspionieren, und was hat es mir gebracht? Einen verstauchten Fuß und ein verstauchtes Herz.

Ich bin eine dumme Voyeurin.

Vera ist verschwunden, ich glotze weiter und denke, wie oft ich Zuschauerin gewesen bin, wenn ich mit Vera zusammen war: Wenn sie auf der Bühne stand, nach der Oper in der Kneipe; mit ihr zu zweit, wenn sie erzählte, farbig zwar und interessant, aber wie ein überschäumender Bach – und ich, die zuhörte, die nickte, unterstützte, bewunderte. Vera, mein Star, den ich vergötterte; die jede Runde unterhielt; die im Bett ihre ganze Schönheit und Leidenschaft vor mir ausbreitete; die mich in jeder Hinsicht zur Liebesdienerin machte.

Ich klettere vorsichtig von der Mauer und krame das

Handy aus der Tasche. Vera hat mir auf die Mailbox gesprochen. »Liv, was ist mit dir los?! Warum antwortest du mir nicht? Wie kannst du mir das antun? Wo steckst du? Seit Tagen versuche ich dich zu erreichen. Es ist wichtig! Ich liebe dich so sehr, ich bin zu Hause, Liebste, ich warte auf dich!«

Seufzend stecke ich das Handy ein. Es wäre so leicht, an der Haustür zu klingeln. Noch einfacher ist es jedoch, das Fahrrad die Straße entlangzuschieben, nach zweihundert Metern stehen zu bleiben und Vater anzurufen. Als er abnimmt, sage ich nur: »Vater, kannst du mir Asyl gewähren? Ich brauche Asyl, unbedingt.«

»Wo bist du? Ich hole dich.«

»Nein, nein, etwas frische Luft wird mir gut tun.«

Sie tut es nicht. Ich trete mechanisch in die Pedale und sehne mich nach meinen glücklichen Jahren des Alleinseins. Mitten auf der riesigen Wankdorfkreuzung, wo Autos links und rechts an mir vorbeirasen, kocht mein Innenleben plötzlich über. Ich schmettere mein Handy mit aller Wucht zu Boden. Das Gehäuse zerbirst. Ich werfe einen Blick zurück und sehe mit Genugtuung, dass Autos darüber fahren und den Rest erledigen. Nun habe ich ein Problem behoben (Anrufe von Vera), dafür ein größeres geschaffen (Handy kaufen). Gut tut es trotzdem. Als ich Bolligen erreiche und die Straße vor mir habe, die steil zu Vaters Wohnung hinaufführt – und dies schier endlos –, frage ich mich erneut, was an frischer Luft und mühsamem Radeln Gutes sein soll. Verschwitzt erreiche ich das Ziel. Vater freut sich mich zu sehen, er drückt mich an sich. Mit seinem Aftershave in der Nase fühle ich mich sicher und geborgen. Ohne mir Fragen zu stellen, führt er mich auf die Terrasse, wo ein Tischchen und zwei Stühle eingeklemmt zwischen seinen unzähligen Rosenbüschen stehen. Er fragt, was ich trinken möchte.

»Ein großes Glas Wasser und irgendwas Hochprozentiges, das mir schnellstmöglich das Hirn lahmlegt. Ja, das wäre toll.«

Er hebt eine Augenbraue, verschwindet aber kommentarlos in der Wohnung. Auf dem Tablett, das in seinen zittrigen Händen bedenklich wackelt, stehen zwei Flaschen, eine Karaffe und vier Gläser. Whisky für ihn, Tequila Salz und Limettenscheiben für mich, Wasser für beide. Nach seiner Theorie wird der Alkohol durch gleichzeitiges und reichliches Trinken von Wasser so gut wie unschädlich gemacht. Ein Beispiel dafür, dass gute Bildung nicht vor Selbstbetrug bewahrt.

Egal, ich fülle das kleine Glas, lecke das Salz vom Handrücken, beiße in eine Limettenscheibe und kippe die Tequila. Vater schiebt mir das Wasserglas zu. Er zündet sich eine Zigarette an. Sie passt nicht in seine großen Hände, er müsste Zigarre rauchen. Er inhaliert ein paar Mal. »Dein Reisebericht steht im Moment wohl nicht zuoberst auf der Traktandenliste?«

»Tut es nicht.«

»Erzähl mir, warum du dein Hirn lahmlegen willst.«

In die Limette beißen, Salz lecken, ex und hopp. »Ich muss mich entscheiden und habe keine Ahnung, wie.«

Er nickt verständnisvoll. »Das erfordert kluges Abwägen und die Prüfung aller Fakten. Eine Entscheidung kann weitreichende Folgen haben, das weiß ich aus meiner Erfahrung als Richter.«

Es war zu befürchten, dass er zu dozieren beginnt. Vielleicht ist es nicht klug, mit dem eigenen Vater darüber zu reden. »Nehmen wir an, du müsstest zwischen zwei Rosensorten eine wählen, wie würdest du vorgehen?«

Vater ergreift mit beiden Händen seinen Whisky. Mich dünkt, dass das Zittern seiner Hände zugenommen hat. Versonnen schaut er in seine Rosen. »Nun, als erstes käme es darauf an, wo der Rosenstock hinkommt. Ist der Platz geschützt, warm, zugig, schattig usw. Ich würde mir überlegen, welche Farbe zu den Pflanzen, die schon da sind, passen würde, zu welchem Zeitpunkt sie blühen, ob er duften soll oder nicht, ob mit oder ohne Dornen, ob große oder kleine Blüten, ob anspruchsvoll zu pflegen oder genügsam. Habe ich die Kriterien festgelegt, prüfe ich, welche Sorte ihnen gerechter wird und wähle diese. In Hinblick auf die Zucht könnte –«

»Ich glaube, ich habe das Prinzip verstanden.« Es war definitiv keine kluge Idee, mit dem Beispiel der Rosen zu kommen.

»Ich nehme nicht an«, sagt Vater, »dass dich Rosenprobleme beschäftigen.«

»Du liegst richtig mit deiner Annahme.« Limette, Salz, ex und hopp.

»Ich nehme ebenfalls nicht an, dass es zufällig um zwei Männer geht.«

»Zufällig nicht.«

»Schade. Es wäre bedeutend einfacher, zwischen zwei Männern zu entscheiden – Männer sind simpel gebaute Charaktere. Frauen hingegen …« Er schaut in die Kerze, die zwischen uns flackert. »Bei Männern muss man sich mitunter gar nicht entscheiden. Deine Mutter jedenfalls tat es nicht.«

Perplex schaue ich auf. »Was war das eben?!«

Vater zieht an der Zigarette. »Meinst du, ich habe nicht gewusst, dass meine Ava einen anderen Mann hatte?«

Ich habe wohl nicht richtig gehört.

»Dein Vater ist nicht so dumm, wie du denkst. Ich habe deine Mutter geliebt, und ich habe gewusst, dass sie für ihr Glück auch Lars brauchte. Es ging nicht mit und nicht ohne ihre alte Jugendliebe. Ava hat mir das gleich am Anfang erklärt, und ich habe es akzeptiert.«

In die Limette beißen, Salz lecken, ex und hopp! »Das sagst du mir erst jetzt! Seit ihrem Tod trage ich dieses angebliche Geheimnis um ihren Liebhaber mit mir herum, es hat mich belastet und mich gewissermaßen zu einer Lügnerin dir gegenüber gemacht. Jetzt kommst du und tust so, als wäre es das Natürlichste der Welt. Warum hast du mir nichts gesagt?!«

Vater zuckt mit den Schultern. »Es hat sich nicht ergeben.«

»Na bravo.«

»Lass uns ein anderes Mal darüber reden, es geht jetzt um dich. Übrigens solltest du mehr Wasser trinken.«

Ich kippe brav ein Glas Wasser.

»Meine liebe Tochter muss sich also entscheiden.«

»Muss ich.«

»Ich nehme an, dass du zurzeit nichts anderes machst, als immer und immer wieder die beiden Frauen miteinander zu vergleichen, in der Hoffnung dann die richtige Wahl treffen zu können.«

»Zwangsläufig.«

»Nun, wenn du dich falsch entscheiden willst, ist das der genau richtige Weg.«

»Ich verstehe nicht.«

»Es ist verlorene Liebesmüh, den Charakter zweier Frauen zu vergleichen. Es ist der falsche Ansatz, weil es letztendlich irrelevant ist, welche schöner, gescheiter und spannender ist oder mehr Sexappeal hat. Etwas anderes musst du herausfinden: *Wie* fühlst du dich mit der Frau zusammen? Ist dir wohl mit ihr? Kannst du du selbst sein? Fühlst du dich belebt, aufgebaut, angenommen, geliebt, oder hast du Stress, fühlst dich unzulänglich und nicht akzeptiert, so wie du bist? Die Überlegung, was sein könnte, wenn alles etwas anders wäre, ist müßig. Nur die eine Frage zählt: *Wie geht es dir mit dieser Frau zusammen – hier und jetzt und so, wie ihr nun mal seid.*«

»Ist es wirklich so einfach?«

»Ich befürchte, ja.«

»Du befürchtest?«

»Menschen bevorzugen das Komplizierte.«

»Vielleicht ist das Komplizierte spannender, anziehender, herausfordernder und reicher.«

»Vielleicht. Aber eine komplizierte Beziehung zehrt an den Kräften. Es ist mühsam einen Weg zu zweit zu finden, man bleibt unbefriedigt.«

»Ich bezweifle, dass der Mechanismus so einfach ist.«

»Genau, nimm nichts ungeprüft an. Ich sehe, meine Erziehung hat gefruchtet.«

»Alles in Frage zu stellen ist verdammt anstrengend.«

»Ja, aber ohne Fragen kriegst du keine Antworten. Stell dir vor, wie langweilig.«

Vater schiebt mir noch ein Glas Wasser zu, ich trinke es aus. »Bei *Mamma*, war das für dich Liebe auf den ersten Blick?«

Er überlegt. »Nein. Sie gefiel mir sofort, war aber nicht mein Typ, ich stehe ja eigentlich auf südländische Frauen. Ich fühlte mich aber von Anfang an sehr wohl mit ihr. Wir sprachen miteinander, und obwohl Ava nicht sehr gut Deutsch konnte und ich kein Schwedisch, redeten wir endlos und verstanden uns blendend. Es war alles so einfach, so selbstverständlich, als würde man in einen tiefen See tauchen mit der beruhigenden Gewissheit, dass man nie mehr unter Wassermangel leiden wird. Die Verliebtheit kam durch die Hintertür, sie nahm aber bald das ganze Haus ein.«

Ich drehe mein Wasserglas in den Händen. »Du hältst also nichts von der Liebe auf den ersten Blick?«

»Das habe ich nicht gesagt. Bei der Liebe auf den ersten Blick verlassen wir uns auf das Sehen. Doch die Augen halten eine Fata Morgana für real – du kannst dich vollkommen irren. Liebe auf den ersten Blick ist wie ein einarmiger Bandit: Wirf Geld ein, und vielleicht, aber nur vielleicht, gewinnst du.«

Vater schenkt sich nochmals Whisky ein, verdünnt ihn mit Wasser. Das Glas schwankt auf dem Weg zu seinem Mund und zurück zum Tisch. Er blickt mich an. »Könnte es sein, dass es um die Opernsängerin geht?«

»Könnte es.«

»Und um eine andere Frau?«

»Genau.«

»Möchtest du darüber reden?«

»Ich schätze dein Angebot, aber ich bezweifle, ob es Klarheit schafft, wenn ich das Gewirr auf den Tisch lege.«

»Du weißt es am besten.« Er steht auf und geht zum Klo, dann in die Küche. Mit einer Schale Oliven in der Hand kehrt er zurück. Gedankenverloren steckt er sich eine Zigarette an, die Glut bewegt sich unruhig im Dunkeln. »Weißt du eigentlich, dass ich gehofft habe, du würdest dich mit Mandel zusammentun? Mandel ist eine außerordentliche Frau, und du gefällst mir, wenn du mit ihr zusammen bist. Schade, ist sie nur deine beste Freundin.«

Salzig-saure Tequila ex und hopp. Ex und was-hat-er-gesagt-hopp?! Ich stopfe mir ein paar Oliven in den Mund. Kauen und Schlucken (länger als nötig) dann: »Ich, ja – äh, also, ehm, ich, oh, *kallprat*!«

Vater schmunzelt erfreut. »Oh, ich verstehe! Die Schwedenferien hatten es wohl in sich! Wie schade, dass ich nichts mehr dazu sagen kann, denn nun bin ich voreingenommen. Du weißt, wie ich wählen würde. Es ist spät, ich gehe ins Bett.«

Typisch Vater: Im brenzligsten Moment zu gehen, weil es sein richterlicher Ehrenkodex fordert! Er küsst meine Stirn. Ich sage nur »Danke«. Er nimmt die beiden Flaschen mit sich. Leider. Ich hätte gern mit der Tequila zusammen in den Sternenhimmel geguckt und Rosenblüten gezählt.

Vater kommt nochmals zurück. »Übrigens – deine Tante Luise hat sich über dich beklagt.«

Ich stöhne.

»Sie habe dich letzte Weihnachten das letzte Mal gesehen, sie wisse nicht, ob sie dich noch erkennen würde.«

»Ich kann ihr ja ein Foto schicken.«

»Liv!«

»Jedes Mal fragt sie, ob ich endlich einen Mann habe, und jedes Mal gibt's Kuchen. Ich habe es weder mit den Männern noch mit dem Süßen, das sollte sie allmählich wissen.«

»Ist es wirklich so schlimm?«

»Ja!«

»Kannst du sie nicht wenigstens mir zuliebe treffen?«

»Damit du einmal weniger musst?«

»Das war nun gar nicht nett!«

»Was kann ich dafür, dass ich ihre Nichte bin? Genau genommen nichts – du schon eher, du hast mich gezeugt, also musst du das ausbaden, nicht ich.«

Vater seufzt. »Ich glaube, wir reden ein anderes Mal darüber.« Er will gehen, dreht sich dann nochmals zu mir um. »Luise und Mandel sind sich mal begegnet, und Luise war von Mandel ausgesprochen angetan.« Er legt die Hand auf meine Schulter. »Siehst du, es spricht eine Menge für Mandel!«

»Ich glaube, du gehst jetzt besser schlafen, gnädiger Vater!«

Er grinst und verschwindet. Ich schüttle den Kopf. Mich streift der Gedanke an die Weinbestände im Keller, aber die Kellertür ist bestimmt geschlossen. Weggeschlossen wie der Whisky und der Tequila. Als mir klar wird, dass ich auf dem Trocknen hocke, beginne ich zu weinen. Ich putze mir heulend die Zähne und gehe heulend ins Bett. Ich weine, bis ich nicht mehr weiß, warum ich weine, was mich dazu veranlasst, erneut loszuweinen.

Am nächsten Morgen ist es Mittag, als ich aufstehe, und Nachmittag, bis ich in die Gänge komme. Vater hat mir einen hübschen Brunch vorbereitet, an dem ich mit hängendem Kopf sitze und Brötchen hin und her schiebe. Fünf Tassen Kaffee später fährt er mich nach Hause. Der große Blumenstrauß, den Vera vor die Tür gestellt hat, liegt welk auf dem Tisch, ich hatte vergessen, ihn in eine Vase zu stellen. Eilig werfe ich ihn weg, bitte Vater, einen Schutzwall vor dem blinkenden Anrufbeantworter zu bilden, stopfe ein paar Kleider und das Necessaire in meine Tasche und verlasse eilends die Wohnung.

Liv, auf der Flucht vor Entscheidungen. Oder anders gesagt: Liv, feige.

Ich lüge oft und bin dein

In der zweiten Nacht bei Vater schlafe ich besser, doch am Morgen fühle ich mich trotzdem so, als wäre eine Walze über mich gefahren. Es ist Montag, ich bin froh, ins Büro gehen zu können; weniger froh bin ich, dass ich meinen Kollegen von den Ferien erzählen muss. Glücklicherweise haben alle viel zu tun, sie lassen schnell wieder von mir ab. Der Tag ist anstrengend, voller drängender Aufgaben – genau das Richtige bei meinem Zustand. Am Abend gehe ich brave Tochter zu Vater und koche uns etwas. Ich kann und will nicht nach Hause gehen. Ich müsste den AB abhören und wäre überfordert von Veras Nachrichten und enttäuscht, wenn Mandel nicht angerufen hätte.

Am dritten Tag ist es mit der Flucht vorbei: Vera stürmt am späteren Vormittag in unser Büro. Sie hat sich sorgfältig hergerichtet, sieht in ihrem langen, dunkelroten Sommerrock umwerfend aus. Ihre Schönheit trifft mich. Verärgert und aufgelöst fordert sie mich auf, mit ihr nach draußen zu kommen, sie wolle mit mir reden, es sei sehr, sehr wichtig. Ich erkläre ihr, dass ich in zehn Minuten ein Treffen mit einem Auftraggeber habe. Darauf bezichtigt sie mich zu lügen. Es kümmert sie nicht, dass sie meine Arbeitskollegen stört. Carla ist so nett und bestätigt ihr mein Treffen. Ich packe Vera an der Hand und ziehe sie ins Treppenhaus. Dort erkläre ich ihr, dass wir uns dann und dann dort und dort treffen könnten.

»Liv, was zum Teufel ist los! Du hast meine Nachrichten erhalten, wie kannst du sie unbeantwortet lassen?!«

»Wir haben uns vor Wochen getrennt. Mein Handy ist kaputt. Und wie gesagt: Ich muss jetzt ...«

»Dass ich dich liebe und zurück will, bedeutet dir nichts?!«

»Es würde mir etwas bedeuten, wenn ich dir glauben könnte.«

Unten wird die Haustür aufgeschoben, jemand kommt die Treppe hoch. Es ist wie vermutet Per Gustavson. Ich grüße ihn auf Schwedisch und erkläre ihm, dass er schon hineingehen solle, ich würde gleich nachkommen. Er nickt verständnisvoll. Zu meiner Erleichterung höre ich, dass Carla sich drinnen seiner annimmt.

»Wie du siehst, muss ich jetzt gehen.«

Vera öffnet den Mund, ich füge rasch hinzu: »Jetzt gerade geht es nicht um dich, sondern um meine Arbeit, von der ich leben muss. Hättest du die Freundlichkeit, das zu respektieren und zu gehen? Versuche wenigstens einmal über den Rand deines Suppentellers zu schauen. Stell dir vor, ich würde mitten in eine deiner Vorstellungen platzen und dich von der Bühne zerren!«

Vera beginnt zu heulen »Das kannst du mir nicht antun! Was ist mit dir geschehen? – Haben sie dich in Schweden in einen Stein verwandelt? – Seit Tagen kämpfe ich um dich, und du bist wie Eis! – Du denkst nur an dich und deine Arbeit, weißt du, wie sehr du mich verletzt? – Hast du unsere schöne Zeit vergessen?«

Ich seufze. »Du willst unbedingt hier und jetzt reden, also reden wir. Ich hätte gern einige Dinge gewusst.«

Sie schaut mich irritiert an.

»Zum Beispiel, was mit deinem Knie geschehen ist. Ob du mit dem Belichtungsmann ins Bett gegangen bist. Was mit Gina war.«

Vera zieht die Mundwinkel nach unten. »Bitte? Darf man keine Fehler machen, ich habe daraus gelernt. Ich will dich, das ist alles was zählt!«

»Also warst du mit ihnen im Bett?«

»Ich will nicht über alten Mist reden!«

»Welche von den Kniegeschichten ist wahr?«

Vera schüttelt genervt den Kopf. »So habe ich mir unser Wiedersehen nicht vorgestellt! Ich bin unendlich enttäuscht! Mein Bruder hat mich einen Abhang hinuntergestoßen. Unten lagen rostige Gleise, quer übereinander. An denen habe ich mir das Knie zertrümmert.«

»Interessant. Diese Geschichte hast du mir noch nie erzählt! Und hast du nicht gesagt, dass du keinen Bruder hast, mal abgesehen von deinem dubiosen Halbbruder?«

»Liv! Was spielt es für eine Rolle, was mit meinem Knie ist, und wie viele Geschwister ich habe? – Was zählt, ist das zwischen uns, und nur das!«

»Wir schweben nicht abgekoppelt im Universum. Wir sind Teil dessen, was wir erlebt haben, Teil unserer Familie und unserer Freunde. Ich will dich als ganzen Menschen kennenlernen.«

In ihren Augen stürmischer Himmel. »Ich will aber nicht erfasst werden! Ich will als das wahrgenommen werden, was ich bin: ich nämlich! Meine eigenen Erlebnisse gehören mir, sie sind für dich nicht relevant.«

»Du könntest also parallel zu mir drei andere Liebesbeziehungen führen und das ginge mich nichts an?«

»Das kannst du auslegen, wie du willst.«

»Eine typische Vera-Antwort.«

»Ich *bin* ja auch Vera. Ich will nicht mehr streiten, komm, gehen wir nach Hause.«

»Mal abgesehen davon, dass ich am Arbeiten bin: Mit *nach Hause* meinst du bestimmt deine Wohnung.«

»Ach weißt du, die vielen Treppen bei dir …«

»Ja, natürlich.«

»Du bist süß, wenn du aufgebracht bist.«

»Ein Arbeitgeber wartet auf mich. Du musst jetzt gehen.«

»Wie du mit mir sprichst, richtig kaltherzig! Warte heute nach der Vorstellung auf mich«, sagt sie und geht endlich. Als sie schon fast unten angekommen ist, rufe ich ihr hinterher: »Ich warte bestimmt nicht auf dich! Diese Zeiten sind vorbei. Und du bist selber Schuld, mit deiner Hurerei und deinem Diva-Gehabe hast du alles kaputt gemacht. Such dir doch einen anderen Tölpel, der diese Scheiße mitmacht!«

Vera reagiert zu meinem Erstaunen nicht, bis ich realisiere, dass ich Schwedisch gesprochen habe. Zuerst bin ich darüber erleichtert, dann packt mich die Wut und ich renne ihr hinterher. Ich erwische sie auf dem Gehsteig, unweit der Bushaltestelle, wo ich sie das erste Mal gesehen habe. Ich fühle mich seltsam abgeklärt, als wäre ich ein altes Weib, das vor dem Haus auf einer Bank sitzend auf dem Gebiss kaut und gelassen dem Treiben zuschaut.

Vera strahlt, als sie mich sieht. »Kommst du endlich zur Vernunft, wusste ich es.«

Ich schüttle den Kopf. »Ich wollte dir noch sagen«, tief atme ich ein, »es gibt kein gemeinsames Morgen.«

Vera packt mich entgeistert am Handgelenk. Mit einer schnellen Bewegung entreiße ich es ihr.

»Herrgott noch mal, Liv, bist du von Sinnen?!«

»Ich – ich liebe dich nicht.« Jetzt war es raus! »Ich bewundere dich, verehre dich, himmle dich an. Dein Gesang haut mich um, dein Glanz betört mich, du bist zweifellos einer der außergewöhnlichsten Menschen, denen ich je begegnet bin. Aber ich liebe dich nicht. Ich zeige mich dir so, wie ich denke, dass du mich haben möchtest. Was weißt du von mir? Du redest dauernd und das gewiss auf mitreißende Art, ich höre zu und schweige, als wäre ich dein Publikum. Du weißt so wenig von mir! Wie viele Geschwister habe ich, wie viele Geliebte hatte ich, welche Bücher mag ich, welche Musik? Bin ich Rechts- oder Linkshänderin? Wie kannst du behaupten mich zu lieben, wenn du nichts von mir weißt?!«

Entsetzen und Ärger spiegeln sich auf Veras Gesicht, und das in bühnenreifer Manier. »Ach, ich verstehe, diese verdammte Raphaela hat dich gegen mich aufgewiegelt. Du bist ihr hörig und merkst es nicht. Sie reitet dich ins Verderben. Komm dann nicht zu mir, es wird zu spät sein!«

»Ist das alles, was du dazu zu sagen hast?«

Vera antwortet nicht.

»Ich schreibe übrigens rechts, aber zeichne mit der linken Hand. Ich male gern.«

Vera richtet sich auf und mustert mich kalt. »Und ich verschenke Abend für Abend wunderschöne Stunden. Ich erreiche mit meiner Stimme die Herzen der Menschen, ich begeistere sie mit meinem Bühnenspiel. Ist das nichts? Ich würde sagen, es ist mehr als alles andere, es ist eine besondere Gabe! Menschen tun sich schwer mit begabten Menschen, weil sie sich klein neben ihnen fühlen. Genau das ist dein Problem. So viel wäre mit uns möglich gewesen, wenn du nicht kleinlich und bieder wärest! Es ist nicht das erste Mal, dass mich jemand so tief verletzt, ich werde darüber hinwegkommen. Ein gebrochenes Herz heilt, und ich werde künstlerisch am Schmerz wachsen. So richte dich doch ein in deinem kleinen Leben mit der dummen Raphaela. Ihr werdet vergessen sein, bevor ihr überhaupt gestorben seid, aber mein Name wird die Zeit überdauern. Ich werde die Welt bereichert haben, während ihr in eurer dummen *Frauenbrasserie* gehockt und über Nichtigkeiten geschwatzt habt.« Leise beginnt sie zu singen:

»Es ist ja ganz gleich, wen wir lieben,
und wer unser Herz einmal bricht.
Wir werden vom Schicksal getrieben
und das Ende ist immer Verzicht.
Wir glauben und hoffen und denken,
dass einmal ein Wunder geschieht.
Doch wenn wir uns dann verschenken,
ist es das alte Lied:
Nur nicht aus Liebe weinen,
es gibt auf Erden nicht nur den einen,
es gibt so viele auf dieser Welt,

ich liebe jeden, der mir gefällt,
und darum will ich heut dir gehören,
du sollst mir Treue und Liebe schwören,
wenn ich auch fühle, es muss ja Lüge sein,
ich lüge oft und bin dein.«

Das Lied, das ich von Zarah Leander kenne, erwacht durch Vera zum Leben – der warme Julimorgen, die Autos, die an uns vorbeirasen, die Menschen, die stehengeblieben sind und zuhören, das alles intensiviert die Wirkung ihres Gesangs. Vera strömen Tränen über das Gesicht, ich weiß nicht, warum – wegen meiner Absage, weil ihr die Schönheit des Liedes nahe geht oder weil sie von ihrem eigenen Auftritt begeistert ist. Ich werde es wohl nie erfahren. Und obwohl ich behauptet habe, sie nicht zu lieben, fühle ich in diesem Moment eine große Liebe für sie; nur dass ich nicht weiß, was ich liebe. Vielleicht ihr Auftreten, ihr Aussehen, ihren Charme und Witz, oder das verstörte Mädchen, das ich manchmal in ihren Augen zu sehen meine, vielleicht ihr verletztes Knie, vielleicht ihre Begeisterungsfähigkeit oder die Violetta auf der Bühne.

Als Vera mit dem Lied geendet hat, klatschen ein paar Menschen. Sie strahlt, schaut mich mit nassen Wangen einen langen Moment an, sehnend, verletzt, hoffend und verachtend. Dann dreht sie sich um und geht. Wie ich ihr so beim Abgang zuschaue, denke ich, dass die Show wieder einmal perfekt war.

Ich lasse Vera ziehen und verstehe, dass ich sie genau so wenig kenne wie sie mich. Und einmal mehr frage ich mich: Kann man jemanden lieben, den man gar nicht kennt? Langsam steige ich die Treppe hoch, ich bin mitgenommen, erleichtert und gesammelt. Es ist getan, die Entscheidung gefallen. Und jetzt, da es soweit ist, merke ich, dass ich diese Entscheidung schon viel früher getroffen habe.

Den Rest der Woche verbringe ich bei Vater. Obschon ich nun weiß, was ich will – mehr als jemals zuvor –, verharre ich in diesem geschützten Rahmen. Ich will ganz sicher gehen, dass ich mich wirklich entschieden habe. Ich habe mir ein neues Handy gekauft, mit riesigem Display und zwei verschiedenen Tastaturen, auf denen ich Mandel SMS schreibe und nicht abschicke. Ich kann nicht beschreiben, wie sehr ich sie vermisse, jeden Tag muss ich mich daran hindern, zum Rathausplatz zu rennen und durch das Schaufenster ihres *Bern-Stein*-Ladens zu gucken. Ich hoffe auf ein Zeichen von ihr, aber ich kenne Mandel zu gut, eher würde sie sich den Kopf abhacken, als sich zu melden.

In dieser Woche bei Vater gedeihe ich zur Rosenexpertin. Ich lerne alles über Zucht, Pflege und Geschichte der Blumenkönigin. Ich ruiniere meine Leber, denn wir frönen jeden Abend dem Whisky und der Tequila. Zudem beginnen meine Nieren unter der Last des vielen Wassers, das Vater mich zu trinken nötigt, zusammenzubrechen. Vater führt mich in Goethes Werk ein, kurzum, es ist höchste Zeit, das Asyl zu verlassen! Samstagabend ziehe ich in meine verwahrloste Wohnung. Die Schweiz sitzt draußen und grillt Fleisch, ich putze meine Wohnung von Kopf bis Fuß, kaufe in der Tankstelle das Nötigste und das Unnötigste (eine *Gala*). Kaum hat es eingedunkelt, gehe ich mit der *Gala* ins Bett, sauge die neuesten Geschichten von Brangelina und David Beckham auf, ziehe die Decke über den Kopf und tauche in einen wolkenlosen Schlaf. Ich will fit für morgen sein.

Du hast weggeschaut, nicht ich

Ich erwache früh. Ich fühle mich frisch und seltsam wach, eine Wachheit, die glasklar ist, aber in jedem Moment zu zerbrechen droht. Es ist halb sieben. Ich will keine Zeit verlieren – wenn man kapiert hat, welche Entscheidung man seit längerem getroffen hat, will man keine Zeit verlieren. Ich ziehe los. Am Hauptbahnhof kaufe ich die *Sonntagszeitung* und eine Tüte Croissants. Mit weichen Knien stehe ich bald vor Mandels Haus und schaue zum ersten Stock hinauf. Ein altes Pärchen schlurft vorbei. Als die Frau mich entdeckt, kommt sie auf mich zu, den Mann im Schlepptau. »Sie habe ich doch auch schon gesehen, kennen Sie nicht das Fräulein Mandelstam? Ein nettes Mädchen, kann ja nichts dafür, dass sie jüdisch ist. Nicht dass ich etwas gegen die hätte, aber sie sind eben schon ein bisschen seltsam. Ich meine natürlich nicht das Fräulein Mandelstam, gell, Alfred.«

»Was?«

Sie tätschelt ihm die Schulter. »Er ist schwerhörig, aber wehrt sich standhaft gegen ein Hörgerät. Ich sage Ihnen, das ist anstrengend.«

»Was macht Angst?«, fragt Alfred verwirrt.

Ich halte den beiden Grätzgurken lächelnd die geöffnete Tüte entgegen. »Bitte sehr!« Vor lauter Überschwang hatte ich zu viele Croissants gekauft. Sie greifen zu.

»Sie sind die beste Freundin von Fräulein Mandelstam, nicht?«

»Ich hoffe, mehr als das.«

Die Frau macht große Augen. »Was mehr als eine Freundin könnten Sie denn sein?«

»Ihre große Liebe.«

»Was für Triebe?«, fragt Alfred.

Seine Frau bedeutet ihm zu schweigen. »Solche Dinge sind modern, nicht? Ich habe darüber in der Zeitung gelesen. Das hat man bei uns noch nicht gekannt, und jetzt können die sogar heiraten. Aber Kinder bekommt man so nicht. Wir haben auch keine, es hat an ihm gelegen, aber grundsätzlich hätten wir können. Bei zwei Frauen sehe ich schwarz. Aber ich sage mir, Liebe ist Liebe, solange ich nicht mitmachen muss. Wollen Sie nicht endlich klingeln?«

Im Erdgeschoss werden Fensterläden aufgestoßen. Manuela, die unterhalb von Mandel wohnt, streckt den Kopf heraus. »Was ist hier los?«, mault sie, »es ist Sonntagmorgen, ich möchte schlafen! – Ach, du bist es, Liv, und Sie, Frau Holzer.«

Frau Holzer stellt sich unter Manuelas Fenster und streckt ihr meine Tüte entgegen. »Nehmen Sie ein Croissant, sie sind von dem Fräulein, es geht um Leben und Tod.«

»Um Leber und Kot? Ich verstehe nicht«, sagt Alfred.

Keiner beachtet ihn. Frau Holzer schubst mich. »Klingeln Sie endlich.«

So habe ich mir das nicht vorgestellt. Manuela sitzt auf der Fensterbank und isst Croissant. Frau Holzer setzt sie auf den neusten Stand der Dinge. Ich frage mich, ob ich nicht besser später nochmals komme. Ein Jogger rennt die Straße entlang und biegt zu uns ab. Frau Holzer winkt ihm zu. »Sieh an, der Herr Vogel, sind Sie schon tschokken gegangen, wollen Sie ein Croissant?«

Herr Vogel wohnt über Mandel, er heißt Ralf und ist schweißüberströmt. Irritiert lächelnd schüttelt er den Kopf und beginnt mit Dehnungsübungen.

Ich bin im falschen Film.

Alfred hat damit begonnen, Unkraut auszureißen. Ich fasse mir ein Herz und läute bei Mandel. Mein Herz ein einziger Trommelwirbel. Ich schaue nach oben, die anderen ebenfalls.

Wir warten. Ich hätte lieber alleine gewartet.

Lange passiert nichts, dann erscheint am Fenster ein mürrisches Mandelgesicht mit einer Frisur à la *Vom Winde verweht*. Als sie uns sieht, macht sie große Augen. Frau Holzer winkt, dann winken auch Alfred und Ralf, Manuela nickt ihr zu.

»Dieses nette Fräulein hat Ihnen etwas zu sagen«, erklärt die Frau Holzer. Ihr Mann nickt, obschon er Bahnhof versteht, Ralf macht eine Grätsche.

»Ginge das auch zu späterer Stunde und mit etwas weniger Staraufgebot?«, brummt Mandel. Sie mustert mich mit unergründlichem Gesichtsausdruck. Ich finde, sie sieht entzückend aus.

»Kann ich hochkommen?«, frage ich schüchtern.

Die Frau raschelt mit der Tüte. »Sie kriegen auch ein Croissant. Ich würde öffnen, wenn ich Sie wäre.«

Mandel stützt die Ellbogen auf den Fenstersims und legt ihren Kopf in die Hände. »Liebe Frau Holzer, was würden wir nur ohne Sie im Quartier tun?« Sie blickt wieder zu mir. »Du hast einen Hausschlüssel, dann komm, aber ohne Geleit.«

Frau Holzer drückt mir die Tüte in die Hand, ihr Mann hat jätend den nächsten Eingang erreicht, Ralf schüttelt seine Glieder, und Manuela bedeutet mir mit einer Kopfbewegung, reinzugehen. Ich schließe die Haustüre auf und schaue noch einmal zu Mandel. »Also, ich komme.«

»Na, dann mach endlich deine Drohung wahr.«

»Ich habe die *Sonntagszeitung* gekauft.«

»Gut, da haben wir was zu lesen.«

Ich haste die Treppe hoch. Mandel lehnt am Türpfosten, die Arme verschränkt. Sie trägt ihr verwaschenes Lieblings-T-Shirt, auf dem steht: *Ich habe den englischen König bedient*. Unschlüssig bleibe ich auf dem Treppenabsatz stehen.

»Solltest du nicht Frühstück für die Diva zubereiten?«

»Sollte ich?«

»Man beantwortet eine Frage nicht mit einer Gegenfrage, das hast du mir erst kürzlich erklärt.«

»Ja, nur ist dies die Ausnahme von der Regel. Also: Findest du, ich sollte bei Vera sein?«

»Woher soll ich das wissen, ich bin bloß eine dumme Jüdin.«

»Mandel!«

Jemand kommt hoch, es ist Ralf, der entschuldigend lächelnd an uns vorbeischleicht. Mandel bedeutet mir, hereinzukommen. Immerhin. Sie geht ins Wohnzimmer, das von Licht durchflutet ist – es wird ein heißer Tag werden. Ich setze mich auf den ungemütlichen Stuhl, den Mandel von ihrer Oma geerbt hat und den sie in Ehren hält, obschon er nicht zu gebrauchen ist. Eine Feder sticht mir in den Hintern. Mandel ist in der Mitte des Raumes stehengeblieben, sie ist verschlossen wie jene Muscheln, die sich beim Kochen nicht öffnen.

»Na, hast du dich schön ausgetobt mit der Schickse?«

»Es geht.«

»Kann ich euch zur Aussöhnung gratulieren?« Mandel spuckt die Frage förmlich aus.

»Dazu braucht es zwei.«

»Ach was, Schmock. Hat sie dir erneut eine Abfuhr erteilt?«

»Das habe ich nicht gemeint.«

»Was dann?«

»Hast du auch schon in Betracht gezogen, dass *ich* die sein könnte, die nicht mehr will?«

»Und dafür musstest du es nochmals mit ihr treiben, Schmock?«

»Man kann auch anderes tun.«

»Sag bloß!«

»Man kann mit Rauchen beginnen und gleich wieder aufhören. Man kann Streichholzrätsel im Nu lösen, man kann von der Mauer aus die Exfreundin beobachten, man kann das Handy zu Boden schmettern, man kann beim Vater um Asyl bitten und jede Nacht zuviel Tequila trinken. Man kann im Büro von der Ex besucht werden und ihr mitteilen, dass sie eine Ex bleiben wird. Man kann am Ende der Woche, von Sehnsucht aufgefressen, einer verschlafenen Frau mitteilen, dass man sie über alles liebt und dass man kaum darauf warten kann, mit ihr ein gemeinsames Leben in Angriff zu nehmen. So, und nun erlaube ich mir, bei dir zu duschen, weil ich vom Radeln und der Aufregung schweißüberströmt bin und kaltes Wasser auf dem Kopf brauche. Darf ich?«

Warum ich jetzt unbedingt duschen will, weiß ich nicht, vielleicht um das, was ich eben gesagt habe, allein im Raum zurückzulassen – es ist von zu großer Tragweite.

Unglaublich, was sich auf Mandels Gesicht abspielt: Sie nickt, während die Augen tellergroß werden wollen, zugleich will die Stirne sich runzeln, der Mund will lächeln oder etwas Patziges sagen, und Ablehnung und Freude kollidieren.

Ich gehe ins Badezimmer und dusche die Dusche der Gerechten. Bis der Duschvorhang beiseite geschoben wird. Mandel steht vor mir und stellt sich angezogen zu mir.

»Zieh den Vorhang zu.«

Mandel tut es.

»Was genau soll das werden?«

»Erstens ist das meine Dusche, ich bin dir keine Erklärungen schuldig, und zweitens müssen wir reden.«

»Ich höre.«

»Du willst mit mir ein gemeinsames Leben in Angriff nehmen? Wie wär's, wenn du mich erst fragen würdest, ob ich das auch will?«

»Du hast Recht. Ich möchte dich hiermit fragen, ob du auch ein gemeinsames Leben mit mir in Angriff nehmen willst. Deine Kleider werden übrigens nass.«

»Außerdem will ich wissen, warum du die Schickse hast ziehen lassen.«

»Weil ich eine Frau bevorzuge, die bekleidet mit mir duscht, weil ich diese Frau liebe, und weil Faszination und Liebe nicht das gleiche sind. Deine Brustwarzen zeichnen sich durchs T-Shirt ab. Nicht dass es mich stört, es ist bloß so, dass es meine Konzentration beeinträchtigt.«

»Willst du nun wissen, ob ich mit dir ein gemeinsames Leben in Angriff nehmen will oder nicht?«

»Die Tatsache, dass du mit mir unter einer Dusche stehst und außerdem etwas unzüchtige Blicke auf mich wirfst, lassen mich die Antwort erahnen. Aber natürlich vernehme ich es gerne aus deinem Mund.«

Worauf sie mich küsst.

»Genügt das als Antwort?«

»Bin mir nicht sicher.«

Sie küsst mich erneut. Nach einer guten Weile sage ich etwas atemlos: »Ich glaube dir, ich glaube dir.« Liebevoll streiche ich ihr die Haare aus dem Gesicht. »Weißt du, ich habe nicht den englischen König bedient, wie das auf deinem T-Shirt steht, ich habe Vera bedient, als wäre sie eine Königin oder besser gesagt eine Diva. Zugegeben, ich habe durch sie große und intensive Gefühle erlebt, die jedoch keinen roten Heller wert waren, weil sie mich leer und verloren zurückgelassen haben. Vera war wie eine Droge für mich: erst der Flash, dann der Absturz. Neben ihr gibt es keinen Platz für mich. Es ist grotesk, eine Beziehung zu führen, in der man keinen Platz hat. Man wird zu einer Trittbrettfahrerin. Trittbrettfahren ist anstrengend. Und zugig.

Vera lässt mich nicht kalt, ich gebe es zu. Ihre SMS, die Mitteilungen auf dem Anrufbeantworter und die Begegnung mit ihr haben mich aufgewühlt und durcheinandergebracht. Aber wenn ich ein kleines bisschen weiterdenke, mir vorstelle, wie es mit ihr zusammen ist, mich daran erinnere, dass sie fremdgegangen und es nicht zugegeben hat; wenn ich mir vergegenwärtige, wie gestresst ich oft in ihrer Anwesenheit war, komme ich immer zum selben Schluss: Faszination hin und her – das genügt mir nicht.

Das also ist aus meiner Liebe auf den ersten Blick geworden – die Erkenntnis, dass man mehr als einmal hinschauen
muss. Auch mehr als zwei Mal. Manchmal muss man sechs
Jahre hinschauen, wieder wegschauen und dann erneut
hinschauen, bis man erkennt, was man längst hätte merken
sollen. Die Liebe auf den ersten Blick gibt es nicht. Sie ist
einfach nur Einbildung –«

»Da wäre ich mir nicht so sicher«, sagt Mandel und stellt
das Wasser ab.

»Ich verstehe nicht.«

»*Du* hast weggeschaut, nicht ich. Die Köchin verfiel der
Gouvernante in der ersten Pilatesstunde. Sie hat sich damit
abgefunden, dass das unerwidert bleiben würde.«

Sie streift ihre klebrignassen Kleider ab.

»Du sagst, dass …?«

»Ja, manchmal ist der erste Blick genau der richtige.«

Sie nimmt das Frotteetuch und hält es geöffnet vor mich
hin. Ich trete aus der Dusche, nehme das Tuch entgegen und
wickle es um uns beide. Ein Lob auf große Badetücher. Ich
küsse ihren Hals. Sie seufzt und sagt dann: »Aber wie ist
das, wenn Vera weiter um dich kämpft?«

Ich überlege eine Weile. »Ich werde ihr verfallen, mich ihr
vor die Füße werfen und dich in die Wüste schicken. Ich
werde dich nie mehr sehen wollen, und falls ich dich doch
mal treffe, werde ich so tun, als würde ich dich nicht kennen. Ich werde mit Vera zusammenziehen und ihr jeden
Morgen einen Tee für ihre Stimme zubereiten und Brote
streichen. Ich werde nach ihren Vorstellungen auf sie warten
und ihr eine Massage verabreichen, die regelmäßig in eine
Ekstase ausartet. Ja, genau so wird es sein.«

Mandel mustert mich, ihre Mundwinkel heben sich ein
klein wenig. »Dann ist ja gut.«

Wir küssen uns durch die Wohnung, eine feuchte Spur
hinter uns herziehend, und fallen ins Bett.

»Mandel.«

»Hmmm?«

»Vor einiger Zeit war ich wegen Vera bei einer Kartenleserin.«

»Musst du verzweifelt gewesen sein!«

»Ja, war ich. Ich stellte die Frage: *Wie geht es mit Vera und mir weiter.* Die Frau sagte, es sei schon vorbei, und ich könne froh sein, dass es vorbei sei, es wäre nichts Gutes daraus entstanden.«

»Sieh an.«

»Ich sagte, das könne nicht sein, Vera sei die Frau fürs Leben. Sie legte die Karten zu diesem Thema. Die Frau fürs Leben sei schon lange da, erklärte sie, ich müsse mich nur auf sie einlassen. Ich behauptete vehement das Gegenteil, aber sie beharrte auf ihrer Aussage.«

»So, so, die Agnostikerin glaubt also einer Kartenleserin.«

»Nein, natürlich nicht. Aber verblüfft hat es mich trotzdem.«

»Vielleicht bin ich nur eine heiße Affäre.«

»Vielleicht. Dann lass uns die Hitze ausnützen, bevor sie verfliegt.«

Ich packe ihre Handgelenke und drehe sie auf den Rücken. Ihre Augen glänzen wie frisch polierte schwarze Schuhe. Für einmal sind in ihnen kein Schalk, auch kein Spott und keine verrückte Ideen zu sehen, sondern einfach ein riesiger, ruhiger See voller Liebe für mich. Da wird mir angst und bang und wird mir Freude und Glück, ich möchte verlegen wegschauen oder flüchten, mich im sicheren Hafen der unsicheren Liebe einer dieser Veras verstecken, aber ich tue es nicht. Ich kann nicht beschreiben, wie stolz es mich macht, dass ich zu bleiben wage.

Niemand hat mir gesagt, wie delikat es ist, geliebt zu werden, und wie angsterregend es ist, anzukommen. Langsam beginne ich zu begreifen, dass unerfüllte Liebe süchtig macht, weil sie viele unvergessliche Highs beschert. Der Preis jedoch, den man für die kurzen Ekstasen zahlt, ist immens.

Wenn ich von der Bushaltestelle aus die Fixer der Drogenanlaufstelle beobachtet habe, schien mir dies eine fremde Welt zu sein, ich war mir so sicher, nichts mit ihnen gemeinsam zu haben. Aber bin ich nicht auch wie besessen hinter etwas hergerannt, das mich dann leer zurückließ?

Bevor ich weitere Überlegungen in dieser Richtung anstellen kann, beuge ich mich ohne mein Dazutun zu Mandel und sinke an ihren Mund. Es wird ein saumseliger Schneckenkuss – wer schon einmal zwei Schnecken beim Liebesspiel gesehen hat, weiß, was ich meine: Ein langsamer, poetischer, genussreicher, wunderschöner, der längste Kuss meines Lebens, der mich schmelzen lässt.

Wie wir in dieser Weise auf dem Bett liegen, ist die Zeit so freundlich, still zu stehen oder jedenfalls beträchtlich zu trödeln. Dieses Zeitloch macht es mir einfach, nachzugeben, mich fallen zu lassen in Mandels Arme und zu weinen. Tränen der Freude mischen sich mit Tränen um den Verlust meiner Hoffnung, mit Vera zusammensein zu können; Tränen des Glücks mit denjenigen des Schmerzes, dass eine schillernde Seifenblase, die das Schicksal vor bald einem Jahr an einer Bushaltestelle aufsteigen ließ, zerplatzt ist. Mandel hält mich schweigend.

Das Weinen verebbt. Eine Weile liegen wir still beieinander, bis Mandel sagt: »Ich möchte weder banal noch unromantisch sein, aber ich sollte unbedingt aufs Klo.« Sie setzt sich auf und mustert mich. »In der Zwischenzeit kannst du dir ja überlegen, ob du eine Frau an deiner Seite willst, deren Blase kein Sinn für Romantik hat.«

Ich mustere sie ebenfalls. »Du besitzt eine wunderschöne Vespa, das macht diesen Mangel wett, vorausgesetzt du bretterst nicht wie eine Irre.«

Mandel grinst breit und verschwindet ins Badezimmer. Als sie zurückkehrt und mit Anlauf neben mich hechtet, so dass ich beinahe aus dem Bett falle und mit ihr schimpfen muss, sagt sie: »Wie war das noch mit der Hitze, die wir ausnützen sollten?«

»Ja, mein Schlitzohr, wie war das nur?!« Ich packe sie im Nacken und ziehe sie an meinen Mund, der daraufhin lange Zeit nichts mehr zu sagen hat.

Der nächste Tag ist ein Montag, *Frauenbrass*-Montag, der erste, seit wir aus den Ferien zurück sind. Da sich in unseren Kreisen Neuigkeiten – vor allem, wenn es um Beziehungen geht – wie Buschfeuer ausbreiten (noch bevor man sie überhaupt entfacht hat!), beschließen Mandel und ich, das Feuer eigenhändig zu legen.

Als ich in der Brasserie eintreffe, schauen mir Gina, Bernadette und Frida erwartungsvoll entgegen. Gina lobt meine nicht vorhandene Bräune, worauf ich sie mit den klimatischen Verhältnissen Schwedens vertraut mache, aber sie will nichts darüber hören, hingegen alles über die Vorzüge der Schwedinnen. »Die haben bestimmt was drauf! Nicht von ungefähr sind sie durch Pornofilme berühmt geworden.«

Der Abend beginnt vielversprechend.

Eine halbe Stunde später stoßen Nikkie und Thea zu unserer Runde, dann Mandel. Etwas überdreht grüßt sie die Frauen, mir gibt sie einen Kuss auf die Wange und verzieht sich ans andere Ende des Tisches. Bei ihrem Anblick steppt mein Herz einen Freudentanz.

Frida betrachtet uns kritisch. »Dafür, dass ihr drei Wochen Ferien hinter euch habt, seht ihr nicht gerade ausgeruht aus.«

»Du weißt ja nicht, wie anstrengend Ferien sein können«, sagt Mandel.

»Eben nicht, also erzählt schon, wie war's?«

»Es war, wie soll ich sagen, sehr hell«, beginne ich.

»Und das Haus rostrot, der See kühl zwar, aber wunderbar«, ergänzt Mandel.

»Wir hatten ein Boot, mit dem sind wir von Ufer zu Ufer gerudert, gingen jeden Tag spazieren, manchmal wandern, sahen fast einen Elch, und einmal, als wir draußen schliefen, wollte uns ein gefährliches Viech fressen.«

»Liv hat fast in die Hosen gemacht vor Angst, ich hingegen habe wacker zum Rückzug geblasen.«

»Mandel hat viele Zimtschnecken gegessen, die sind so etwas wie eine Nationalsüßigkeit, und ich habe ihr aus *Schloss Gripsholm* vorgelesen, ansonsten haben wir viel gestritten –«

Gina: »Mädels, wollt ihr uns einschläfern oder was? Ist das alles an Aufregung, was ihr zu bieten habt?«

Mandel und ich sehen uns in die Augen.

»Nicht ganz«, beginne ich.

»Wir gingen Billard spielen«, ergänzt Mandel.

»Ach ja? Na, das ist natürlich was anderes – aufregend!«, frotzelt Gina, die anderen nicken beipflichtend. Nur Thea, die oft mehr wahrnimmt als die anderen, horcht auf. »Ach so?!«

»Okay, ich rede ja schon. Nach dem Spiel waren wir etwas angetrunken, die Fürstin wollte sich vom Chauffeur nach Hause fahren lassen, aber weder er noch irgendein anderer Bediensteter hatte Zeit dazu, wie die Edelfrau ihr erklärte.«

»Hä?!«, Frida glotzt abwechselnd Mandel und mich an. Thea legt ihr die Hand beschwichtigend auf den Arm.

»Dann«, fährt Mandel fort, »musste die Fürstin selber fahren, und als sie zu Hause ankam, brachte sie die Haustüre nicht auf, und die Edelfrau half ihr nach, indem sie sie von hinten umarmte und in den Hals biss, und –«

»Fürstin, Edelfrau – wovon sprecht ihr eigentlich?«, fragt Frida genervt. Thea sagt »Psst!« und schaut uns auffordernd an.

Ich räuspere mich. Als sich alle Blicke auf mich richten, muss ich lächeln. »Sie brachten die Türe doch noch auf und gingen hinein.«

»Ja, und was dann!«, drängte Nikkie.

»Ein gerahmtes Foto bei der Treppe fiel zu Boden«, erklärt Mandel. »Und der Boden im Schlafzimmer war rutschig, die beiden sind fast hingefallen.«

Die Frauen hängen uns an den Lippen. Ich sage mit gleichgültiger Miene: »Das war ihnen aber egal, denn sie waren so sehr mit Küssen beschäftigt, dass die Welt hätte einstürzen können, es hätte sie nicht weiter gestört.«

»Himmel nochmal, wer sind diese Fürstin und Edelfrau?!«, schimpft Frida.

»Ja, wer wohl?«, sagt Bernadette, »unsere zwei Heldinnen!«

»Wie ging es weiter? Ich will jedes Detail!« Gina schaut uns begierig an.

»Na ja, so das übliche: ein bisschen hier, ein bisschen da, ein bisschen mhm-mhm, ein bisschen Gib-mir-mehr, eben Austausch von Säften und so.«

Langsam dämmert es Frida. »Ihr habt – ihr wart – was habt ihr? – Aber ihr seid doch! – Wie konnte das geschehen? Das ist nicht wahr!«

Gina klopft ihr beruhigend auf die Schultern. »Das ist jetzt ein bisschen viel für dich, Jungferlein, aber ich befürchte, es ist so: Sie haben es miteinander getrieben!«

Nun gibt es kein Halten mehr, alle reden durcheinander, es wird gegrinst, wir werden mit Fragen durchlöchert, Gelächter, Gekreische, bis Thea Einhalt gebietet. »Bevor ihr weiter ein Tohuwabohu veranstaltet, möchte ich etwas wissen: Heißt das, dass ihr endlich, endlich, endlich doch noch ein Paar geworden seid?«

»Warum endlich?«, frage ich irritiert.

»Antworte mir.«

Mandel und ich sehen einander an. Schweigen.

»Ehm«, beginne ich.

Gina schlägt auf den Tisch. »Raus damit!«

Mandel lächelt mir zu. »Ja, nach nur sechs Jahren haben wir uns gefunden.«

Die Reaktion darauf ist einigermaßen befremdlich, man ruft durcheinander:

»Ha, ich habe gewonnen!«

»Scheiße, ich hätte es wissen müssen.«

»Habe ich es nicht gesagt?!«

»Ihr schuldet uns ein Nachtessen!«

»Ach, was, das ist verjährt.«

»Wer sagt das?«

»Ich.«

»Du stellst wieder eigene Regeln auf. Wenn man verloren hat, muss man auch dazu stehen.«

Mandel und ich schauen verständnislos von einer Frau zu andern. »Dürften wir vielleicht erfahren, worum es hier geht?«, frage ich.

»Wir haben vor etwa fünf Jahren eine Wette abgeschlossen«, erklärt Nikkie, »ob ihr ein Liebespaar werdet oder nicht. Fünf wetteten dafür, vier dagegen, jetzt müssen uns die Verliererinnen zu einem Nachtessen einladen. Wir waren uns zwar alle einig, dass ihr ideal zueinanderpassen würdet, aber es war zu befürchten, dass ihr zu blöde seid, das zu merken. Vor allem du, Liv.«

Ups! Ich tue so, als würde mich das Ganze nichts angehen. Als der Tisch mich erwartungsvoll anstarrt, sage ich: »Entschuldigt mich, ich muss kurz für kleine Mädchen.«

»Du musst gar nichts, meine Liebe. Das heißt, du musst doch was: Küsse Mandel, wir wollen sehen, ob ihr das auch beherrscht!« Wer anders als Gina könnte das gesagt haben?

Die anderen nicken beipflichtend. »Ja, küsst euch!«, rufen sie. Andere Frauen, die uns kennen, kommen neugierig an den Tisch. Gina bringt sie auf den neuesten Stand der Dinge, worauf sie sich mit wissbegierigen Augen und Ohren zwischen uns auf die Bank und Stühle drängen. Sogar Frida, die dem Fleischlichen mehrheitlich abgeneigt ist, skandiert: »Küsst euch, küsst euch!« Man zerrt Mandel und mich hinter dem Tisch hervor und schiebt uns nebeneinander.

Es ist mittlerweile dunkel geworden, farbige Lämpchen hangeln sich von einem Kastanienbaum zum anderen und tauchen den Garten der Brasserie in ein fröhliches Licht. Es ist warm, mild, gemütlich, ich stehe neben Mandel und betrachte kopfschüttelnd die Hühner am Tisch. Ob Lesben überall auf dieser Welt so kindisch sind? Mandel hat meine Hand genommen (unter johlendem Applaus) und drückt sie beruhigend. Da ist mir alles einerlei, ich sage: »Ihr wollt also einen anständigen Kuss sehen? *Here you are!*« Dann nehme ich Mandels Gesicht in meine Hände und küsse sie hingebungsvoll, Mandel zieht mich in ihre Arme, und wir legen uns ziemlich ins Zeug, es wird noch mehr geklatscht, gejohlt und gepfiffen.

Wir hätten Eintritt verlangen sollen, das steht fest.

Nie nur ein Ja oder ein Nein

Vera gibt so schnell nicht auf. Sie hat beschlossen, dass ich ihre Frau bin und dass sie um mich kämpfen will. Vielleicht hat sie auch nur beschlossen, dass eine Kaminsky nie einen Korb kriegt. Sie überhäuft mich mit Blumen, sie schickt mir Fotos: sie allein im Bett liegend, sie einsam in einem Café sitzend, sie mit Lippenstift ein Herz auf den Spiegel ihrer Garderobe malend und immer mal wieder sie nackt. Im Briefkasten finde ich Liebesbriefe, Gratiseintritte für die neue Oper, die im Herbst aufgeführt wird, und Schokolade, zu der sie schreibt: *Mögest Du bei jedem Bissen an unsere wunderschöne Zeit denken, möge die Süße Dich an die Süße meiner Liebe erinnern – möge sie in Deinem Mund schmelzen, köstlich wie unsere Küsse. Ich bin Dein auf immer und ewig.*

Es ist eine teure, hausgemachte Schokolade aus der Konditorei *Eichenberger*. Ich schenke sie meiner Nachbarin Sonja, lösche die MMS und versorge das ganze Haus mit den Blumen. Vera kennt mich schlecht, sonst wüsste sie, dass ich nicht auf Süßigkeiten stehe und Blumen lieber im Garten als auf dem Wohnzimmertisch bewundere.

Die Vorzeichen zwischen ihr und mir haben sich radikal geändert. Welch ein bitteres Gefühl! Nun verhält sie sich so, wie ich mir das seit Monaten ersehnt hatte. Sie fordert mich mit einer Vehemenz ein, die mich ärgert, aber auch verunsichert. Ich ahne dumpf, nein, ich weiß glasklar, was wäre, wenn ich mich wieder auf sie einließe: Das Spiel würde von vorne beginnen, früher oder später würde sie meiner überdrüssig werden und mich wie eine heiße Kartoffel fallen lassen.

Es ist August geworden, uns bleibt – wenn wir Glück haben – ein Monat Sommer. Mandel und ich unternehmen so oft wie möglich Ausflüge an die Seen der Umgebung. Wenn Mandel keine Zeit hat, gehe ich ins Lorrainebad. Vera hat dies herausgefunden und ist nun auch hier anzutreffen, was bemerkenswert ist, denn noch vor kurzem vertrat sie die Meinung, dass Sonnen- und sonstiges Baden eine unkultivierte Freizeitbeschäftigung und somit ihrer unwürdig ist. Gleichgültig, ob ich im Café des Freibads sitze, sonnenbade oder ins Wasser gehe, ich treffe auf Vera. Sie flirtet mit mir, sie scharwenzelt um mich herum, sie plappert wie gewohnt ohne Punkt und Komma, und ich schweige dazu. Sie zieht alle Register, und obwohl ich weit davon entfernt bin, nachgeben zu wollen, kriegt mein Schiff dann und wann Schlagseite. Zu meiner Erleichterung reist sie Mitte August für zwei Wochen zu einem Musikfestival.

Als Anfang September die Wettervorhersage ein Gewitter mit damit verbundenem Wetterumschwung ankündigt, nehme ich mir den Nachmittag frei. Zeit, vom Sommer Abschied zu nehmen. Ich habe mir im Café des Bads einen Kaffee gekauft und begebe mich zu meinem Liegeplatz. Das Lorrainebad liegt direkt am Fluss, es besitzt keine Schwimmbecken, dafür einen Teich, der von einem unterirdischen Bach gespeist wird. Je nach Lust und Laune schwimmt man hier oder lässt sich in der Aare treiben. Mit dem Kaffee in der Hand gehe ich den Teich entlang und entdecke im Wasser Vera – ich sehe sie das erste Mal, seit sie von den Musikwochen zurück ist. Augenblicklich gerate ich in den Zustand einer leichten, unbehaglichen Nervosität. Sie blickt zu mir, ich hebe die Hand, sie nickt kühl. Ich erreiche das Ende des Teichs, sie steigt aus dem Wasser. Sie strahlt nicht, sie lächelt nicht, sie flirtet nicht, sie steht einfach nur da und grüßt mich wie eine entfernte Bekannte. Eine Hundertachtzig-Grad-Kehrtwende. Ich frage sie, wie es am

Festival war, sie fragt mich wie üblich nichts. Ausschweifend beginnt sie zu erzählen und schon bald wird klar, warum sie mich wie eine Fremde behandelt:

»… und da war diese Frau, Ines, ich habe noch nie jemanden mit einer solch ruhigen, intensiven, schönen und prickelnden Ausstrahlung erlebt! Die Chemie zwischen uns stimmte vom ersten Augenblick an, es war, als hätten wir uns endlich gefunden, nachdem wir uns ein Leben lang erfolglos gesucht haben. Die Frau ist eine Wucht, sie ist sensibel, aber stark, wunderschön und kein bisschen eitel, sie ist Musikagentin aus Deutschland. Ich war noch nie so glücklich, so verliebt, so inspiriert und selig. Wie habe ich es all die Jahre nur ohne sie ausgehalten? Ach, ich könnte von morgens bis abends singen! Und das Schönste: Sie ist hier, ein paar Tage, im Moment schläft sie auf ihrem Liegeplatz, unsere Nächte sind ja nicht eben lang! Ich werde nächstes Jahr wieder nach Deutschland ziehen, damit ich mit Ines leben kann, ich weiß sowieso nicht, was ich in dem langweiligen, uninspirierten Bern verloren habe. Ich geh jetzt, vielleicht ist Ines erwacht, man sieht sich.« Sie hebt ihre Hand zum Gruß, dreht sich um und hinkt stolz von dannen.

So viel zu Veras immerwährender, wahnsinniger, großer Liebe für mich. So viel zu der größten Beleidigung, die ich eben einstecken musste. Mit jedem Satz hat sie mir zu verstehen gegeben, wie belanglos, langweilig und unwichtig unsere Beziehung (und also wohl ich selber) für sie war. Ich schaue hinter ihr her, erleichtert und verletzt. Mit Grauen stelle ich mir vor, wie es gewesen wäre, wenn ich ihrem Werben nachgegeben hätte. Während ich sie beschwingt weggehen sehe, kommt mir ein Kinderlied in den Sinn:

Hans im Schneckenloch hat alles, was er will.
Und was er hat, das will er nicht,
und was er will, das hat er nicht.
Hans im Schneckenloch hat alles, was er will.

Man sollte Sachverhalte nicht auf solch einfache Aussagen herunterbrechen, aber es ist doch so: Als Vera mich hatte, wollte sie mich nicht wirklich, und als sie mich nicht mehr haben konnte, wollte sie mich (jedenfalls so lange, bis etwas Interessanteres aufkreuzte). Unsere Beziehung glich jenen Geschenken, die am Aufregendsten sind, wenn sie noch nicht ausgepackt sind. Sie gedieh in der Distanz und der Fremde und welkte in vertrauter Nähe. Ein bisschen *Katz und Maus*, ein bisschen *Verstecke dich, wehe, ich finde dich.*

Zweifellos herrschte zwischen uns eine magnetische Anziehung. Mit den Magneten ist das aber so eine Sache: Je näher sich die Gegenpole kommen, desto unwiderstehlicher zieht es sie zueinander, bis sie hart aufeinanderprallen und nur unter Kraftanstrengung wieder zu trennen sind; will man gleiche Pole zueinanderbringen, ist die Abstoßung zu groß. Mir gefällt weder die eine noch die andere Variante.

Mit Vera hat alles gleich auf dem Höhepunkt der Gefühle begonnen, ich gab ihr Vorschusslorbeeren, Bewunderung und verzückte Gefühle in Hülle und Fülle, und obwohl ich nichts von ihr wusste, meinte ich ernsthaft, sie zu lieben. Wie viel hatten diese Gefühle tatsächlich mit Liebe zu tun? Darauf gibt es keine verlässliche Antwort. Liebe kann man weder wägen noch messen, ich vermute jedoch, dass meine Gefühle für Vera so viel mit Liebe zu tun hatten wie der Eiswürfel mit dem Gletscher oder das Salzwasser im Kochtopf mit dem Meer.

Was wäre, wenn in den großen Liebesgeschichten die Paare einander gekriegt hätten? Wenn zum Beispiel Ingrid Bergmann in *Casablanca* bei Humphrey Bogart geblieben wäre? Ingrid hätte sich mit der Zeit wohl aufgeregt, dass Humphrey so viel raucht und ständig in seiner Bar rumhängt. Und Humphrey hätte es gestunken, zum Mittagessen nach Hause zu gehen.

Was wäre gewesen, wenn Violetta aus *La Traviata* weitergelebt hätte? Alfredo hätte sich allmählich doch daran gestört, dass Violetta ihren Körper verkaufte. Vermutlich hätte er die gesellschaftliche Ächtung auf die Dauer nicht ertragen und sie verlassen.

Was wäre gewesen, wenn Romeo und Julia ihre Beziehung hätten leben dürfen? Vielleicht hätten sie sich dauernd gestritten, vielleicht wäre Julia bei der Geburt des ersten Kindes gestorben, vielleicht hätte die Cholera sie dahingerafft, vielleicht wäre Romeo ein fetter, glatzköpfiger Langweiler geworden.

Es ist doch so: Wenn wir das Ersehnte kriegen, verliert es an Glanz und Farbe. Das Fremde ist bunt, weil es so gut wie nichts mit unserem Leben zu tun hat, es ist glanzvoll, weil wir noch nicht unsere Souvenir-Bildchen haben draufkleben können, keine Einkaufszettel, keine Notiz, dass man an den Kehricht denken soll. Das Fremde weiß nichts von Macken, Meinungsverschiedenheiten, unvereinbaren Bedürfnissen und vom Mundgeruch am Morgen.

Mandel hat einmal gesagt, dass Liebe ein anderes Wort für obwohl ist: *Obwohl* du nicht so bist, wie ich es gern hätte, liebe ich dich. *Obwohl* ich dich nicht verstehe, liebe ich dich. *Obwohl* du nicht das machst, was ich von dir erwarte, liebe ich dich. *Obwohl* du nicht vollkommen bist, liebe ich dich.

Allmählich beginne ich zu verstehen, was sie damit gemeint hat.

Ich setze mich auf mein Badetuch im Schatten der Linde und nippe am Kaffee, während ich auf das träge Fließen der Aare schaue. Veras kalte Schulter hat mich alles andere als kalt gelassen, obschon ich nicht zu ihr zurück möchte. Das ist einer dieser Widersprüche, die ich nicht verstehe und die das Menschsein so ungeheuer anstrengend machen: Man hat nie nur ein Ja oder ein Nein für etwas. Man liebt den, den man hasst und verwünscht manchmal den liebsten Menschen. Man sehnt sich nach dem, den man weggeschickt hat, und kriegt man endlich das, was man sich ersehnt, bekommt man es mit der Angst zu tun.

Während ein Teil – ein großer Teil von mir! – froh ist, dass die Beziehung mit Vera der Vergangenheit angehört, schwelgt ein anderer in schönen Erinnerungen, ein dritter Teil ist noch immer von ihr fasziniert, ein vierter lacht erleichtert auf, ein fünfter empfindet dumpfe Sehnsucht und ein sechster ist verletzt und verärgert. Ich möchte keinen einzigen Tag, nicht das kleinste Erlebnis mit Vera missen, aber ich bin unsagbar erleichtert, dass ich da nicht nochmal durch muss.

Vera ist diejenige, welche mich auf den ersten Blick betörte. Sie ist diejenige, welche mir bezaubernde Stunden schenkte; diejenige, welche aus mir eine Voyeurin machte, welche mich zur Verzweiflung brachte und mein Herz zerpflückte. Aber sie ist auch diejenige, dank welcher ich so grundlegend aus dem Konzept geriet, dass ich endlich erkannte, wer die wahre Edelfrau meines Herzens ist: Mandel.

Mandel. Es zieht mich mit aller Kraft zu ihr, ich möchte sie neben mir wissen, mit ihr reden – auch über die Begegnung mit Vera – und beobachten, wie sich in ihrer linken Wange ein Grübchen bildet, wenn sie lacht. Ich habe mich in den letzten Wochen oft gefragt, wie ich nur so blöd sein konnte, sechs Jahre lang nicht zu merken, dass die große Liebe vor meiner Nase ihre Kapriolen macht. Frida sagte dazu: Die Dummen bestraft das Leben. Oder wie es Thea ausdrückte: Auf deiner langen Leitung findet die Hälfte des Weltvogelbestandes Platz. Oder wie Vater meinte: Die Menschen gieren nach der komplizierten Liebe; sie wollen nicht wahrhaben, dass das Glück meist im Einfachen zu finden ist.

Es wird zusehends schwüler, im Oberland bauen sich Wolken auf. Ich genieße jeden Schweißtropfen, der an mir herunterrinnt, vermutlich wird es lange dauern, bis das nächste Mal pures Nichtstun mich so schwitzen lässt. Ich bin, obschon ich im Schatten liege, bereit für ein erfrischendes Bad. Der geteerte Weg, der neben dem Fluss verläuft, ist so heiß, dass ich auf Zehenspitzen tanze oder auf die Grasnarbe ausweiche. Unzählige Köpfe schauen aus dem Fluss wie Stecknadeln aus einem Nähkissen. Gelächter, Rufen und Wortfetzen kleben in der schwülen Luft. Wie immer ist es ein Schock, ins Wasser zu steigen und ein noch größerer, ganz einzutauchen, wie immer habe ich die Befürchtung, an einem Herzstillstand zu sterben und wie immer überlebe ich. Der Körper gewöhnt sich an die Temperatur, ich treibe dahin, mit einem Wort: Es ist köstlich, und es wäre noch köstlicher, wenn Mandel da wäre und mich mit Unterwasserattacken ärgern würde. Beim Tauchen hört man das Murmeln der Kieselsteine und ist umgeben von blassgrünem Licht. Der Himmel hingegen sieht bleiern aus, die Wolkentürme aus dem Oberland kriechen auf uns zu.

Im Bad zurück, dusche ich und ziehe mich an. Als ich zum Ausgang komme, entdecke ich Vera an einem Tischchen des Cafés, vor sich einen Eistee und neben sich – Ines, mit der sie turtelt. Natürlich stockt mir der Atem. Natürlich versetzt mir der Anblick einen Stich, natürlich fühle ich Eifersucht. Vera verhält sich wie zu Beginn unserer Beziehung: Sie ist umwerfend charmant, hinreißend schön und uberaus begehrenswert. Mechanisch stelle ich meine leere Kaffeetasse auf die Durchreiche des Cafés, einen Moment zögere ich. Vera flüstert Ines zärtlich etwas ins Ohr. Obschon ich Vera nicht zurück möchte, fühle ich mich als Verliererin. Ich wende mich ab und gehe. Der Himmel ist nicht nur bleiern, sondern von einem diffusen orangenen Licht durchtränkt. Wenn ich einen Film über einen Krieg oder einen Weltuntergang drehen wollte, würde ich dieses Licht einsetzen, es verleiht der Szenerie etwas unirdisch Bedrohliches.

Mein innerer Zustand ist ebenfalls unirdisch, außerdem weltuntergänglerisch. Es drängen sich müßige Fragen auf: Warum hat es mit Vera nicht geklappt; was hat Ines, das ich nicht habe; wäre unter anderen Umständen alles gut herausgekommen? Ich schlurfe den Weg hinauf, werde von anderen Freibadbesuchern überholt, sogar von Kindern, die in der Regel einen Sitzstreik veranstalten, wenn sie hier hoch müssen.

Ehrlich gesagt bin ich getroffen, und einmal mehr komme ich zu dem Schluss, dass die Psyche des Menschen eine abstruse Angelegenheit ist. Ich brauche Fingerspitzengefühl, mein Fahrrad zu befreien, ohne dominoartig die ganze Reihe zu Fall zu bringen. Es wird nicht mehr allzu lange dauern, bis uns das Gewitter erreicht, die Wolken bedecken über die Hälfte des Himmels, graues stößt auf orangefarbenes Licht. Ich schwinge mich auf den Sattel und radle die kurze Strecke bis zur *Brasserie Lorraine*. Dort setze ich mich im Garten an einen roten Metalltisch und schreibe Mandel eine SMS, dass ich hier auf sie warte.

Es haben sich viele im Garten der Brasserie eingefunden, man will wohl die letzten Stunden Sommer genießen. Am großen Tisch sitzen wie üblich die Alkoholiker, in wichtige Gespräche vertieft. Junge Freaks rauchen Joints, Alternative, Linke und Grüne mischen sich mit anderen, die man nicht so einfach zuordnen kann. Ich mag diese kunterbunte Mischung von Menschen. Beim ersten Schluck Weizenbier höre ich in der Ferne ein Donnergrollen. Vermutlich entlädt sich das Gewitter über der Gegend des Thunersees. Die Hitze ist noch drückender geworden, alles – das Licht, die Hitze, die Luft – scheint auf einen Höhepunkt zuzustreben, die Atmosphäre ist so dicht, dass man sie hätte filetieren können. Die Kastanienblätter hängen schlaff an den Ästen, kein Vogel ist zu hören, ein Säugling lässt sich nicht beruhigen, die Hunde liegen schlapp unter dem Tisch. Annähernd Stillstand.

Ich stelle mir vor, wie das wäre, wenn Vera und dann Mandel durchs Gartentor träten. Ich sehe es genau vor mir: Vera wäre umgeben von etwas berückend Schönem, von etwas brüchig Unfassbarem, sie wäre schillernd, glanzvoll, flüchtig und faszinierend wie ein Schmetterling oder eine dieser vielfarbigen Seifenblasen, die sofort zerstieben, wenn man sie fängt.

Mandel hingegen ... sie wäre fröhlich, verschmitzt, klar,

unternehmungslustig, und obwohl sie meist ein Wirbelsturm ist, von einer inneren Ruhe. Sie wäre präsent, wie man nur präsent sein kann, ohne Hintertürchen, ohne Ausflüchte, aus dem Vollen schöpfend, verspielt, kreativ, treu und frisch. Vera ist wie das Versprechen einer schöneren, aber irrealen Welt, doch mit Mandel zusammen wird meine bestehende Welt zu einer schöneren.

Ich kann es kaum erwarten, dass sie endlich kommt. Ich habe von Anfang an gewusst, wie wichtig sie für mich ist, ich empfand immer eine große Liebe für sie, ohne mir dessen bewusst zu sein, eine Liebe, die sich über all die Jahre noch vertieft hat. Ich habe es gehasst, wenn Mandel sich verliebt hat, denn ihre Auserwählten waren immer dumme Kühe, und Mandel benahm sich fürchterlich kindisch. Heute sehe ich, dass ich schlicht eifersüchtig war und sie nicht hergeben wollte. Seltsam, dass ich nicht früher erkennen konnte, dass Mandel diejenige ist, welche ich mir ersehnt hatte! Weil ich ein Dummkopf bin? Weil ich nach Antonia viel Erholungszeit brauchte, weil die Zeit noch nicht reif war? Egal, jetzt ist sie es. Zu einer gewachsenen Liebe gesellt sich frische Verliebtheit – es ist das Wunderbarste, das ich je erlebt habe!

Ein Lüftchen schleicht sich ein, ein zweites, die Temperatur sinkt etwas, die Wolken erstrecken sich nun vom Westen bis zum Osten und vom Norden bis zum Süden. Ich muss an eine Passage aus dem Lied denken, das mir Vera auf dem Gehsteig vorgesungen hat: *Wir kamen von Süden und Norden / mit Herzen so fremd und so stumm / so bin ich die deine geworden / und ich kann dir nicht sagen warum.* Der Wind wird stärker, er treibt eine Red-Bull-Dose vor sich her, Papierfetzen fliegen herum, eine Plastikflasche und dürre Blätter, die den heißen Tagen zum Opfer gefallen sind.

Dann fallen die ersten Tropfen. Sie tüpfeln den Tisch vor mir, tüpfeln mein Gesicht, fallen ins Bier. Binnen kurzem regnet es richtig, die Gäste flüchten hinein oder zahlen und gehen. Die Stimmung ist aufgeräumt, die Temperatur nimmt die Rutschbahn, ein paar Kinder tanzen auf der Quartierstraße, bis sie von Mutter oder Vater gepackt und wegbefördert werden. Ich bin die einzige, die vor ihrem verwässerten Bier sitzen bleibt und dem Gewitter zuschaut. In der Ferne leuchten Blitze, die Dämmerung ist zwei Stunden zu früh dran.

Ich bin unbeschreiblich glücklich, obschon oder weil sich Vera von mir abgewandt hat. Ich bin durchnässt und dabei selig und vergnügt. In mir jauchzt das Gefühl, angekommen zu sein, bei mir, in meinem Leben und in der Liebe zu Mandel. Ich bin alt genug zu wissen, dass selige Zustände nicht ewig dauern, vermutlich stehen Problemchen und ein paar richtige Probleme schon vor dem Tor Schlange. Jetzt aber genieße ich das wunderbare Glück, auf Mandel warten zu können.

Und tatsächlich: Nach einer Weile höre ich das unverkennbare Knattern einer altehrwürdigen Vespa. Mein Herz beginnt zu klopfen. Mandel tritt durchs Gartentor. Mein Herz hüpft wie ein munterer Spatz. Mandel bleibt vor mir stehen und sagt: »Bist du in den Regen gekommen oder freust du dich, mich zu sehen?«

»Küss mich, dann sage ich es dir!«

Der Kuss artet ein wenig aus, bis ich wirklich durch und durch nass bin. Mandel verschwindet in die Brasserie und kommt mit Bier und Kaffee zurück. Sie prostet mir zu. »Auf den Regen, auf den nahenden Herbst, den wir auf neue Weise zusammen erleben werden! Und ein Hoch auf lange, lange Nächte!«

»Genau, und ein Hoch auf nasse T-Shirts, die gewisse Details hervorheben.« Ich betrachte diese Details, dann beobachte ich, wie Tropfen meinen Kaffee sich kringeln und ringeln lassen.

»Nicht viel los hier«, sagt Mandel, während sie sich im Garten umschaut.

»Ach weißt du, die Leute – ein paar Regentropfen und schon ziehen sie den Schwanz ein. Du, ich habe Neuigkeiten: Vera hat mich zum alten Eisen gelegt, sie hat jetzt eine Neue. Ich habe heute mit ihr gesprochen oder wohl eher sie mit mir.«

Mandel zieht eine Augenbraue hoch und mustert mich. »Hoppla«, sagt sie nur. Ich möchte wetten, dass viel mehr als nur ein Hoppla durch ihren Kopf geht. Sie schweigt, trinkt Bier, streicht mir eine Strähne aus dem Gesicht und sagt dann: »Aus altem Eisen kann man schöne Dinge machen, vielleicht können das nicht alle, aber ich schon.«

»Ach, meine Goldschmiedin und Eisenplastikerin – was wäre ich ohne dich?«

»Altes Eisen eben. Wollen wir gehen und dem alten Eisen auf den Zahn fühlen?«

»Eisen hat keine Zähne.«

»Was du nicht alles weißt.«

Ich stehe auf, der Regen ist wieder heftiger geworden. Mandel schaut zum Himmel. »Gehen wir zu dir oder zu mir?«

»Zu dir. Mein Kühlschrank ist eher nicht so voll.«

»Gibt es das?« Mandel schüttelt verwundert den Kopf.

Grinsend ziehe ich sie mit mir. »Komm, satteln wir deine Vespa. Aber wehe, du bretterst wie eine Irre!«

Mandel schüttelt lächelnd den Kopf. »Ach Schmock, du bist und bleibst ein Schmock!«

Gastronomische Schlussbemerkung

Die Restaurants, die im Roman vorkommen, existierten tatsächlich. Aber seit ich mit diesem Buch begonnen habe, gab es einige Veränderungen: Das *Im Juli* hat den Breitenrain verlassen. An seiner Stelle befindet sich nun das *Lokal*, welches leckere Latte Macchiato serviert (mehr habe ich noch nicht ausprobiert).

Auch der *Gaumentanz* an der Postgasse hat, wie mir zu Ohren gekommen ist, seine Pforten geschlossen.

Das *Verdi* will in die benachbarten Räumlichkeiten ziehen, sein schönes Interieur wird es wohl nur zum Teil mitnehmen.

Die *Brasserie Lorraine* mit ihrem gemütlichen Garten gedeiht nach wie vor, nur die Graffiti, die sind weg, und auch die Frauenbrass. Die ist letztes Jahr in die *Villa Stucki* gezogen, und weil ich das schade finde, habe ich sie nochmals an alter Stelle aufleben lassen.

Bleibt der wunderschöne, riesige Billardraum im *Sherlock's* – ihn gibt es seit über fünfzehn Jahren nicht mehr. Jedes Mal, wenn ich dort vorbeifahre, denke ich mit Wehmut an ihn zurück.

Daniela Schenk

... recherchierte lange zu unglücklicher Liebe: Als Prinzessin im Schultheater erglühte sie leidenschaftlich für König Drosselbart; er hatte raue Hände und erhörte sie nicht. Es folgte jahrelanges Schwärmen für und Leiden an Jungs, parallel dazu an Freundinnen und Lehrerinnen. Intensive Regungen für Olivia Newton-John. Seit über zehn Jahren ist die Berner Autorin nun glücklich mit einer Frau liiert, die einen auffällig guten Frauengeschmack besitzt.

© 2009 Copyright Ulrike Helmer Verlag, Sulzbach/Taunus
Alle Rechte vorbehalten
Umschlaggestaltung: Atelier KatarinaS | NL
Umschlagfoto: Portrait of a young lady looking through binoculars
© Yuri Arcurs. Fotolia
Druck: Fuldaer Verlagsanstalt, Fulda
Printed in Germany
ISBN 978-3-89741-290-3

Ulrike Helmer Verlag
Neugartenstr. 36c, D-65843 Sulzbach/Taunus
E-Mail: info@ulrike-helmer-verlag.de

www.ulrike-helmer-verlag.de